好故事，一擊入魂！

八百擊

GAEA

左道書

卷之三

戚建邦——著

左道書

卷之三

目錄

第三十四章 04
第三十五章 20
第三十六章 39
第三十七章 50

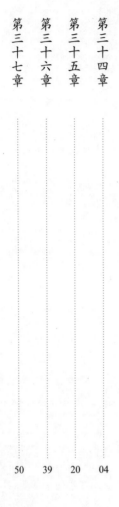

第三十八章……62
第三十九章……75
第四十章……84
第四十一章……92
第四十二章……109
第四十三章……132
第四十四章……153
第四十五章……170
第四十六章……183
第四十七章……202
第四十八章……214
第四十九章……223
第五十章……248
第五十一章……259

第三十四章　下藥

莊森及月盈出琵琶谷，下香山來到山腳客棧。連日食用魚湯鮮果，嘴裡淡出鳥來，儘管山野小店沒什麼好菜，兩人還是叫了一桌大快朵頤。

「森哥，我失蹤多日，又誤了玄武大會會期，我爹定在著急。一會兒進了洛陽，我得先去聯絡教眾。」月盈邊吃邊道。

莊森點頭：「這個自然。我也要先上洛陽分舵一趟。一來問清楚玄武大會之事，二來也要他們飛鴿傳書，通知我師父提防二師伯。」

月盈搖頭道：「此刻傳書只怕遲了。」

莊森皺眉：「怎麼說？」

月盈道：「若你師父在玄武大會上奪得武林盟主之位，他掌門人的位置可坐穩了。我要是李命，定會選在玄武之前動手。」

莊森一聽便急：「這……妳怎麼不早說？」

月盈道：「你們家長輩太多，每個都有事。之前忙著找大師伯，我也沒空想那麼多。如今聽你這麼一提，自然就想到了。」

莊森放下碗筷要走，讓月盈給攔了下來：「玄武大會都過去幾天了，一切早已塵埃落定。森哥要做什麼，不急在一時三刻。你此去洛陽分舵，除了問清楚總壇當前形勢外，還要打探河東軍的動態。洛陽是李克用的地盤。這回李命奪權之事，李克用顯然出力不少。再加上你師妹又跟李存勗走在一起。如今當務之急，除了你師父外，太原也是非去不可。」

莊森嘆道：「盈妹見識甚明，比我老江湖多了。」

月盈一笑：「我從十三歲起接任本教護法，使喚人的本事可說無人能及。就怕森哥不喜歡聽我使喚。」

莊森搖頭：「我此刻心急如焚，方寸大亂，想不出什麼主意。若不聽妳使喚，我定會誤事。」

兩人付帳進城，分頭行事，約定傍晚在城南的河洛客棧會合。莊森找路人問明玄日宗分舵方向，逕自尋了過去。來到玄日宗分舵，只見大門外張燈結綵，喜氣洋洋，顯然在慶祝什麼喜事。莊森跟守門弟子自報姓名。弟子連忙進門通報。沒一會兒工夫，洛陽分舵舵主游毅率領二、三十名弟子迎到門口，朝莊森行禮。

「不知總壇莊師兄駕到，有失遠迎，還望師兄恕罪。」

莊森回禮：「游師弟無須多禮。」那游毅三十出頭，比莊森年長幾歲，只是入門晚他半年，乃是趙遠志的第一批弟子之一，小時候跟莊森一起練過功夫。「十餘年不見，師弟已經當上洛陽分舵主了。」洛陽分舵位於河東道境內，負責河東節度使聯絡事宜，乃是玄日宗重要分舵之一。游毅任此分舵舵主，定是趙遠志親信之人。

「聽說師兄回歸總壇，小弟一直想要回去拜見。可惜分舵事務繁忙，一直抽不出空。想不到師兄自己找來啦！來來來！今日咱們哥倆兒敘舊，可得來個不醉不歸。」

莊森跟著游毅進入大廳，只見廳上擺開幾桌酒席，酒味香醇，菜色華麗，也不知道在慶祝什麼。游毅把莊森迎到上座，坐在自己旁邊。所有弟子排成三排，分別向莊森行禮拜見，這才各自回座吃喝。莊森跟游毅乾了一杯，問起慶祝何事，游毅神色訝異。

「莊師兄不知道嗎？日前玄武大會，二師叔代表玄日宗奪得武林盟主之位。本宗連出三位武林盟主，實乃武林中前所未有的大事。河東武林同道每日都有人來道賀，瞧這情況起碼吃到月底還吃不完呀。」

莊森心裡一沉，顫聲問道：「怎麼是二師伯代表玄日宗？我師父呢？」

游毅笑容一僵，唯唯諾諾：「這個……莊師兄最近上哪兒去了？怎麼會連這些事情都……」

莊森忙問：「我師父怎麼了？」

游毅望向同桌其他弟子，所有人都低頭不語。他說：「總壇……總壇傳來消息，七師叔於玄武大會前突染重疾，一日暴斃。」

「什麼？你說什麼？」莊森情緒激動，神色凶狠，一把抓起游毅的衣襟。廳內所有弟子立刻起身，不少人還從桌子底下抄出兵器，如臨大敵。游毅連忙揮手，阻止弟子動手。

「莊師兄切勿激動。」游毅說。「七師叔走得突然，全宗上下莫不悲慟。望莊師兄節哀，不要……不要輕舉妄動。」

莊森雙眼泛淚，問道：「身染重疾？我師父功力深厚，百病不侵，豈有身染重疾之理？這等鬼話你們也信？」

游毅說：「莊師兄明鑑，總壇的事情，咱們這些外派弟子可是不好說的。」

莊森放開手，搖頭道：「不好說？你們一句不好說，就連這麼明擺的事情都能坐視？二師伯這麼快就繼任掌門，他又是怎麼交代大師伯的事情？」他抬起頭來，冷眼看著游毅。「他是怎麼交代你師父的事情？」

游毅神色淒然：「二師叔說師父被朱全忠派人害死了。」

莊森癱靠椅背，難以置信。「而你們竟然還在這裡開席幫他慶祝？」

游毅神色慚愧，低頭不語。

「你師父是讓二師伯害死的，你知不知道？」

游毅連忙搖頭：「莊師兄，這種話可不能亂說。」

「什麼不能亂說？你究竟……」莊森說到一半突然察覺心跳一緩。他心知有異，立刻警覺，隨即發現自己手腳痠軟，竟連一條肌肉都無法動彈。莊森藝成以來，百毒不侵，已經多年沒有嘗過遭人下藥之苦。他轉動眼珠，環顧大廳，只見所有人都瞧著他看，嚴陣以待，神色凝重。他望回游毅，說道：「你……」

游毅冷冷一笑：「莊師兄酒量不好，一杯便倒。來人！把莊師兄扶到內堂休息。」

左右兩人扛起莊森，往內堂走去。莊森乍聞噩耗，腦中混亂，一時想不出對策，只能任由對方擺布。兩名弟子把他抬入一間客房，放上椅子，取麻繩綑綁手腳，隨即退出房去。莊森手腳出力試探，卻發現非但使不上勁，根本毫無所覺，彷彿雙手雙腳都已不在自己身上。莊森驚駭莫名，心想：「這不知是什麼迷藥，竟然厲害至斯？我自恃百毒不侵，毫不提防下藥，實在過於托大。話說回來，在玄日宗的地盤上，我又怎麼會去提防此事？笨蛋！師父早就提醒過在玄日宗內更加要防。才離開師父沒多久，我便將師父的教誨都當耳邊風啦！」想起師父，心緒大亂，加上藥性影響定性，登時淚如雨下。

「唷？莊師兄哭啦？」游毅推門入房，故作關心道：「傷心過度可傷身了。師兄要節哀才好。」見莊森不答，忍不住哈哈大笑。「四師叔把你的本事吹捧上天，吩咐咱們小心行事，非到必要不可動武，還派人趕赴各分舵發送迷藥，說一定要用總壇的藥才能對付你。如此大費周章，四師叔也太看得起你。」

莊森心想原來是四師伯的藥，難怪這麼厲害。他說：「四師伯為什麼要抓我？」

游毅抖開一封公文，讀道：「『查二代弟子莊森勾結淫賊，販售春藥，草菅人命，殘害江南武林同道，結交宣武、河東節度使，私通拜月教，目無門規，罪大惡極。著令全宗各分舵弟子即刻捉拿歸案。』師兄回來短短幾個月，犯的事情著實不少呀。」

莊森啐道：「這分明是栽贓嫁禍。」

游毅搖頭：「總壇發下公文，為的是方便分舵弟子行事。栽贓嫁禍什麼的可不關分舵的事。」

莊森怒道：「你們蛇鼠一窩，擺明是自己人，又何必嫁什麼禍？到底四師伯為何拿我？明明白白說出來！」

游毅獰笑道：「師叔他們可沒跟我明說為何要拿你。但想留你是後患，當然要斬草除根。」

莊森兩眼一瞪：「你這是承認謀害我師父了？」

游毅說：「我一直待在洛陽，謀害七師叔可輪不到我。」

莊森喝道：「那謀害你師父呢？」

游毅笑容一僵，問：「什麼？」

莊森道：「大師伯葬身香山琵琶谷。那可是你洛陽分舵的地盤。雖說是二師伯領頭幹的，你們洛陽分舵多半也脫不了關係。晉王府的人是你聯絡的嗎？琵琶谷一役，你可有親身參與？」

游毅轉頭看門，揮手以掌風關門。他回過頭來，目泛殺機，冷冷說道：「莊森，你不要含血噴人。」

莊森冷笑，語氣不屑：「你這傢伙，欺師滅祖，不管給你撐腰的人多大來頭，弒師之事傳了出去，同門之中再也沒人瞧得起你！」

游毅湊上前去，注視他雙眼，緩緩問道：「四師叔定要活捉你，你可知道是爲了什麼？」

莊森猜想多半是爲了逼問《左道書》的下落，嘴裡卻道：「我不知道。」

游毅點頭：「我也不知。想來四師叔婦人之仁，也沒什麼要緊的事。我若在你逃跑途中錯手殺你，料她老人家也不會怪罪。你說是吧？」

莊森本想激怒游毅動手，自己趁機以轉勁訣散其功力。然則一來不知道他功力深淺，沒把握散不散得了；二來也怕他不動拳腳，拿兵刃來捅。此刻聽他問起總壇捉自己何用，知道他地位太低，不知上意，正好可以加以利用，拖延時間，且看四師伯的藥治得了自己多久。莊森故作恐懼，問道：「你想怎樣？」

「四師叔顧念故人之情，不願殺你。我這做晚輩的可要代勞了。」

莊森忙道：「且慢！我想起四師伯爲什麼要活捉我了。他們要著落在我身上，找出一批大寶藏的下落！」

游毅不信：「你想活命可得編些像樣的理由。寶藏？你可知道光我洛陽分舵一年間就要進貢多少錢給總壇？」

莊森不以爲然：「你那點零頭算得了什麼？我這是當年黃賊南征北討搜刮來的寶藏，總值數百萬兩黃金。你說說，四師伯能不留我活口嗎？」

游毅大驚，顫聲問道：「數……數百萬兩黃金？」

莊森點頭：「是呀。你每年繳納幾萬兩銀，也不過就保玄日宗日常開銷，大家有吃有喝罷了。四師伯眞要發財，可得弄筆大的。」說著心裡一喜，想到既然可以點頭，或許藥效已經開始消退。

游毅搖頭道：「這也太大一筆了點。是了，是了，師叔他們要招兵買馬，總需用錢。目前雖有財源，畢竟還是不夠。要有這筆寶藏……」

莊森想起梁棧生之前的猜測，趁機出言刺探。「是呀，荊州鑄錢的事情搞了這麼久，到現在還沒搞垮當地幣值。光靠那些鑄錢廠，短期之內可無法成事。」

游毅又吃一驚：「你連荊州鑄錢之事都知道？」

莊森故作神祕說道：「自然知道。四師伯當我是自己人，什麼事都不會瞞我。」心想五師伯猜得不錯，荊州私錢案果然是玄日宗幕後主使。只是用意如何，一時倒也想不明白。他信口開河，倒也不怕游毅拆穿。這游毅顯然知道不少內情，但又算不上是眞的圈內人，就算他說錯了什麼，只怕游毅都會認定是總壇把自己蒙在鼓裡。

游毅不信：「四師叔若當你是自己人，為什麼又吩咐我們拿你？」

莊森嘆道：「自己人歸自己人，師長有錯，我們做弟子的也不能視而不見。」

游毅輕哼一聲。「你不必跟我談這些大是大非。我是站在師叔他們那邊的。世道混亂，百姓疾苦，有能平天下之人便有責任出來平天下。你以為我就這麼忘恩負義，一心只想謀害師父嗎？他能救蒼生而不救，苦的可是老百姓。」

莊森心想你這欺師滅祖之徒倒是滿嘴大仁大義，且看我來試你一試。他說：「錯了。四師伯他們打著建軍的名號，實則是想發財。」

游毅怒道：「胡說！師叔他們都是做大事的人……」

莊森插嘴：「你想想看，總壇控制了多少鑄錢廠？月產多少銅錢？那些錢你都知道落入誰的口袋裡嗎？」其實他哪裡清楚這些事情？只是照著梁棧生的話自行推敲，又猜想游毅不瞭解全盤情況而信口開河罷了。見游毅眉頭深鎖，並不答話，他又接著說下去：「大師伯坐擁寶藏多年，眾師伯一直在想辦法勸他拿出來花。但大師伯總說那些錢是取之百姓，要用之百姓，定要等到天下太平後再來建設民生。唉，大師伯一生為國為民，到頭來竟然落得讓人謀財害命的下場，真是……不、不、不，這樣講實在難聽，還是當四師伯為了天下蒼生才謀害親夫的吧。」

游毅拉把椅子坐在莊森面前，愣愣想了一會兒，問道：「你們師徒是在我師父離開總壇後才從西域回來的，你又怎麼會知道寶藏的事情？」

莊森解釋：「大師伯早就安排好了掌門交接之事，將一些只有掌門人能夠知道的祕密委託給信得過的派外長輩，轉交給我師父。」

游毅問：「而你師父就這麼把只有掌門人能知道的祕密告訴你了？」

莊森眼眶一紅，說道：「我師父未雨綢繆。若他沒把祕密告訴我，此刻世上還有誰知道這些祕密？」

游毅沉思片刻，緩緩搖頭道：「不可能。師叔他們爲國爲民，絕非貪財忘義之徒。」

莊森故作無辜，「不然你告訴我，除了爲此寶藏，他們還有何理由留我這個後患不殺？」

游毅答不出來。

莊森勸道：「游師弟，師伯他們害我師父，我是絕對不會把寶藏交給他們的。不如你放了我，我帶你去找寶藏。」

游毅訝異：「找寶藏？」

莊森點頭：「這筆錢數量龐大，你我都吃不下來。倘若取了太多，讓師伯他們起疑，你就不得安寧了。咱們挖了寶藏，一人拿個一萬兩黃金，幾輩子都吃不完。」

游毅問：「那剩下的錢呢？」

莊森道：「依大師伯的意思，等天下太平拿來建設民生。」

游毅考慮片刻，心中已有計較，說道：「師兄提議確實誘人。只可惜我用迷藥抓你，適才分舵弟子都瞧在眼裡。倘若把你放了，我可不敢保證不會有人回報總壇。若說把所有知情弟子都帶去，一人分個一萬兩，人心貪念一起，肯定血流成河。再說，二、三、四師叔我全都得罪不起。此事風險太高，我游毅是個怕事之人，答應不了，答應不了哇！只好委屈莊師兄自己去總壇跟各位師叔交代了。」

莊森長嘆一聲，說道：「我莊森是個言而有信之人，你若肯答應，一生榮華富貴可享受了。既然你不肯答應，我只好讓你知道，不但眾位師伯你得罪不起，我這個大師兄你也一樣得罪不起。」他雙手使勁，撐起臀部，沉氣坐下，當場把椅子坐個粉碎。他站起身來，抖落綁在手上的椅臂及繩索，冷冷看著游毅道：「你倒鎮定，竟不叫人？」

游毅目瞪口呆，喃喃說道：「我拿弟子試過這藥。他可足足在床上癱了五日才滾下床……」

莊森手腳尚軟，不急著動手，問道：「四師伯叫你沒事不要跟我動手，你聽不聽她的話呢？」

游毅搖頭：「自然要動手。我們洛陽分舵可不是你想來就來，想走就走的地方。」

莊森笑道：「我給你個機會先關起門來單挑。待會兒在你弟子面前出糗時，也好有個計較。」

游毅苦笑：「我與人動手向來輕佻驕傲。今日聽你示範，才知這麼討厭。」說完勁運雙掌，撲向前去。這一掌似拙實巧，勁罩莊森上半身，不到最後關頭看不出擊向何處，盡得朝陽神掌精髓。莊森讚了聲好，輕輕揚手，速度也不如何快捷，卻將游毅的掌勢盡數封了，不管從哪個方位出掌都要吃虧。游毅神色一凜，連忙變招，身子側向急旋，以游龍般的掌勢攻向莊森。他看出莊森尚未完全復元，手腳不夠靈活，試圖以快取勝。

莊森看準他的去勢，伸手勾住衣角，掌心一抖，抖得游毅身不由主騰空而起。莊森踏上一步，挺右掌擊中游毅腹部，打得他內勁渙散，癱倒在地。莊森吞吐幾下，調節內息，走過去提起游毅，放到他剛剛坐的椅子上，順手封了他的穴道。

「游師弟以爲我的武功如何？」

游毅垂頭喪氣，不知如何作答。

「深不可測便是你此刻的感覺。」莊森說著拍拍游毅臉頰。「老實說，我也沒那麼深不可測。三師伯和四師伯我都未必是對手，不過我也不怕他們便是。你想叫人只管叫人，且看我莊森有沒有本事逃出你洛陽分舵。醜話說在前面，動手的人多了，我可難分輕重，到時候後果要你負責。」

游毅嘆氣：「莊師兄要走便走，何必多說？」

「傻啦，師兄有話問你。」莊森走到牆邊，又拉一張椅子過來，坐在游毅面前，問道：「我師父究竟是怎麼被害死的？」

游毅搖頭：「總壇發下公文，就說是身染重疾而死。他們對派外人士也是這麼說的。事發之後，我尚未接觸知情之人。這事我不清楚。」

莊森問：「我師父葬在何處？」

游毅說：「總壇沒說。」

「你確定我師父死了嗎？」

游毅張開嘴巴，欲言又止。過了一會兒說：「我所知道就是這些。師兄認爲總壇會欺瞞這等事情嗎？」

莊森心想大師伯死裡逃生，師父也未必眞的會讓他們害死。儘管有點一廂情願，他還是寧願抱著一絲希望。無論如何，問清楚點總沒錯。「師父生死總是大事。不親眼看看怎麼能夠死心？」

游毅愣愣望著莊森，不知他這麼說是否別有深意。

莊森又問：「李存勗回河東道了嗎？」

游毅不知他爲何有此一問，據實以對：「半個多月前路過洛陽，算算時日，應該已經回到太原府了。」

莊森見他沒有提起趙言楓，不知他是刻意隱瞞，還是不知道趙言楓跟李存勗在一起。倘若游毅不知，他也不想洩漏此事。他問：「你可知他此行南下，所爲何事？」

游毅道：「他是代表河東軍去江南道競標一樣東西。據說鬧得灰頭土臉，詳情我不清楚。」

莊森點頭又問：「李克用爲什麼要對付大師伯？」

游毅皺眉：「這個……」

莊森道：「琵琶谷之役，我知道得一清二楚。我在琵琶谷遇上康君立，他把事情都招出來了。」

游毅大驚：「他……他招了？」

莊森哼一聲說：「二師伯想要隻手遮天，沒有那麼容易。李克用爲什麼要對付大師伯？晉王府哪裡學來一套剋制玄日宗的武功？事發當時李存勗不在河東，他對整件事情知不知情？」

游毅頹然道：「聯合李克用對付師父之事是二師叔親自安排的。我不知道他們有何默契，只知他們籌劃許久，至少三年之前，二師叔就已經去過太原府密會李克用。查探晉王府武功出處一直是洛陽分舵的主要任務，我出任舵主至今五年，共有八名弟子在混入晉王府後遭人滅口，完全查不出端倪。二師叔上任後發下密令，不必再查此事。他跟晉王府互有默契，卻沒告訴我這些事情。至於李存勗是否知情，晉王府內的事情我是說不準的。」

莊森問：「晉王府的高手能破玄日宗武功，是不是二師伯教他們的？」

游穀道：「應該不是。他們使的那些法門，我沒見二師叔使過。」

莊森凝神看他：「所以琵琶谷一役你確實在場？」

游穀慚愧。「我躲在樹林裡觀戰。沒有當眞出手。」

莊森搖頭嘆道：「欺師滅祖乃是門規大忌。要是報上司刑房，二師伯也保不了你。」

游穀道：「師兄你自身難保，犯不著爲了舉報我冒險回總壇吧？」

門外有人敲門。兩人同時神色一凜。莊森往門口踏出一步，又往窗口踏一步，一時間不知該不該應門。

門外傳來月盈的聲音：「森哥，是我。」

莊森大喜，輕輕拉開房門，一看門外果然是月盈笑盈盈地望著自己。他牽起月盈小手，拉進房裡，順勢探頭瞧瞧外面。內堂走道空無一人。他關上房門喜道：「盈兒妳怎麼來了？」

月盈道：「我事情辦完想來找你。玄日宗的人不老實，我怕你吃虧呢。」她看看房內景象，對著游穀輕笑：「看來他們眞不老實，但森哥也沒吃虧了。」

「虧是吃了點，還好我機靈。」莊森靠在游穀面前的椅背上嘆道：「他說總壇要抓我，還說……還說我師父給他們害死了。」

月盈皺眉，輕握莊森手掌，說道：「這些人壞死了。我殺了他們，幫你師父報仇。」

莊森忙搖手道：「不用。眞害我師父的也不是他們。」

月盈不答話，朝游毅呶嘴。「這位玄日宗的大爺是誰呀？」

莊森道：「他是洛陽分舵主。」

月盈輕笑：「原來是游舵主，久仰久仰。聽說游舵主綽號浪裡游龍，朝陽神掌自成一格，宛如巨浪洶湧，令人難以招架。不知道是不是眞的？」

游毅沮喪不語。莊森說：「他不是盈兒的對手。」

月盈說：「那當然了。」站在游毅面前，居高臨下道：「游大爺，我問你，貴宗總壇要抓莊公子，是叫你們遇上了順便抓起來，還是要刻意派人出去四下搜捕呢？」

游毅不知月盈來歷，轉頭望向莊森。月盈啪一巴掌下去，打得他回過頭來。「游大爺，我在問你話呢，你也不看著人家。」

「妳……」游毅怒道，跟著發覺臉頰冰冷，刺痛難當，寒氣內滲，左眼都冰了起來。他大駭，抖音說道：「是……那個……總壇要我們加派人手全力追查莊森師兄的下落。」

月盈又問：「是要活捉，還是不論死活？」

「活……活捉。」

莊森見他凍得發抖，知道月盈用凝月掌打他，忙道：「盈兒，妳怎麼……」

月盈揚手讓他住口，繼續問：「爲什麼要留活口？」

游毅說：「我……不知……莊師兄說……爲了寶寶寶藏。」

月盈回頭看莊森一眼，莊森聳肩。月盈點頭再問：「總壇要各分舵分頭追捕，還是會派人主持此事？」

游毅嘴唇發白，臉罩白霜，說：「三……三師叔。總壇要我們……聽從三師叔指揮。」

「郭在天在洛陽？」

「不……不……還沒……」

莊森插嘴：「盈兒妳快幫他解了凝月掌……」

月盈不理會他，瞪著游毅道：「游大爺，在咱們拜月教裡，欺師滅祖是唯一死罪，人人得而誅之。不知道在貴宗是否一樣？」

「姑……姑娘饒命……」

莊森眼看游毅越凍越厲害，整張臉都是白霜，急忙插嘴道：「盈兒妳饒了他吧！」

月盈回頭瞪他一眼，說道：「當日我用凝月掌打你，你活下來了。我還以為玄日宗隨便一個二代弟子都這麼厲害。原來還是森哥出類拔萃。像游舵主這等角色，怕是撐不了一碗茶的時間。」

游毅已經凍到說不出話。莊森道：「盈兒，他罪不至死，妳饒了他，好不好？」

「森哥你心腸也太好。什麼叫作罪不至死？盈兒說過了，欺師滅祖，唯一死罪。」

莊森走到游毅身後，雙掌貼上他後肩，灌注火勁，助他禦寒。月盈笑盈盈瞧著，說道：「森哥，這種人死有餘辜。你幫他毫無道理。」

「同門一場，非幫不可。」

月盈搖頭：「要是盈兒不跟在你身邊，你這輩子都要吃虧。」玉手輕揮：「讓開吧。」說著一掌朝游毅百會穴拍了下去。游毅臉上白霜消散，化為水珠，滴得淋漓盡致，渾身濕透。

莊森見他表情空洞，目光痴呆，忙問：「師弟！游師弟，你怎麼樣？」

月盈說：「他腦子凍壞了，這輩子不會再說話。」

莊森難以置信，顫聲問：「妳……妳把他打傻了？這比殺了他還……」

「是你叫我別殺他的。」月盈搖頭。「你再這麼難侍候，我不理你了。這人留下活口，還會再叫人來抓你。況且讓他出去看到外面的情況，一定又會說人是你殺的。玄日宗最喜歡胡亂誣賴人。」

莊森大驚：「什麼……什麼人又是我殺的了？」

月盈說：「就外面正廳吃吃喝喝的那些人呀。我進門說要找你，他們就動手拿我。這是他們自己找死，森哥不會怪我吧？」

莊森推開房門，往前廳走，月盈把他拉回來。「別出去了，死人沒什麼好看的。我們從後面走，再讓玄日宗的人瞧見，我又得出手滅口。」

莊森怒道：「為什麼一定要滅口？」

「除後患。」月盈見莊森神情責怪，便道：「此地不宜久留。先離開再說。」

莊森六神無主，跟著月盈翻窗離開。

第三十五章　封街

出玄日宗分舵，尚未走出幾步，分舵內已經傳來驚呼：「殺人啦！殺人啦！哇！」「什麼人幹的？」「賊人定未走遠，快追！」

月盈拉著莊森，兩個起落躍出巷口，走在熱鬧的街上，混入市集人群中。玄日宗裡衝出十來個人，個個凶神惡煞，大呼小叫：「玄日宗抓人！通通不許動！」街上一片譁然，行人紛紛走避。眾玄日宗弟子眼看街上數百人忙亂奔走，一時也不知道該怎麼嚇阻眾人。領頭的弟子運起獅吼功，大聲喝道：「通通給我待在原地！誰都不許動！」

月盈拉著莊森閃到一家麵攤旁，趁亂坐下，低聲問道：「森哥，這些人可有認得你的？」

莊森偷看一眼，只見那群弟子兵分兩路，往分舵左右兩方搜將過去。莊森搖頭：「沒有。然則總壇既然下令抓我，多半有分派畫像，難保不會有人認出。」

月盈點頭：「他們不知道你有到過分舵，不會想到要比對畫像中人。」

莊森懷疑：「他們不知我到過分舵？」

「你看他們不分男女老幼，全都拉起來看，顯然不知道要找的是什麼人。要知道是你逃走，他們就不會這等找法。」

「但是……」莊森不解：「我進分舵被下藥，很多人都瞧見了。怎麼會……」

「瞧見的人都死了。」

莊森倒抽一口涼氣。「妳……妳殺了那麼多人？」

「也不算多。想要掩飾行蹤，當然要把知情之人通通封口。我殺玄日宗的人要是留下活口，豈不挑起拜月教和玄日宗的紛爭？」月盈神情難得嚴肅。「身為本教護法，這等紛爭還是不好輕易挑起的。」

莊森沮喪：「盈兒呀，妳怎麼如此心狠手辣？」

「你們中原武林可不是給心軟之人混的。」月盈邊說邊看玄日宗盲目搜人。這時大街兩端又各跑了四、五十個玄日宗弟子出來，所有人都手持兵器，將玄日宗分舵大門外的大街圍堵起來，不讓任何人走脫。月盈皺眉問道：「你們洛陽分舵究竟有多少人？這些人剛剛可都不在分舵裡面。」

莊森搖頭道：「本宗弟子總數超過四萬，洛陽分舵是大分舵，起碼也統轄個兩、三千人。這些弟子分散在河東道境內，我也不知道在洛陽裡有多少人。」

新來的弟子封住街道，開始從大街兩側往中間搜過來。月盈又問：「他們不知道該搜何人，偏偏又搜得頭頭是道，那邊已經拿下好幾個人了。」

莊森解釋：「這是玄日宗標準盲搜法門。這麼在人肩頭一推一拉，當場就能試出對方是否身懷武功。他們現在是在抓分舵四周的武林人士。」

月盈嗤之以鼻。「真正的高手只要有心，又豈能讓他們輕易試出來？就算試得出來，他們也不想想，凶手既然殺得了他們分舵主，又豈是這幾個人能夠攔得住的？」

旁邊有人大喊：「你們玄日宗是官府嗎？憑什麼胡亂拿人？這還有王法嗎？」

莊森立刻轉頭，只見喊話的是個四十來歲的壯漢，尋常武師打扮，背上揹著一樣用布包著的長條狀物，多半是大刀。站在他面前的玄日宗弟子平舉長劍，指著他喝道：「少廢話！大爺拿你就拿你，還要跟你交代嗎？」說著提劍前指，旨在嚇阻對方。

想不到那名大漢不但不避讓，反而刻意聳肩，迎上肩口，當場被劃開一條口子。他身邊有好幾個差不多打扮的人立刻叫道：「玄日宗殺人啦！玄日宗殺人啦！」

那名弟子嚇了一跳，連忙收劍：「胡說八道！什麼殺人？只是皮肉傷！」

左手邊也有人大喝：「老子跟幾個小弟出來溜溜，又礙到你什麼了？憑什麼叫我們跟你回去？」

另一弟子道：「段老大，你最近沒事就在我們分舵外面閒晃，究竟是何居心？我們玄日宗也是讓你來踹盤子的地方嗎？」

那段老大說：「我聽說玄日宗分舵裡藏了不少名人字畫、金銀珠寶。老實說，我還眞想進去瞧瞧。」

「放肆！」

「怎樣？」

段老大身旁起碼站了十幾個小弟，玄日宗弟子也聚集過去。眼看就要大打出手。

「臭和尚給我起來！」街頭有人破口大罵。「禿驢，踹什麼踹？叫你起來就起來。」

「阿彌陀佛。」一名中年和尚緩緩起身，說道：「施主打擾貧僧吃麵，不知有什麼好布施的？」

「布施你個頭！跟我回玄日宗！」

「施主要賞飯吃，自然很好。」那和尚說：「不過貧僧已經吃飽了，不如折現吧。折個一百兩銀子，貧僧就不計較打擾吃飯的事情。」

又是一群玄日宗弟子迎了上去。

莊森皺起眉頭。「這些人對玄日宗絲毫不懼，甚至個個語帶挑釁。要是從前，哪裡會有這種事情？」

麵店老闆湊了過來，輕聲道：「這位兄台有所不知。從前江湖中人敬重趙遠志趙大俠，行走江湖都賣他老人家的面子，對玄日宗處處容情。如今李命接掌玄日宗，聲望根本不足以服眾。再加上江湖傳言，趙大俠跟卓七俠都是李命為了爭權奪位害死的，不少江湖好漢都想來找玄日宗的碴。」

莊森一愣：「這種傳言都已經流傳出來了？」

「是呀，我也奇怪。」麵店老闆說。「趙、卓兩位大俠都才逝世不久，李命做事又向來仔細，就算有人起疑，也不該會傳這麼快。依我看似乎是有心人刻意在散布傳聞。」

月盈問：「老闆也是江湖中人？」

麵店老闆苦笑：「江湖太難混了，還是做點小買賣好。」

街上劍拔弩張，好幾夥人隨時都能打起來，偏偏沒人當真動手。這時有三個玄日宗弟子搜到麵攤，喝道：「都站起來了！」

月盈笑著起身。莊森怕她殺人，連忙伸手牽她。月盈才剛轉頭看他，一名玄日宗弟子已經出手推她左肩。月盈眉頭一皺，回頭瞪他。玄日宗弟子正待發威，突然見到月盈花容艷色，當場竟羞到臉紅，低頭道：「這個……姑娘，這可對不住了。我推妳只是……只是……」

月盈張嘴欲答話，莊森又拉她一下。她暗嘆口氣，說道：「沒事。大爺你忙你的吧。」

那弟子伸手又要去推莊森，月盈右手搭他手臂，攔著道：「哎呀，大爺，我哥哥是讀書人，弱不禁風，你可別把他給推壞了呀。」

那弟子讓月盈玉手一摸，魂都飛了，愣愣說道：「姑……姑娘說不推，我就不推了……」說完開始往隔壁桌走，目光卻始終盯著月盈瞧。

「且慢！」旁邊另一名玄日宗弟子說。他盯著莊森，神色懷疑。「這位兄台很面熟。不知是否在哪裡見過？」他往第三名弟子比比手指。那弟子從懷裡取出一疊畫像，看著莊森逐一對照。

月盈走到臉紅弟子身旁，嬌聲問：「大爺，這些畫的都是什麼人呀？」

「是……是壞人。」

月盈搖頭：「我哥哥可不是壞人呀。」

「是……是……藍師弟，她哥哥不是壞人……」

莊森原地不動，靜觀其變。月盈站在兩名玄日宗弟子中間，一出手就能制住兩人。那麵攤老闆手持麵杓，默默走到第三名弟子身後，似乎也有想法。旁邊另外一桌有兩個客人低頭對著麵碗，也不起筷挾麵，看不出是否會武。

持畫像的弟子再翻幾張，月盈臉上漸現殺機。莊森張嘴欲言，考慮要不要自認身分。這時街尾騷動，馬蹄聲起。眾人轉頭觀看，只見是來了大批官兵。為首的將軍神色剽悍、氣宇軒昂，一看便知是久歷戰陣之人。將軍揚聲問道：「幹什麼了？」百姓怨聲四起，都說玄日宗胡亂拉人。

將軍看看人群，指向近處一名玄日宗弟子，問道：「你們舵主呢？」

那弟子恭敬搖頭：「符大人，小人不知。」

將軍道：「找個知道的出來講話。」

弟子往分舵大門奔去。

月盈輕問那臉紅弟子：「大爺，這位將軍是什麼人呀？」

臉紅弟子乖乖回答：「他是洛州刺史符存審大人。」

月盈與莊森對看一眼，再問：「原來他就是大名鼎鼎的晉王府第九太保，果然英俊挺拔。刺史衙門離此很近嗎？怎麼這麼快就來啦？」

「是呀，也不太遠。」

玄日宗眾人中跑出一人，來到符存審馬下小聲說幾句話。符存審聽完皺眉不悅，道：「就算是這樣，你們也不能在街上胡亂拉人。玄日宗有官職、有軍階嗎？有何權力在我洛陽城內放肆？」

那人道：「符大人，此事關係重大，還請大人通融。」

符存審搖頭：「不成。你快快把人放了，回頭來刺史衙門報案。死這麼多人是大案，本官不會不管的。」

玄日宗弟子皺起眉頭，說道：「大人，凶手行凶不久，肯定還在附近。你此刻阻擾我們拿人，豈不是讓人趁機逃跑？」

符存審瞪大雙眼喝道：「姓楊的，你竟敢這樣對本官說話？」

那弟子名叫楊純之，乃是洛陽分舵副舵主，地位僅在游毅之下，是當前玄日宗管事之人。他說：「符大人若肯講理，玄日宗自然客客氣氣。符大人喜歡蠻橫，我玄日宗也不是好欺負的！」

符存審大怒：「刁民！你們眼中還有王法嗎？」

楊純之道：「王法也大不過一個理字！今天玄日宗死了這麼多人，我們絕不會讓凶手走脫！」

此言一出，群眾譁然。大家本來只知道玄日宗強行抓人，卻不知原因，此刻方知是玄日宗裡死了人，而且還死了「這麼多人」。不少之前挑釁之人都皺起眉頭，拿不定主意是否該在這種情況下跟玄日宗作對。

符存審道：「只要你說得出誰是凶手，本官保證幫你緝拿歸案。如此胡亂抓人，絕不是個道理。本官要是坐視不管，還當洛陽父母官嗎？」

楊純之道：「就是不知道凶手是誰，這才要把握時機大費周章。你以為我喜歡亂抓人嗎？」

符存審跳下馬背，落在楊純之面前，語氣不善道：「你們游舵主都對我客客氣氣，你這傢伙吃了熊心豹子膽了？」

楊純之毫不退讓，只說：「請大人通融。」

符存審搖頭：「玄日宗自恃武功高強，目無王法。今日本官要發官威，讓你吃痛。」說著朝楊純之推出一掌。

楊純之想不到他說打便打，雖然不怕他一介武官，但是身在洛陽總不好毆打刺史，便只提氣後退，喝道：「符大人怎麼動手了？」

符存審慢步上前，邊走邊道：「教訓刁民，非動手不可。」

楊純之見分舵死了二十來人，舵主也給打傻，卻連對頭是誰都不知道，心中早就氣悶。這時讓符存審一激，他氣就不打一處來。儘管明知不該，卻也不願忍耐。他雙掌運勁，分擊符存審雙肩。符存審肩膀微沉，輕巧卸力，順勢近身，右肘撞向楊純之胸口。楊純之吃了一驚，連忙變招，移形換位，險險避開正面撞擊。符存審搶得先機，連番搶攻，打得楊純之手忙腳亂，節節敗退，一路退了二十來招才終於站穩腳步，逮到機會還了一招。誰知這招不還還好，一還之下，對手彷彿早有準備，左手接過他的攻勢，右掌擊向他胸口破綻。楊純之避無可避，只得側身一晃，以左肩承受一掌之力。就看他口噴鮮血，向後連退好幾步，這才在身後弟子扶持下站穩腳步。

符存審冷笑：「玄日宗武功好大名頭，原來不過如此。」

楊純之深吸口氣，擦拭嘴角鮮血，說道：「是我學藝不精，可不是玄日宗武功不行。想不到符大人竟是武學高手，佩服佩服。」

符存審點頭道：「楊副舵主講理講不過我，打架又打不過我，這就把大家給放了吧。我答應你，定會將此案查得水落石出。」

楊純之推開扶他的弟子，抬頭挺胸傲然道：「不放！」

符存審不悅：「你以為我治不了你玄日宗？你不怕我調兵遣將，把你們分舵的人全抓起來？」

楊純之冷笑：「就你會調兵遣將，我不會嗎？」說著從懷裡掏出一支飛火，點燃引信，一拋沖天。「等我附近弟子全數來援，憑你刺史衙門的兵馬，只怕也不能逼我交人。」

符存審自懷中取出兵符，交給副官：「除了各城門留守必要兵力，城內其他兵馬全部給我調過來。」副官得令而去。他轉向楊純之，又道：「楊純之，你要把事情鬧大，本官奉陪到底。今日之事是你理虧，沒有人會站在你們那邊。」

玄日宗的人馬陸續趕到，洛陽城內的官兵也持續集結。半個時辰後，玄日宗帶著拿下的數十名武林人士退入分舵，刺史衙門的兵馬則把分舵四周的街道封街，凡玄日宗弟子許進不許出。市集上沒遭波及的百姓退出包圍線外，有那閒著沒事的就留在附近看熱鬧。玄日宗分舵四周的民房屋頂上爬了不少人上去，大家都等著要看這場好戲。

莊森和月盈隨著眾人退走，在兩條街外一間酒樓三樓找了個好位子，俯瞰玄日宗分舵附近形勢。玄日宗分舵裡擠滿弟子，到後來人多到擠不下了，不少人拿了兵器上屋上牆，還有人站到圍牆之外，對街歸玄日宗所有的民房中也進駐許多弟子，估計少說來了一、兩千人。官兵包圍人數更多，將附近的街道擠得水洩不通。刀光劍影，殺氣騰騰。

天色漸暗，酒樓掌燈。莊森眉頭深鎖，問道：「符存審既已封街，為什麼還一直放玄日宗的人進去？」

月盈緩緩搖頭：「看這樣子是想要一網打盡。問題是玄日宗人數也未免太多了點，以洛陽當地兵馬未必應付得來。」

「一網打盡？」莊森懷疑。「他們不是一夥的嗎？二師伯跟晉王府聯手對付大師伯，符存審既是洛陽刺史，定有參與其事，是吧？」

月盈思索片刻：「此事瞎猜無益。你想知道，我去問符存審。」

莊森連忙搖頭：「不可莽撞，看看再說。」他指向下方民房屋頂上的閒人又說：「這些看熱鬧的人裡不少人身懷武功。洛陽分舵亂拉武林人士，這下可得罪了不少人。」

月盈道：「不是不少人身懷武功，是個個身懷武功。洛陽分舵拉的武林人士只怕不是剛好都在市集上閒晃之人。」

莊森看看月盈，又轉頭看看屋頂上的人，果然個個都越看越不像普通人。「這究竟是怎麼回事？」

月盈問：「那個楊純之是什麼人？他武功還過得去，比起游毅毫不遜色。」

莊森點頭道：「楊純之是二師伯的弟子。聽過沒見過。」

月盈輕哼一聲，說道：「李命八成要他取代游毅。他出任掌門第一件事就是要把你大師伯的人都換成自己人。」

莊森覺得有理，憂心道：「看來玄日宗掌門易位影響的還不只是本門人事異動。」他瞄到東邊一間屋頂，突然咦了一聲，細看之下說道：「梁王府的人。」

月盈探頭一看，笑道：「是柳義跟劉大海兩位大爺。」

「薛老爺子沒跟他們在一起。」

「定是護送朱公子回去了。」月盈說。「想知道是怎麼回事，去問他們就行了。」

兩人點了點頭，當即起身下樓。剛到樓梯口，聽見樓下鬧哄哄的，擁上許多官兵，大聲吆喝：「走開！走開！刺史大人來此指揮坐鎮，閒雜人等都給避開了。」

莊森和月盈後退兩步，等候眾官兵上樓。符存審最後上來，與月盈擦身而過時突然停下腳步，轉頭望著月盈，眉開眼笑道：「這位姑娘長得眞是好看。不知許了婆家沒有？」

月盈嫣然一笑，可謂千嬌百媚，說道：「刺史大人妻妾成群，問這個做什麼？」

符存審見她笑靨如花，不禁大樂，說道：「我們家那些庸脂俗粉哪裡及得上姑娘妳呀？」

月盈還待調笑，見莊森神色不善，輕嘆道：「大人快別這麼說，我相公可要生氣了。」

符存審瞪向莊森。莊森不知如何是好，只能拉著月盈下樓。來到樓下，只見二樓擠了五、六十人，坐不下的就在四周站著，看來都是武林人士，兵器全放在桌上，一副幫會談判的模樣。三樓上去了不少洛陽官兵，二樓卻毫無官府之人，顯然是刻意爲之。莊森站在樓梯口微微一愣，月盈已經拉著他遠離樓梯，到角落憑欄旁跟幾個年輕人站在一塊兒。

中間一張大桌旁站起一名長者，約莫六十來歲，文士打扮，氣宇不凡，朝四周作揖，說道：「各位朋友，今日武林各大門派齊聚洛陽，不讓玄武大會專美於前。咱們在成都受夠李命的氣，正好在洛陽找回這場子。」

坐在他對面的頭陀搖頭道：「廖先生，咱們別往自己臉上貼金啦。在成都受氣是有的，要說咱們這些人能跟玄武大會比美，那不是讓天下英雄笑話嗎？」

頭陀身旁的尼姑搖頭：「今日之事跟玄武大會有何關係？兩位不要胡亂夾纏。玄日宗強拉本門弟子，老尼是來叫他們放人的。」旁邊不少人出聲附和，但也有不少人目光對看，似乎另有默契。那尼姑皺起眉頭，問道：「怎麼？各位不是爲此而來的嗎？」

頭陀唯唯諾諾：「這個……渺松師太不知道嗎？」

渺松師太問：「知道什麼？」

先前的廖先生說：「敢問師太，凡仙觀裡是哪位仙姑讓玄日宗拉去了？」

渺松師太道：「我的小徒弟善緣。」

「師太請放心，我們一定會把善緣小師父救出來的。」

渺松師太不悅：「廖聖賢，你敷衍我？玄日宗拉了幾十個人進洛陽分舵，不到半天這裡就聚集了幾十個門派。老尼姑少問世事，卻也不是不通世事。你們究竟爲何而來，趁早把話說清楚了！」

廖聖賢目光一轉，跟同桌幾家掌門使個眼色，點頭說道：「今日之事，本來不會牽扯這麼多武林同道。適逢其會，玄日宗胡亂拉人，倒爲我方壯了不少聲勢，也更師出有名。」

渺松師太問：「你們要對付玄日宗？」

廖聖賢緩緩點頭。

渺松師太道：「你們吃了熊心豹子膽？以爲玄日宗除了趙大俠外沒有能人了？李命奪得武林盟主，憑的是眞材實料，按足武林規矩。你們憑什麼對付他？」

廖聖賢搖頭：「李命此人，素行不端。由他出任武林盟主，萬萬不能服眾。」

渺松師太問：「什麼素行不端？老尼跟李掌門素無交情，但他過去幾年來名聲並不算差，處事公正嚴明，從不濫殺無辜。」

「此人表裡不一，師太讓他騙了。」廖聖賢說。「趙大俠光明磊落，玄日宗卻藏污納垢。二十年來，圍繞玄日宗總壇有多少見不得光的事情？妳若信得過趙大俠，那玄日宗總有人在幕後主使。這個人若不是李命，還能是誰？」

渺松師太搖頭：「這是臆測，毫無根據。」

「武林中眾口一詞，都說李命爲了奪取掌門之位，謀害了趙大俠和卓七俠。」

渺松師太道：「那都是無聊人士穿鑿附會的鬼話，如何能聽？」

廖聖賢苦笑：「我說什麼，師太都不信。敢情是人微言輕，說起話來沒有分量。這可得請個有分量的前輩出來才行啦。」

樓梯間傳來腳步聲，走上一名白鬚長者。莊森和月盈對看一眼，認得是神劍居士薛震武。薛震武乃誅滅黃巢的前輩英雄，武林名頭果然響亮，一上二樓，所有坐著的人全數站起，朝他老人家拱手問好。大部分後生晚輩不認得他，但見師長對他如此恭敬，只好跟著行禮。月盈朝薛震武揮了揮手，薛震武神色一變，也不招呼，逕自走到主桌。

薛震武揚手道：「各位朋友，請坐，請坐。」

廖聖賢語氣恭敬，說道：「薛老爺子不坐，我們這些後輩如何敢坐？」說著讓出自己的位子，畢恭畢敬：「老爺子請坐。」

薛震武微微一笑，坐了下去。眾人這才紛紛就座。廖聖賢喚來伙計，幫薛震武換上乾淨碗筷。薛震武等到伙計忙完，這才咳嗽一聲，張口道：「渺松師太，老夫說話，妳可相信？」

渺松師太遲疑片刻，說道：「聽說薛前輩投身梁王府，今日卻來晉王的地盤主持這等事務？朱全忠跟李克用什麼時候聯手了？」

薛震武道：「攸關存亡，自當聯手。」

「梁王和晉王貴為天下藩鎮之首，天子都經常在兩家府裡作客。」渺松師太搖頭問：「有誰能逼得二王聯手結盟？即便李命出任武林盟主，也礙不到兩位王爺的大事。」

薛震武語氣森然：「師太有所不知。李命想當皇帝。」

此言一出，眾人驚呼。

薛震武待得眾人安靜下來，繼續說道：「玄日宗統帥中原武林，雖非正宗王師，二十年來率領愛國之士協防邊境節度使，對於國家大事，可謂功不可沒。對於朝廷的貢獻，絕不亞於檯面上任何一位節度使。這些年來，藩鎮之間勾心鬥角，爭權奪利，卻始終沒人動過玄日宗，關鍵就在於趙大俠立場中立，從不偏袒任何一方。不管是梁王、晉王，還是其他有實力的節度使，大家都知道若能得到玄日宗支持，掌握天下指日可待。這同時也表示站在節度使的立場，玄日宗不是朋友，就是敵人。他若能一直中立下去，也還罷了；一旦立場變動，所有節度使都會與他爲敵。趙大俠深知此事，是以多年以來，始終嚴禁門下結交藩鎮。」

渺松師太輕哼一聲：「趙大俠去世，你們馬上就開始拉攏李命了？」

薛震武點頭：「這個自然。而我們一加刺探，立刻知道李命無意輔佐任何節度使。他想要自己當皇帝。」

渺松師太問：「當皇帝又不是靠武功高強，不然趙大俠早就當皇帝了。玄日宗無兵無財，憑什麼跟你們爭？」

薛震武拿出幾封書信，信封上都蓋有玄日徽記。「我們攔截到幾封玄日宗對內公文。李命下令各分舵減免報名費，廣招弟子，又在各地購置打鐵舖及馬場。任誰一看都知道他在招兵買馬。」

渺松師太道：「就算他招兵買馬，也不過就是多出一方勢力角逐天下。梁王或許擔心，但跟我們這些江湖中人又有何干係？」

薛震武道：「玄日宗眼下弟子，將近五萬；照李命開出的條件，估計半年內可再招五萬弟子。李命行事謹慎，不會單憑十萬弟子角逐天下。他若要動手，肯定會善用武林盟主這個頭銜。敢問師太，武林盟主登高一呼，凡仙觀可會起而響應？」

渺松師太道：「趙大俠振臂一呼，我便隨他去了。李命嘛……還得看他表現。」

薛震武搖頭：「李命弒兄，籌劃多年。他想要當皇帝，也早已開始布置。此事有跡可循，只是大家從前不知道他的意圖，是以不曾發現。如今事後諸葛，一切順理成章。」他一一看向同桌掌門，繼而說道：「在座各位掌門，有多少人受過李命的恩惠？又有多少人有把柄落在他手上？一日李命起義，江湖之中能夠跟他說不的又有幾人呢？」

同桌掌門紛紛搖頭，渺松師太神情凝重。「半年前汴州水患，凡仙觀收成全毀，損失慘重，差點就要出售地產。李命弟子關瑞星突然造訪，說是江湖救急，要幫我們償還債務。當時若是收了那筆錢，將來這個『不』字，可就難以開口了。」

薛震武冷笑：「李命收買人心，布置多年。收買不了，又有異心的，他就暗中除去。徐州飛馬莊田飛、三峽幫喬大元、岳峰、柳三刀……過去半年內就有十幾個武林人士疑似死於玄日宗武功之下。這些人裡有些跟李命有宿怨，有些是他的絆腳石。本來趙大俠當家，大家不會聯想，如今李命上任，眞相可就呼之欲出了。」

渺松師太搖頭道：「此等大事，毫無證據，可以亂說的嗎？」

薛震武嘆道：「姑且不論李命殘殺同門，犯了武林大忌。光是他為了一己野心，殺了人人景仰的趙大俠，身為中原武林的一份子，我就不能嚥下這口氣。」

「你口口聲聲說他殺了趙大俠，可有眞憑實據？」

薛震武道：「兩個月前，探子回報，有人在洛陽布莊訂製數百套宣武軍裝。梁王府派人查探此事，發現有人在此假扮宣武軍，於香山琵琶谷突襲趙大俠，而為首之人，便是李命。」

眾人又是一陣驚呼，甚至有人破口大罵。莊森轉向月盈，揚眉詢問。月盈微微搖頭，在他耳邊輕聲道：「我沒聽說過此事。兩個月前，薛老爺子跟我在一起，這事應當是他後來聽說的。」

渺松師太問：「李命哪裡找來幾百個人跟他弑兄？難道是洛陽分舵的人？」她望向兩條街外的洛陽分舵，隨即皺起眉頭。「在洛陽附近幹此大事，晉王府豈會不知？」

薛震武往上一比：「符大人說他不知。」

所有人不約而同抬頭望向三樓。

樓上傳來符存審的聲音：「你們江湖中人打打殺殺，別把晉王府牽扯進去。」

渺松師太沉思片刻，說道：「果眞如此，你們應該揭發此事，讓玄日宗自己清理門戶。來這邊圍洛陽分舵是什麼意思？」

薛震武搖頭：「師太這話說得天眞了。李命害死趙大俠，回頭又讓卓七俠一日暴斃。這擺明是在肅清異己。玄日宗一代弟子裡還沒死的，肯定也都是他的人了。」

渺松師太不信：「崔女俠絕不會任他弑夫不管。」

薛震武道：「崔望雪一介女流，怎麼鬥得過李命？她若不肯順從，趙大俠和卓七俠就是榜樣。」

渺松師太垂頭喪氣，問道：「扳倒玄日宗乃是武林大事。你們找了多少人一起幹？這算江湖恩怨，還是藩鎮鬥爭？衝突一起，宣武軍、河東軍是否出兵？你們爲何不直搗成都總壇，卻來對付洛陽分舵？」

「整個成都都是玄日宗的，要攻總壇，必須攻城，那可不是我們幾個江湖門派聯手就能辦到的事。」薛震武說。「日前老夫與四十八派掌門集會參詳，決定先將玄日宗五大分舵逐一擊破，再看李命如何應變。倘若他集結弟子，鞏固成都，那免不了就得動員梁、晉王府的兵馬，攻城掠地，將他們一舉殲滅。」

「就像你們現在讓洛陽分舵集結弟子，一網打盡？」

薛震武點頭不語。

「王建會讓宣武、河東軍進入劍南道？」

「此事梁王自會處置。」

「前輩出手，果然厲害。李命上任還不到一個月，你們就已經計畫好要剷除玄日宗。」渺松師太道。「但既然這是李命一個人的野心，你們為何不殺他一人就好？」

薛震武沉吟片刻，緩緩說道：「玄日宗風光夠了，該是他們下台的時候了。」

有人走到廖聖賢耳邊低語。廖聖賢神色一凜，喝道：「好大的膽子！大爺在此商討要事，竟然混進了玄日宗奸細！」說完隨著通風報信之人一指，望向莊森，又道：「來人呀！把那個玄日宗奸細給拿下了！」

莊森旁邊的人紛紛轉身，將莊森和月盈給圍了起來。通風報信之人大聲說道：「大家要小心，此人是玄日宗二代首徒莊森，曾在巫州力挫江南六大派，跟趙大俠之女趙言楓合稱玄日雙尊！」玄日雙尊大名鼎鼎，所有圍住莊森的人聞言立刻後退，瞬間包圍圈拉大不少。「玄……玄日雙尊？」「聽說他們武功高強，殺人不眨眼呀！」「他旁邊那個就是趙女俠嗎？」「雙尊聯手，天下無敵！」「無敵個屁！」

莊森揚起雙手，說道：「各位有話好說，在下只是路過，不是奸細……」

廖聖賢喝問：「你是玄日宗莊森不是？」

莊森道：「是。」

「那還不是奸細？拿下了！」

「且慢！」薛震武站起身來，朝莊森作揖，「莊公子。」

莊森回禮：「薛老爺子。」

薛震武瞧瞧月盈，又瞧瞧莊森，說道：「各位不要緊張，這位莊公子既是我們王爺賞識之人，又是卓七俠的高徒，可以說……這個不是外人。莊公子，令師之事，還請節哀。李命多行不義，這個仇，我們一起幫你報了。」

莊森道：「薛老爺子好意，在下心領了。恩師大仇，不敢假他人之手。梁王加盟之事，我上次便已回絕，老爺子不必套這等交情。」

薛震武訝異：「老夫瞧你跟月姑娘一路，以爲你已改變心意。」

莊森搖頭。

薛震武道：「就算公子不肯加入梁王府，如今玄日宗不仁不義，你也不必再跟他們客氣。今日攻打洛陽分舵，若得莊公子相助，我方就如虎添翼了。」

莊森皺眉：「你要我幫你們攻打玄日宗？」

薛震武問：「他們害死你師父，難道你還顧念舊情？」

莊森道：「我師父斃命成都，跟洛陽分舵有何關係？我會查清楚是誰害死我師父，絕不會無端遷怒，濫殺無辜。」

薛震武搖頭：「莊公子，張開你的眼睛。害死你師父的是玄日宗。不是李命，不是崔望雪，是玄日宗。玄日宗表面上是武林盟主，實際上是武林毒瘤。中原武林以毒瘤爲首，只有向下沉淪的份。你不趁現在挖掉這個瘤，整個中原武林都會爛掉。趙大俠和卓七俠的武功堪稱天下無敵，但在此毒瘤之中依然無法倖免。你心存仁義，不肯背叛師門，老夫瞭解。但你就能眼睜睜坐視玄日宗繼續殘害天下蒼生嗎？他們連趙遠志和卓文君都敢殺，還有什麼事情幹不出來？」

莊森無言以對，只是搖頭。

月盈柔聲道：「森哥，洛陽分舵下毒害你，已經翻臉了。你不除掉他們，他們會除掉你。」

莊森問：「人家對我不仁，我就要對人不義嗎？」

月盈搖頭：「不要當濫好人。」

廖聖賢見莊森猶豫不決，喝道：「你不入夥，便是奸細。放你離開，定會去跟玄日宗通風報信！拿下了！」

眾人本來忌憚莊森，此刻見他優柔寡斷，弒師之仇都不肯報，以爲他膽小怕事，當場瞧不起他。一人飛撲而上，莊森心不在焉，隨手把他摔了回去。跟著又有兩名漢子揮刀砍來。莊森雙手翻轉，兩刀對砍，雙雙折斷。掌門桌上有人長嘯一聲，化作一道劍光竄向莊森。莊森側跨一步，該掌門收招不及，飛下樓去。

薛震武擔心這麼多人拾奪不下一個玄日宗弟子會打擊眾人士氣，連忙朝月盈狂使眼色。月盈無奈聳肩，對莊森道：「森哥，多鬥無益，咱們走。」說完拉他衣袖，跳出憑欄。莊森無意戀戰，放手隨她去了。

第三十六章　敗陣

酒樓一樓同樣擠滿武林人士，在樓下等候師長議事。他們不知二樓出什麼事，只知有人打架，有人墜樓。見莊森和月盈落在門口，也不知該不該圍上。莊、月二人輕輕落地，轉身要走。適才飛下樓來的掌門提劍又上，月盈推開莊森，輕輕一腳，又把掌門給踢回二樓。該掌門的弟子大聲吆喝，追出酒樓。莊森和月盈提氣疾行，沒多久便拋開追兵。

洛陽是繁華大城，雖已入夜，街上行人不減。莊森和月盈並肩而行，在人群中走了好一陣子，始終沒有開口說話。莊森一日之間得知師父死訊、遭受同門追殺、發現武林中人意欲剷除玄日宗，還想招攬他入夥，心裡五味雜陳，腦中一片混亂。月盈也不開口安慰，只是由得他自己去想。走了大半個時辰，街上行人也變少了，月盈才指著街尾一家小飯館，問道：「森哥心煩意亂，不如借酒澆愁？」

莊森搖頭。「陪我到橋上坐坐。」

兩人走上一條掛著幾盞燈籠的石橋，坐在橋上，聽著橋下流水，望著兩側輕舟，高掛的明月，及南方泛紅的星空。

「火光。」月盈道。「玄日宗分舵那邊已經打起來了。」

莊森皺起眉頭，說道：「妳看會打多久？」

月盈點頭：「雙方勢均力敵，起碼會對峙個幾天。等河東軍援軍抵達，情況就不同了。」

「玄日宗也會有人來援。」莊森道。「游毅說三師伯會來主持追捕我的事情，只盼他人已在洛陽附近。有玄天龍出面遊說，說不定能化干戈爲玉帛。」

月盈問：「你還站在他們那邊？」

莊森長嘆一聲，說道：「我一直在想柳蔭寺之事。柳蔭寺跟廬山幫都不是好人，雙方的紛爭，說穿了不過是在搶奪地盤罷了。當時最有效的做法，當然是把兩邊的老大抓起來談判，談不攏就教訓一頓，再不行就性命要脅。那兩個傢伙都不是好東西，就算殺了也不必良心不安。但我就是動不了手。我不知道是我無法對自己交代，還是不想弄髒雙手。我把爛攤子丟給李存孝，自己一走了之，什麼事都沒有解決。」

月盈默默看著，等他繼續說下去。

「當此黑白難分的世道，行俠仗義眞不簡單。我老想要兩全其美，皆大歡喜，但那根本不可能。」

「森哥終於開竅了。」月盈神色嘉許。「身處衝突之中，最忌諱的就是立場搖擺。柳蔭寺和廬山幫跟你沒有交情，當然可以拍拍屁股走人。如今衝突的是中原群豪跟玄日宗，你還想要拍拍屁股走人嗎？那你當初乾脆就別回來了。別說什麼浪跡江湖，提什麼行俠仗義，你若沒有一個堅定的立場，江湖根本沒有你的立足之地。」

莊森問：「所以他們不仁，我就不義？」

月盈點頭：「他們不仁，你就不義。這是行走江湖最基本的道理。如果玄日宗這樣對你，你還幫著他們，那等於是告訴武林同道你莊森有多好欺負。從今以後，除了忌憚你武功高強外，江湖上不會再有人敬你重你。」

莊森苦笑：「現在有人敬我重我嗎？」

月盈輕笑：「盈兒呀。」

莊森問：「我若不跟玄日宗翻臉，妳就不敬重我了？」

月盈收起笑臉，正色道：「森哥，他們害死你師父。」

莊森點一點頭，沉默不語。片刻過後，悲從中來，想起從小到大跟著師父的種種，淚水就此決堤，哭到泣不成聲。月盈把他摟在懷裡，輕撫他的肩膀加以安慰。莊森哭了一陣，啜泣漸歇，半躺在月盈懷裡說道：「倘若……師父真的死了。我要把凶手碎屍萬段。」

月盈點頭不語，繼續安撫他。

「但是……我殺不了他們。我二師伯的武功……我殺不了他。」

莊森搖頭：「我們聯手也未必是二師伯的對手。」

月盈說：「我會幫你。」

月盈道：「那就去找我爹幫忙。」

莊森又在月盈懷裡躺了一會兒，這才慢慢坐起身來。

月盈遠望火光，說道：「森哥，洛陽分舵的事情，你可得管管。你已經在群豪面前露臉，此刻置身事外，他們會說你膽小怕事，有損你的威名。」

「我有什麼威名？」

「你想不想報仇？」月盈冷冷問道。「想報仇就要有威名。你獨自一人對付不了玄日宗，要殺李命，你就需要武林人士的支持，今日就是你的機會。」

莊森沉默片刻，問：「妳要我跟他們一起對付洛陽分舵？」

月盈說：「我要你決定立場。莫再搖擺不定。」

「是呀，森兒，這位姑娘說得很對。」一個聲音由遠而近，轉眼來到他們身旁。「堅定立場，做事才有依據，遇到事情就不會不知道該站在哪一邊。」

月盈好整以暇，轉過身來。莊森則是大驚失色，連忙回頭，對著眼前之人說道：「三師伯！」

郭在天站在三步外，笑嘻嘻地向莊森點頭，隨即望向月盈，說道：「這位姑娘好眼力。我在旁偷聽，自以爲神不知鬼不覺，想不到一早就給人發現了。」

月盈道：「郭大爺來得好快，果然是輕功一流。」

「好說，好說。」

「三師伯，」莊森喝問，「我師父是不是你們殺的？」

郭在天搖頭：「不是我殺的。」

莊森激動：「我問是不是你們殺的！」

郭在天聳肩不答。

「他是怎麼死的？」莊森問。「別跟我說染疾暴斃！」

「森兒，不要老眷戀過去。重要的是以後。」郭在天道。「跟師伯回總壇。我們有用得到你的地方。」

「就這樣？」莊森難以置信。「你們殺了我師父。只叫我不要眷戀過去？」

郭在天說：「成大事者，不拘小節。沒有人想殺你師父，但我們要救的是天下蒼生。」

「你講那什麼鬼話……」

郭在天揚手打斷他，繼續道：「黃巢亂後，各大節度使足足鬥了二十年，始終鬥不出結果來。不管朱全忠跟李克用實力多強，他們就是沒有辦法征服天下。不要指望他們了，想要讓天下蒼生過點太太平平的好日子，就只有玄日宗可以辦到。跟我回總壇，輔佐二師兄。你是一等一的人才，所以朱全忠才這麼想要攏絡你。但跟著他沒前途。他殺盡宦官、廢神策軍，皇上的性命早就懸在他手裡。滿朝文武也沒人敢說什麼，你知道他爲什麼還不篡唐？就是因爲他的實力不足以平天下。」

「你不必兜售這些鬼話。」莊森搖頭。「你們殺我師父，我不會幫你們。」

「森兒，我這是爲天下蒼生請命呀。」

「我呸！」

月盈突然朝郭在天上前一步，說道：「郭大爺，晚輩有一事不明，想要請教。」

郭在天後退一步，問道：「姑娘是什麼人？」

「唷？郭大爺不知道嗎？」月盈說著又上前一步，郭在天又退一步。

郭在天笑道：「姑娘跟我師侄交好，自然是自己人。」

「是呀，我是自己人。」月盈輕聲道。「郭大爺不必一直後退。」

郭在天退到第三步，不再退讓。月盈也停下腳步，問道：「如今洛陽守軍聯合近五十個武林門派圍攻洛陽分舵，郭大爺不去主持大局，跑來這裡做什麼？森哥還盼著你能化干戈為玉帛呢。」

「我是在努力呀。」

「來找森哥？」

郭在天道：「姑娘請想：薛震武代表梁王，符存審代表晉王。這兩人立場明確，要說服他們退兵可得花番工夫。森兒立場搖擺，涉世未深，說不定動之以情便能說服。取捨之下，我自然是先來找他。」

月盈點頭：「果然有理。然則森哥威望不足，又無兵馬，不過就是一名武林散人，如何能跟薛震武、符存審相提並論？」

郭在天解釋：「薛震武手下的武林人士人數雖眾，真正的高手卻屈指可數。這個看你們兩人能夠輕易逃出雲香樓就知道了。符存審的兵馬擅長戰場衝殺，街頭巷戰非其所長。以洛陽分舵人數之眾，守個幾天不是問題。但若森兒願意相助他們，事情可就麻煩了。森兒功力深厚，二代弟子無人能及，加上他熟知本門武功，只要有心，潛入分舵殺任何人都如探囊取物。再說，他玄日雙尊威名遠播，加盟薛震武可長他們士氣，滅我們威風。兩軍交戰，士氣為重。」

「我也是這麼想，是以在勸森哥趕去幫忙。」月盈點頭笑道。「就只一件事麻煩。」

「什麼事？」

「倘若郭大爺坐鎮洛陽分舵，森哥便討不到好去了。」

郭在天側眼瞧她，饒富興味。「姑娘究竟何人？小小年紀，見識明白。」

月盈嫣然一笑。「郭大爺取笑人家呢，我年紀可不小了。」

郭在天轉向莊森，問：「楓兒呢？你們不是玄日雙尊嗎？怎麼不在一起？」

莊森還沒說話，月盈搶先道：「郭大爺真會轉移話題。說起轉移話題，你們跟晉王府合作得好好的，怎麼符存審會倒戈相向，這麼快就翻臉不認人？」

郭在天冷冷說道：「我也很想知道。」

「是囉，」月盈點頭。「郭大爺要忙的事情太多，沒空坐鎮洛陽。」

「姑娘冰雪聰明，佩服佩服。」

月盈笑靨如花，一副受到長輩誇獎的模樣。「郭大爺趕著要走，自然不能把森哥留在這裡壞事了。」

郭在天說：「姑娘說得不錯。反正我本來也要帶森兒回去。」他轉向莊森，「森兒，跟我回去。」這話語氣堅定，沒得商量。

莊森走到月盈身前，伸手讓月盈退下，揚聲道：「我不會跟你回去。你要強帶我走，這便動手吧。」說完擺開玄日宗對長輩過招的架勢。

「哼！」郭在天冷笑一聲。「玄日雙尊在江南大大露臉，不少好事之徒都說你跟楓兒青出於藍，武功已經比我還強。你不會當真信了那些傳言吧？」

莊森道：「江湖傳言不會空穴來風。師伯不信，大可以來試試。」

郭在天抽出腰間單刀，說道：「你自小長於劍法，亮劍。」

莊森面對師伯，不敢托大，當即拔劍出鞘，將劍鞘交給月盈。「盈兒，不要插手。」對郭在天說：「師伯，請。」

郭在天不再答話，沖天而起，一上來便使出開天刀法中的絕招。莊森知道開天刀以刀勢沉猛見長，氣聚刀身，往往一出刀便將對手武器打落。郭在天乃是玄日宗第一使刀高手，這一刀從天而降，勢若奔雷，倘若提氣硬擋，功力稍差便會給劈成兩半。莊森以本門劍招應付，烈日劍法和旭日劍法中皆有招式能夠旁敲側擊，在避開此刀的同時施以反擊。但他捨棄那些劍招不用，只是氣聚劍身，橫劍硬擋。就聽噹的一聲，回音嗡嗡，火星四射。莊森微微後退，郭在天輕輕盪開。

郭在天眉頭一皺，說聲：「好小子！」揮刀再上。刀勢一經施展，刀光延綿，宛如蛟龍般四下飛竄，從四面八方砍向莊森。莊森的內勁跟郭在天不相伯仲，壓不下郭在天的刀勢，面對如此強勁快刀，他一時深感吃力，只能加快出劍，盡量避免刀劍相觸。

莊森心想：「想不到三師伯的刀竟然如此之快，要不是之前拿郝春秋的秋意刀來練過快劍，只怕我一上來便已輸了。適才試刀，三師伯的功力跟我在伯仲之間。但他如此快刀亂斬，容易勾動我的劍勢。最好還是少碰他的刀為妙。」

莊森劍走輕靈，在刀光蛟龍間宛如浪中扁舟，隨著風浪起伏，始終也沒翻船。兩人以快打快，轉眼拆了百餘招，誰也未顯敗象。郭在天突然大喝一聲，橫刀劈向莊森胸口。這一刀直截了當，並無招式可言，但是刀勢威猛異常，似是以轉勁訣凝聚功力而來。莊森不願硬接，於是縱身而起，甩劍護身，從刀上掠過郭在天頭頂。就在他將要落地之時，突然胸口鬱悶，脈搏少跳一下，一口氣沒有轉順，竟無力再度後躍。他心想：「慘了！四師伯迷藥未清，竟在這個時候發作！吾命休矣！」

郭在天一把抓住莊森胸口，功力輕吐，封住他的穴道。莊森渾身痠軟，癱倒在地。郭在天毫不停歇，迴刀護身，轉而面對月盈。他滿心以爲月盈一見莊森遇難便會出招偷襲，想不到她依然站在原地，笑盈盈看著自己。

郭在天道：「姑娘好定力，這都不出手。」

月盈說：「你又不會傷他性命，我忙什麼？」

郭在天問：「妳又知道我不會傷他？」

「我自然知道。」月盈細看莊森，問：「你對他做了什麼？爲何他會氣息窒礙？」

郭在天冷笑：「迷藥的餘威。我師妹的藥就是這麼厲害。」

月盈點頭：「是呀。崔女俠的藥連趙大俠都害得了，森哥自然不是對手。」

郭在天皺眉上前：「姑娘嘴巴倒挺厲害。」

月盈也朝他跨出一步：「姑娘厲害的可不只是嘴呢。」說著拍出一掌，身隨聲至，轉眼來到郭在天面前，邊拍邊道：「郭大爺究竟有何要事，分舵都要給人挑了，還不肯留在洛陽坐鎮？」

郭在天捨刀不用，左手使開掌法招架。他心知此女絕非泛泛之輩，但也沒想過該擔心她的武功。他架開月盈的玉掌，故作閒適道：「我辦的都是大事，年輕人無須多管。」

月盈掌影翻飛，身輕如燕，圍著郭在天游鬥，一時不忙取勝，輕笑道：「洛陽城裡今日來了幾個契丹人，意向不明，也沒跟人接頭。郭大爺不會是要去找他們吧？」

郭在天神色微變，哼了一聲，並不答話。

月盈笑容開懷，續道：「大家都知道郭大爺在跟契丹人談結盟之事，但你爲求隱密，往往會遠上平州或遼城密會耶律一族。約在洛陽，可不單純。不知道郭大爺有何企圖？」

郭在天被她戳破隱密，動了殺機，表面上不動聲色，只是出言刺探：「妳這麼聰明，倒是猜猜看。」

月盈道：「依我看，你們要嘛是聯手想打李克用的主意，不然……你就不是爲了玄日宗來，而是爲了自己而來。」

郭在天右手聚氣，隨時準備出刀了結月盈。「我對外談判向來代表玄日宗，怎麼會爲了自己而來？」

「談論國家大事之餘，給自己撈點好處，本就無可厚非。」月盈道。「情況不明時，給自己留條後路，更是天經地義。」

「姑娘說笑了。玄日宗在我二師兄領導下，形勢一片大好，怎麼說情況不明？」

「郭大爺才說笑呢。李命殺兄弒弟，總壇只怕是人人自危吧？再說，李克用轉眼翻臉，各門派蠢蠢欲動，外援又沒談妥。你說形勢大好，實在是自欺欺人。照我說，你還是快給自己找條後路，才是道理。」說完雙掌齊出，攻向郭在天右肩。

郭在天冷笑一聲，一直沒出刀的右手突然輕抖，那把刀宛如靈蛇般沿著手臂急旋而上，砍向月盈手腕。這一刀原擬將月盈雙掌齊腕砍斷，或是逼她強行收掌，他便能趁她氣息阻塞之際一舉擊倒她。想不到月盈毫不避讓，在單刀砍中手腕時擊中郭在天肩膀。就聽見噹的一聲，刀鋒明明砍中她的手腕，但卻沒有砍斷，甚至連條血痕都沒劃出來。郭在天驚駭之際，肩膀上又傳來一股熟悉的寒意，登時大驚失色，連忙甩出單刀，逼退月盈，左手宛如狂風殘影般連點七下，將肩頸附近的穴道盡數封住。月盈徒手接下單刀，隨意揮動幾下，刀刃上凝結一層薄霜。她把刀往地上一摔，刀當場便碎了。

郭在天足下一點，躍出五丈，落地後喝道：「好哇！原來是拜月教的妖人！」月盈輕輕一躍，如影隨形跟了上去，說道：「什麼妖人，這麼難聽。打不過我，就來逞口舌之快嗎？我說你是玄日宗的妖怪！」

郭在天見她追來，再度後躍，提氣時右肩一陣冰涼，封閉穴道阻擋不了寒氣蔓延。他駭然心想：「這小姑娘的凝月掌竟比貪狼尊者還要厲害？小小年紀，豈有此理？」嘴裡說道：「是我不對，口沒遮攔。姑娘究竟是誰，可否告知？郭某人今日認栽，也想知道栽在誰的手上。」

月盈搖頭：「我可不要你認栽。我說過了，有你坐鎮洛陽分舵，我們家森哥就討不到好去。我要讓你再也回不了洛陽分舵。」

郭在天不再倒退，轉過身去，提氣縱躍。他玄天龍的輕功冠絕武林，此刻全力施為，疾行如風。月盈加快腳步，追了上去。兩人轉眼間跑得無影無蹤。

第三十七章　玄天

郭在天點穴催動迷藥餘威，莊森渾身痠軟，連頸部都無力轉動，只能透過眼角餘光眼看郭、月二人消失在巷道之中。他心想：「三師伯不是盈兒對手，但盈兒也未必追得上他。這場追逐，勝負未知。三師伯是老江湖，武功只是他取勝的手段之一。盈兒孤身追他，可別一不小心落入什麼圈套才好。我得趕緊衝破穴道，趕去幫忙。」

正自運功衝穴，橋下有兩名男子，一高一矮，推著一輛推車過來。高個子說：「師父會不會打不過那個女的？」

矮個子說：「那女的多大年紀，怎麼能是師父對手？我說師父是故意敗退，好引那女的前往僻靜之處，風流快活一番。」

「你知道不是的。」

兩人來到莊森身前，低頭看他，高個子說：「這就是我們大師兄？他武功很高呀。」

矮個子說：「武功高又怎麼樣，師父出馬，還不是手到擒來？」兩人一抓頭，一抓腳，將莊森抬上推車，拿張草蓆蓋在他上身，推車便走。

莊森平躺車上，望著滿天星辰，心下暗自焦急：「這兩個傢伙滿臉橫肉，模樣凶狠。師父常說人不可貌相，但這兩人怎麼看都不像善類。三師伯怎麼會收這樣的人做徒弟？三師伯一走，他們就來了，顯然早就安排好的。難道三師伯原先就打定主意要把盈兒引開？三師伯並無好色之名，但是盈兒如此嬌艷，是男人都會勾動凡心，剛剛符存審就示範過了。倘若三師伯敢對盈兒怎麼樣，我可……我絕……我要他……」

心裡正亂著，突然有隻大手在他眼前揮動。莊森眼珠隨著手掌移動，看見那個高個子。高個子一邊推車，一邊說道：「莊師兄，得罪了。」說完一掌下去，莊森人事不知。

再度甦醒過來時，莊森發現自己坐在椅子上，身處一間陳設華麗的臥房。他移動手腳，發現四肢依然痠軟，但已經可以起身走動。他心裡奇怪，想道：「這些人也太大意，竟然沒把我綁起來。他們見過我跟三師伯過招，知道我有多大本事。就算這裡是擠滿人的洛陽分舵，就算有三師伯親自坐鎮，也未必留得住我。」他想想不對，於是運功試探，果然發現自己功力渙散，難以取用。「四師伯為了對付我，廣發強效迷藥，看來三師伯身上的藥物又更齊全了。不過這等抑制功力的藥物比迷藥難配十倍，也沒有把我完全迷倒保險，為什麼要換用這種藥物？」

房門開啓，高矮人步入房內。高個子朝莊森一拱手，說道：「莊師兄好。」說完手肘頂頂矮個子。矮個子皺起眉頭，也朝莊森說：「莊師兄好。」

莊森點點頭，問道：「兩位是三師伯的弟子？」

高個子說：「是。我叫蔣無天，這是我弟弟蔣無法。」

「喔？」莊森瞪大雙眼。「大名鼎鼎的天法雙煞，什麼時候變成我三師伯的徒弟了？」

蔣無天說：「師父的武功出神入化。他老人家願意收我們，是我們兄弟倆的福氣。」

莊森苦笑：「只怕三師伯是看上兩位專長之事了。」

蔣無天說：「雕蟲小技，師兄不必放在心上。」

蔣無法插嘴道：「師兄若不合作，或許就得把咱們兄弟的雕蟲小技放在心上了。」

莊森看看蔣無法，又看看蔣無天，問道：「三師伯回來了嗎？」

蔣無天搖頭：「師父還沒回來。莊師兄是想問那位姑娘的安危？」

蔣無法獰笑：「師兄艷福不淺，那位姑娘可美得緊了。」

莊森心知月盈的武功比郭在天高強，但還是忍不住著急：「你們抓我回來，究竟想怎樣？」

蔣無天客氣道：「師父請師兄回來，不外乎就是想問師兄一個問題。」

莊森問：「什麼問題？」

蔣無天問：「書在哪裡？」

莊森問：「什麼書？」

蔣無天道：「師父沒告訴我。他說問了你就知道。」

莊森點頭：「我是知道。你都不好奇是什麼書這麼重要嗎？」

蔣無天搖頭：「總壇的祕密，我們這些做弟子的知道得越少越好。」

莊森神色嘉許：「果然是高手。這年頭知道太多內情的人可是會不得好死的。」

蔣無天笑道：「莊師兄也是知道太多內情的人。」

莊森道：「對。我知道書在哪裡，但我不會告訴你們。」

蔣無天與蔣無法對看一眼，互使眼色。「無法，你先去準備準備。」蔣無天說著轉向莊森：「我帶莊師兄四處走走。」

三人一起出門。蔣無法向左走，蔣無天領著莊森往右走。莊森嘗試運氣，但是一點功力都提不起來。兩人走出內堂，穿越大廳，沿路五步一哨，守備森嚴。蔣無天帶莊森走過後院，來到一座五層樓高的木塔，塔裡養了許多鴿子，即使在夜裡，依然有人在塔頂收鴿。

蔣無天道：「師兄，我們這裡是洛陽玄天院，你知道是什麼地方？」

莊森點頭：「三師伯打理的樞密房，主掌各方情資。各大城都有設立，確實所在只有總壇知道，就連各分舵主都不知情。」

蔣無天道：「一般弟子根本沒聽說過玄天院。莊師兄果然熟知內情。」他自收鴿人手中接過一封信籤，攤開來看，說道：「朱全忠遣使密會王建，師兄怎麼看？」

莊森湊上去讀那信，說道：「看來三大節度使真的要聯手對付玄日宗了。」

蔣無天點頭：「師兄消息倒也靈通。朱全忠派的密使是他三子朱友珪，總壇在考慮要不要攔截密使，趁機威脅朱全忠。」

莊森問：「朱全忠老派朱友珪去辦重要又危險的事。他究竟是倚重朱友珪，還是不在乎這個兒子的死活？」

蔣無天豎起大拇指，說道：「眞是好問題。這些節度使一個個都是老狐狸，我們每天都在猜他們在想什麼。我看就連朱友珪也不知道自己是否得寵。」

莊森感慨：「父子之間都要互相猜忌，這日子也過得太難受了。」

蔣無天道：「那也未必。朱全忠的長子朱友裕戰功赫赫，深得人心，朱友珪又是營妓之子，本來是沒有機會出頭的。如今能得父親重用，儘管時刻都有生命危險，他多半還很開心呢。」

莊森吐口長氣，沒有回話。玄日宗已經有太多人在爭權奪利，他不想再去聽別人家的事。

他們下得塔來，走去馬廄，有人夜騎歸來，正在下馬。看見蔣無天駕到，立刻上前回報：「稟師兄，符存審三度猛攻，都讓分舵的弟兄在街口就擋下來了。薛震武安排群豪混入分舵救人，前前後後已給拿住七人。」

蔣無天問：「符存審三度猛攻，沒有寸進嗎？」

弟子回答：「目前沒有。但是東街口易攻難守，只怕天亮前就會潰敗。」

蔣無天揮手要他下去，又把在旁休息的另外一名弟子叫來。「城外情況如何？」

那弟子說：「稟師兄，潞州與蒲州的兵馬離洛陽尚有兩天的路程。我們已經吩咐兩州弟子分頭攔截，截不截得住就難說了。」

「汴州和陳州的弟子呢？」

「尚未回報。」

「好。退下吧。」

莊森問：「原來玄天院早就接手指揮調度。」

蔣無天點頭：「本來不會這麼容易接手，但是今日午後，洛陽分舵舵主突然遭人行凶，打成白痴，還死了不少分舵重要人物。他們群龍無首，我們就接手了。那群不成材的傢伙，連舵主是誰打的都不知道，實在……」他越說越小聲，皺起眉頭望向莊森。

莊森緩緩點頭，說道：「他們想抓我，我只好教訓他們。」

蔣無天神色遲疑，微微皺眉，過了一會兒才說：「想不到莊師兄如此辣手，殺了二十幾個同門師弟，眉頭都不皺一下……」

莊森冷笑不答。他不想多做辯解，也不願玄日宗把這筆帳算在月盈頭上，乾脆來個默認。「你師父是不是說我宅心仁厚，吃軟不吃硬，要你動之以情什麼的？可以了，換個方法吧。」

蔣無天搖了搖頭，轉身又走。「師兄這邊請。」

他們回到屋內，深入內堂，來到最後一間房內。這個房間裡外共有四人看守，顯然重要非凡。蔣無天進房之後，房內兩名弟子便即推開桌椅，合力拉出大床，露出床下平貼地面的大鐵門。這扇鐵門跟鎮天塔上的石門有異曲同工之妙，須以玄日宗轉勁訣方能順利開啓。蔣無天開門之後，請莊森沿石階下去。莊森看看大鐵門，又看看蔣無天，心想我如今無法施勁，連這鐵門也推不開來，這一下去，再要上來可得看人臉色了。然而此刻受制於人，不下去又不行，只好摸摸鼻子走下台階。蔣無天跟著下來，關上鐵門。台階不長，到底是條地道，每隔幾步就有一支火把，照明不成問題。

「地牢？」莊森問。

蔣無天搖頭：「此爲玄天院中心，所有軍機情報收藏之處。」他說著走出幾步，來到右手邊第一扇門口，取鑰匙打開鐵門，跟莊森一同進去。門後是間石室，四壁木櫃上擺有許多卷宗、書冊、寫有文字的布塊、幾個木箱、一些古董兵器等看不出關聯的物品，還有一疊一疊的信鴿信籤。房間中央有張桌子，桌上擺著筆墨、空白信籤，及一張地圖。

莊森看看地圖，地圖描繪得十分詳盡，密密麻麻寫了不少他曾學過，但不精通的梵文。他說：「天竺？」

蔣無天點頭：「師兄見多識廣，一眼就認出來了。」

「住過兩年。」

蔣無天介紹：「這間屋裡放的都是天竺相關的文件。那一櫃是民間習俗記載，那一櫃是社會、官員制度、現職官員的名字、家世背景、喜好弱點、勒索材料。這邊是軍事部屬。那邊是外交關係。一切分門別類，整理得清清楚楚。倘若有朝一日，天竺起心進犯，我們能在他們出兵之前分化朝臣，策反將領，改朝換代。」

莊森道：「這麼厲害？」

「天竺如此，但並非各國皆然。」蔣無天又帶莊森參觀幾個房間。南詔局勢不穩，無暇北犯。大食忙著應付西境諸國，暫時不會覬覦大唐。新羅、渤海都跟契丹一樣在打北境領土的主意，然而契丹勢大，兩國又地處偏遠，倘若有朝一日與契丹翻臉，或許可以聯合他們來對付契丹。

來到吐蕃室時，蔣無天道：「吐蕃結盟宣武，作為積極，在眾多邊患中威脅最大。」他說著走過一面掛滿拜月教兵器的牆壁。「政教合一，教徒都對教主忠心耿耿，難以策反，而拜月教主又跟總壇師長有私怨，再加上之前合作談判破局……」他搖了搖頭，「本宗若想有所作為，免不了要跟拜月教正面衝突。」

莊森道：「赤血真人在玄武大會上敗給了二師伯嗎？」

蔣無天搖頭：「本屆玄武大會，拜月教並未派人出場角逐武林盟主。赤血真人在大會前幾日受了傷，我們無法肯定傷勢有多嚴重，但據推測，那就是他沒出場的原因。其實二師伯雖然技壓全場，他當時身上也有負傷。赤血真人倘若出場，二師伯未必能夠奪下武林盟主之位。」

莊森長吸口氣，問道：「二師伯為何負傷？」

「師兄明知故問了。」蔣無天說完立刻轉移話題：「赤血眞人在明，出入前呼後擁，要掌握他的行蹤意向都不困難。但是拜月教還有另外一個隱身幕後的高手，就是護教法王月盈眞人。」他走到石室中央的桌前，繼續說：「月盈眞人神龍見首不見尾，儘管在教中握有實權，但卻鮮少公開露面。多年以來，我們連此人是男是女，長什麼樣子都不知道。直到數月前奉教主之命趕赴中原，入梁王府輔佐朱全忠，她才在本宗探子面前露了相。」蔣無天拿起桌上一張畫像，讓莊森看個清楚。畫中之人維妙維肖，任誰一看都認得是月盈。

莊森驚訝：「三師伯早就知道她是月盈了？」

蔣無天點頭：「拜月教徒把月盈眞人的武功捧上了天。師父本來不把她放在心上，但上回在吐蕃跟貪狼尊者對掌負傷後，他就知道不能小覷月盈。他老人家假裝不知道月盈的身分，目的是要出其不意，趁機……」

莊森急問：「你們有埋伏？」

蔣無天又點頭：「師兄請放心。如今我們知道月盈眞人是赤血眞人的親生女兒，她活著比死了用處更大，師父不會傷她性命的。」

莊森眼珠轉動，心念電轉，問道：「我昏迷多久？」

「半個時辰。」

莊森揚眉：「你說你師父至今未歸，難道你不擔心嗎？」

蔣無天微微皺眉，問道：「月盈眞人的武功眞的那麼高？」

莊森點頭：「你師父跟我在伯仲之間，跟她可就差遠了。」

「師父的輕功冠絕天下，即便打不過，逃總是逃得掉的。」蔣無天搖一搖頭，又說：「師父有師父的事，我也有我的工作要辦。師兄跟我來。」

他們出吐蕃室，路過隔壁門上標示「宣武」的石室不入，直接走向下一間。蔣無天邊走邊道：「宣武的情資精彩萬分，但卻不是當務之急。師兄這邊請。」他打開河東室的大門，跟莊森進入堆滿晉王府情資的房間。這間房比之前其他房間都大，擺放的文件也比其他房間多。莊森心想洛陽玄天院位於河東境內，河東軍的情資理所當然收集得較多。

蔣無法坐在桌前，正自打理桌上的文件，並不理會兩人進房。

蔣無天道：「赤血眞人於玄武大會之前負傷，師父十分看重此事，著令玄天院火速查探。當時成都城內，唯一能夠打傷赤血眞人的只有七師叔，而七師叔當日又帶了一名身受重傷的宦官回總壇救治。我們著落在那個宦官身上，查出事情的始末。原來七師叔跟赤血眞人爲了爭奪太子而大打出手，結果卻被兩個蒙面人埋伏偷襲，雙雙負傷。我們循線追查，發現那兩個蒙面人是晉王府的高手，十三太保之首，李嗣源及李嗣昭。」

莊森想起當日敗在康君立手下，皺眉道：「想不到晉王府的武功如此霸道，竟然連我師父和赤血眞人都傷得了？」

蔣無天道：「武功霸道，也還算了。眞正可怕之處在於他們的武功處處箝制本宗武學，甚至連轉勁訣的內勁都能攻破。遇上十三太保，就連本門一代師長都會吃虧。」

莊森輕哼一聲：「你們又怕什麼？十三太保早就跟二師伯聯手了，不是嗎？」

蔣無天點一下頭，又搖一下頭，說道：「莊師兄明鑑，倘若二師伯什麼都告訴我們，晉王府打傷赤血眞人之事還要我們去查嗎？」

莊森皺眉：「你們以爲是二師伯不知情，還是你們不相信他？」

蔣無天沉默片刻，嘆道：「我們不知道該信誰了。晉王府幫助二師伯取得掌門之位，接著搶走太子，現在又幫著武林各派圍攻洛陽分舵……至於二師伯……據師父的說法，他們當初可沒說要傷害大師伯和七師叔。一切全亂了套，誰知道他們在想什麼？」

莊森道：「所以月姑娘猜得沒錯。此刻總壇人人自危，三師伯在想辦法自保了？」

一直沒說話的蔣無法突然抬頭，說道：「二師伯想殺誰就殺誰，是你不會想辦法自保嗎？」

「你們說太子？」莊森問。「李克用請大師伯去京城迎接太子。太子是跟二師伯回成都的？」

蔣無天搖頭：「太子隨宦官出宮，這些日子一直都躲在成都。」

「那李克用……」

「事情還不只如此。」蔣無天繼續說。「幾個月來，武林中發生多起疑似死於玄日宗武功的命案。現有武林人士推測是二師伯爲了剷除異己而下的毒手，但我們已經查出那些人都是晉王府殺的，目的是爲了嫁禍二師伯。早在跟二師伯聯手對付大師伯前，他們就已經開始對付二師伯了。」

莊森愣了一愣，說道：「這表示他們不但會剋制本宗武功，還會使本宗武功？」

蔣無天說：「本宗弟子遍布天下，見識過玄日宗武功的人著實不少，有心人想要偷學幾招也非難事。況且他們既然要剋，自然得先鑽研本宗武功。想要模仿嫁禍，對他們來說絕非難事。」

莊森搖頭。「他們不但熟悉玄日宗武功，連拜月教的武學也有涉略。十三太保早在黃巢之亂時就已經戰功顯赫，但當時他們雖是出色武將，卻不以武功高強著稱。這些高深武學，他們是從哪裡學來的？」

蔣無天道：「師父認爲晉王府陰謀策劃，處心積慮想要對付玄日宗，關鍵就在於他們武功從何而來。隱身晉王府幕後，還有一個大推手。一日不把這個推手揪出來，玄日宗就一日不得安穩。」

「言之有理。」莊森冷冷瞧他，問道：「跟我說這些做什麼？」

蔣無法拍拍桌上的紙張道：「李克用和十三太保的好惡習性，通通都在這裡。他們各自有何弱點，有什麼可供威脅利用之處，我們也都盡可能查明。太原晉王府及其周邊地產的地形圖，這裡都有一份，可疑的地點也都標明出來。」

莊森揚眉看著他們。

蔣無天朝莊森一拱手，誠懇道：「師父希望莊師兄混入晉王府，查出這幕後主使之人。如果可能，動手除去。」

莊森一攤手道：「你們害死我師父，我爲什麼要幫你們？」

蔣無天道：「對付七師叔之事，晉王府出力甚多，少了他們，根本無法成事。師兄要找二師伯報仇，沒理由不找晉王府報仇。」

莊森冷笑一聲：「你師父利用我去對付晉王府，豈非一石二鳥之計？」

蔣無天道：「師父當日拒絕親自出手對付七師叔，二師伯非常不滿，甚至起了猜忌之心。師兄說總壇人人自危，那也未必，但我師父擔心己身安危，絕對不是空穴來風。他將此事託付給莊師兄，其實是擔心……」

莊森訝異：「二師伯要殺他？」

蔣無天說：「我們無法揣測二師伯的心意。但是他出任掌門，便把師父調離總壇。雖然追捕莊師兄並非等閒之事，但總壇還有更重要的事情該著落在師父身上。二師伯此舉，顯然已不信任師父了。」見莊森沉吟不語，他又說：「再說，言楓師妹跟李存勗在一起，師兄難道就不擔心嗎？」

莊森忙問：「楓兒怎麼了嗎？」

蔣無天搖頭：「她跟李存勗於兩天前進了晉王府，之後再也沒有出來過。我們在府內沒有眼線，不知道她此刻如何。」

莊森深吸口氣，調節呼吸，片刻後問道：「你們不是要問我書在哪裡？」

蔣無天道：「檯面上抓你就是爲了這個。玄天院雖歸師父管轄，畢竟出入弟子眾多，難保不會走漏消息。我們在上面還是得要做做樣子。其他弟子以爲我們在這下面對莊師兄嚴刑逼供。師兄聽過我們兄弟的名號，自然知道逼供是我們的專長。」

莊森問：「如果我不答應，你們就要用刑了？」

「當然不會。」蔣無天道。「師父交代過，不必強迫師兄。只是要委屈師兄在地下待上兩天。待藥效退除，功力恢復，再自行突圍。還盼到時師兄手下留情，別把我們兄弟倆打得太慘。」

「你們還眞有把握我會答應。」

「師父說就算莊師兄不肯答應，也盼你能善用此間情資，入晉王府帶出言楓師妹。」蔣無天說完揮揮手，招呼蔣無法一起出室。「我把所有房間門鎖打開。師兄想看什麼，只管去看。等師父回來，師兄願意見他嗎？」

莊森想了想，點點頭。蔣氏兄弟隨即離去。

第三十八章　殮房

結果郭在天始終沒來。

天法雙煞離開後，再也沒有任何人下來地道。莊森讀晉王府文件讀到大半夜，拿了幾本帳冊當枕頭，躺在地上大睡。睡了一晚起床，肚子咕嚕咕嚕直響，也不見有人送飯來。他心想既是囚犯，牢飯總是有得吃的，於是不以為意，繼續讀書。密室中難以辨時，不知過了多久，他實在餓得受不了，只好走上石階，使勁敲打大鐵門，要上面的人送飯下來。

沒人理他。

所幸桌上的茶壺裡尚有殘茶，一時倒也不會缺水。又過了幾個時辰，他餓到無心看書，於是靜心打坐，培元養氣。經過一日一夜，抑制功力的藥效開始消退。莊森花了點時間聚集些微功力，開始運行轉勁訣。如此行功兩個時辰，四肢不再痠軟無力，算算再練兩個時辰便能恢復功力。他心中欣喜，睜開雙眼，隨即愣了一愣。石室中一片漆黑，門外也沒絲毫照明，所有火把通通都熄了。

莊森靜心傾聽，黑暗中只聽得見他飢腸轆轆的聲音。他皺起眉頭，心想：「玄天院的人不送飯來，也還罷了。燈火盡滅，一片漆黑，這又算是什麼道理？蔣無天說這裡是玄天院中心，他們收到情資，總該下來歸檔。都已過了一天，還沒有人下來，難道出事了？」他憑記憶摸索，在牆角拿起一只大花瓶，慢慢走到石階下，砸碎花瓶，鋪在地上，接著走入走道第一間天竺室內，坐下練功。

兩個時辰過後，還是沒人下來，他的功力已經恢復得差不多。他起身出室，走上石階，來到大鐵門下，心想：「我功力雖復，但卻飢餓難耐，手腳無力。倘若遇上三師伯那種高手，可就不是對手了。一會兒上去，我可得盡快逃出玄天院才行。」

他雙掌平貼鐵門，運起轉勁訣內勁，輕輕推開數百斤重的大鐵門。才剛推出一條門縫，立刻聞到一股濃烈的血腥味。他氣息一塞，內息紊亂，大鐵門差點壓了回來。他強忍血腥，緩緩吸入一口長氣，調適呼吸，雙眼湊到門縫下，打量密門室內的景象。密門室沒有對外的窗戶，儘管時值白晝，依然光線昏暗，加上密門上方的床鋪沒有搬開，莊森一時之間什麼也看不清楚。瞇眼調適片刻後，他發現密門室的外門半開半闔，門口地上有團黑影，毫無動靜，看來是具死屍。大鐵門旁多了塊長條狀的硬物，莊森伸手輕觸，摸出是把直插而下的劍刃，刃面黏濕，有血流下，在鐵門旁積出一灘血泊。看來有人被插死在他頭頂的床鋪上。

莊森繼續推門，鐵門碰觸上方床板，露出的縫隙尚不足以讓他擠身出去。正在考慮是否要使勁連床一併推開時，門外傳來一陣腳步聲。

「這裡也有屍體！」一人說著走到門口，看他動作似在跨越門外的屍體。他推動房門，撞到地上的屍體，不再硬推，探頭進房。「門外兩具，門內兩具。這樣一共幾具了？」

門外另有一人說道：「一十八具。」

門口的人搖了搖頭，說：「叫小王回衙門多找幾個弟兄過來。」

門外的人快步走開。門口的人側身入房，先走到床前試探床上屍體的鼻息，隨即走回門口，蹲下去檢視屍體。莊森尋思：「玄天院人員編制不多，除了外派探子外，一十八人大概就是全部了。莫非洛陽玄天院給對頭挑了？問題是有誰知道此地是玄日宗的地盤，又有誰有能力挑掉此地？無法無天兩兄弟武功原已不弱，又拜在三師伯門下，尋常武林人士絕殺不了他們。說不定他們出門了？三師伯究竟回來沒有？」

下去吩咐人的官差回來，站在門口問：「連大哥，怎麼樣？」

屋內的官差抬頭起身，說道：「都是一劍斃命。」

門外之人道：「十八個人裡有十六個一劍斃命。凶手定是武林高手。」

屋內的官差道：「一劍斃命，自然厲害。但真正顯現凶手武功高強的，反而是那兩個身上無傷的死者。」

屋外官差問：「他們身上無傷，但是形容憔悴，肌肉塌陷，彷彿被人吸掉了血肉。小王他們都在說……說是讓女鬼搞到精盡人亡呀！」

「胡說八道。」屋內官差拍拍手掌，往門外走去，邊走邊道：「那兩人的死法跟昨天在城東發現的屍體很像。血肉都在，只是坍入體內，像是被一股大力吸進去。動手之人是內家高手。今天這兩人武功較弱，中了這招便已死去。昨天那個武功高強，致命傷是胸口一掌，被打得筋脈寸斷，痛苦許久才斷氣的。」

「世上竟有如此神奇的武功？」門外的官差跟著出去的官差走開，邊走邊說：「昨天死的那個究竟是何方高人？聽說符大人認得他，看見屍體的時候著實吃了一驚……」兩人越走越遠，莊森人在床下，很快就聽不見他們說話。

莊森等待片刻，肯定聽不見任何聲響，這才使勁推門，帶動床板，翻身滾出床底。他盡可能放輕動作，但是鐵門和床板落下時還是發出了聲響。他閃身門後，靜候片刻，沒人趕來察看。他鬆了口氣，心想：「形容憔悴，肌肉塌陷？這是什麼武功？不知道玄天院惹上什麼對頭。那些屍體，我可得去見識見識才行。」

他探頭出門，走廊上沒人。他輕手輕腳走了出去，沿路查探屍體，遇上官差就閃身躲避。此刻官差不多，避開不難。一會兒那個小王再帶人來，情況就會更加麻煩。莊森加快腳步，四下搜索，最後在馬房外找到官差口中不是中劍身亡的兩具屍首。一名官差守在屍首旁，動也不動地站著，愣愣瞧著屍首。

莊森不願驚動官差，在馬房門口遠遠偷看。兩具屍首肌肉塌陷，青筋隆起，模樣可怖，而更令莊森吃驚的是，死者一高一矮，正是無法無天兩兄弟。

莊森心裡驚訝，正考慮要引開官差，上前看個仔細，突然肚子咕嚕一響，在他耳中宛如雷鳴。站在屍首前的官差立刻轉身喝問：「什麼人？」莊森轉身縱躍，一溜煙跑得無影無蹤。

出玄天院，穿街走巷，不一會兒來到大街，連忙找間麵店坐下吃麵。狼吞虎嚥一番後，他跟麵店老闆打聽城內近日的消息。潞州兩千兵馬於昨日深夜入城，今日清晨已經攻破洛陽分舵。分舵死傷無數，數百人遭擒，也有數百人趁亂逃跑。目前刺史衙門下令封閉城門，四下搜捕玄日宗弟子。若有窩藏逃犯，知情不報者，一律拿下再說。

莊森心想：「想不到洛陽分舵這麼快就被攻破。是了，晉王府早有預謀。想要對付玄日宗，他們自然會搶先剷除河東境內的洛陽分舵。這等兵馬調度，只怕早就已經演練過了。」轉念又想：「血洗玄天院之事，多半也是符存審幹的。玄天院雖然隱密，畢竟是在符存審的地盤，八成已經被盯上許久。挑了洛陽分舵，玄天院自然也不能留。只不知三師伯人在何處，盈妹有沒有追上他？」

吃完麵後，他又在麵攤坐了一會兒，心裡越想越不對。「符存審的手下有能挑掉玄天院的高手？天法雙煞究竟是死在什麼武功下？難道又是晉王府的神祕武功？那顯然是一種內勁運用法門，著重在黏勁、吸勁之上，武林各派內功修習擅長黏吸二勁的可不多。之前對付康君立，也沒見他使過這等功夫。不，玄天院不是晉王府挑的。我得去看看官差提到的另外那具屍體才行。」

他跟麵店老闆問明衙門殮房所在，隨即付帳離去。一路上遇到三隊官兵，挨家挨戶搜查玄日宗弟子。莊森遮遮掩掩，穿街走巷，好不容易來到刺史衙門附近，只見衙門四周都有官兵駐守，嚴防玄日宗餘孽上門找碴。所幸殮房與衙門爲鄰，不在衙門之內，盤查並不嚴格。莊森上門說要認屍，守門官兵就讓他進去了。

門內人來人往，十分熱鬧。院子裡鋪滿草蓆，屍體肩併著肩，擠在一塊。莊森摀起口鼻，拉住迎面而來的一名官差，問道：「官爺，這……怎麼這麼多……」

那官差道：「你這兩日都不在城裡嗎？符大人發兵剿匪，肅清地方惡霸，死的人可多了。咱們這官府殮房，還算整齊。你要到城裡其他殮房去看，那才叫作堆積如山呢。這裡停的都是殉職官兵的屍首。你若是玄日宗的家屬，自己去其他殮房認屍。現場混亂，難以造冊，可得多跑幾家殮房找找。動作快呀，過了今晚，沒人認領的屍首就會運往城郊，堆柴火化。大熱天的，不盡快處理可不行。」

莊森道：「呃……我是找昨日發現的一具無名屍體，衙門有開案查辦的？」

那官差往身後的屋子一比：「去問仵作。」

莊森走過院子，跨越停在門前的屍體，步入屋內。外堂是殮房辦公之處，有個仵作埋首一堆公文之中，振筆疾書，也不知道在寫些什麼。莊森走到桌前，還沒開口，仵作已經苦哈哈地道：「這位大爺可憐可憐我，小人已經兩天沒闔過眼了。你想看什麼，自己去看吧。」

莊森走到內堂門口，取起疊在門旁的布塊，綁在臉上遮掩口鼻，深吸口氣，推門進去。內堂是殮房勘驗屍體之處，此刻躺了三具屍體。莊森掀開第一具屍體身上的白布，認出她是渺松師太。師太渾身是傷，有刀有劍，背上還有幾個長槍插出的血洞。莊森心想：「渺松師太是個好人，可惜落到這種下場。背上這幾槍，應是官兵所為。兵荒馬亂，刀械無眼，任你武功再高，也未必能全身而退。」

他蓋上白布，走到第二具屍體旁，掀布。看清屍體容貌後，莊森手掌顫抖，整塊白布落在地上。他愣愣看著屍體，張口結舌，腦筋混亂。屍體肌肉塌陷，消瘦憔悴，但是相貌熟悉，正是玄天龍郭在天。

「三……三師伯死了？」他腦中閃過念頭，一個箭步衝到第三具屍首前，伸出顫抖的雙手掀開白布，幸好底下躺的不是月盈，而是洛陽分舵副舵主楊純之。莊森蓋上白布，轉身面對郭在天的屍首，查看他的死相。那官差說得不錯，郭在天血肉塌陷，但是異常緊實，像是體內有股大力把表面的皮肉往內吸入。胸口的掌印潰爛起泡，看來很像是本門玄陽掌所傷。莊森心想：「凶手掌力陽剛，宛如烈焰，除了本門玄陽掌外，武林之中尚有……尚有……」他江湖閱歷跟卓文君差得遠了，一時也想不起來還有哪些門派打得出這種掌傷。「我得找個武林前輩問問才行。三師伯是敵非友，我也不必幫他報仇。但他死狀蹊蹺，可得查明白凶手是誰。唉，蔣無天說三師伯擔心二師伯要殺他，如今他就這麼死了。難道他中的眞是玄陽掌？是二師伯殺人滅口？不，把人吸成這樣，並非本門武功。況且二師伯功力深厚，玄陽掌打出的傷痕焦黑乾脆，不會是這種燒燙傷。」

他看著郭在天，感嘆片刻，撿起地上的白布，蓋住屍體。他想：「該去找誰請教？盈兒見多識廣，但她畢竟是吐蕃人，未必通曉中原功夫。唉，盈兒不知道上哪兒去了，我得盡快跟她會合。此刻洛陽城內的前輩高人當以薛老爺子為首，但是洛陽城這麼大，我哪知道該上哪兒去找他？」

這時門外傳來人聲，說道：「神神祕祕，到底是要我來認誰的屍？」話聲耳熟，正是神劍居士薛震武。

莊森大喜，心想怎麼會如此運氣，我正想找你，你便找上門來？跟著又聽到門外有第二個人聲道：「這具屍體大有看頭。薛老爺子一看便知。」話聲也耳熟，卻是洛陽刺史符存審。

莊森大驚，左顧右盼，一時間找不出可供藏身之處。匆忙之中，無暇多想，當即在張草蓆上躺下，抓塊白布蓋住自己。

房門開啓，薛、符二人走了進來。莊森運功龜息，放緩心跳，於白布下閉上雙眼，扮起屍體維妙維肖。

薛震武問：「哪一具？」

一陣掀布聲響過後，薛震武倒抽一口涼氣。「這……是郭在天？」

符存審道：「正是。」

薛震武問：「是誰殺的？」

符存審反問：「薛老爺子不知道嗎？洛陽城裡殺得了郭在天的人可不多啊。」

薛震武說：「我都未必殺得了他。你是在哪裡找到他的？事發當時有人見到嗎？」

符存審說：「我們是昨天早上接獲報案，在天長精刀舖後面的巷子裡發現屍體。陋巷之中，留下的線索不多，坍了一面牆，還留下一道掌印。掌印小巧，入壁三分，是個功力深厚的女子所留。薛老爺子統領武林同道，可知道洛陽城此刻有哪位女英雄能殺郭在天？」

薛震武說：「圍攻玄日宗的武林同道裡，武功最高的女子是渺松師太。」

符存審說：「渺松師太躺在隔壁。」

薛震武說：「她本就不是郭在天的對手。況且郭在天胸口這道掌印可不是女子打出來的。他的屍體怎會如此？難道是最近縱慾過度？我沒聽說他是好色之徒。」

符存審問：「這等死法，前輩可有想法？」

「我沒見過這等精盡人亡的死法。但他胸口掌印乃是至剛至陽的掌法所留，玄日宗的玄陽掌，擎天門的火掌，少林寺的焚天掌，能在郭在天身上打出這一掌的，眼下只有這三派高手。」

符存審問：「會不會是李命幹的？」

薛震武道：「以李命的功力，玄陽掌傷不會這個樣子。崔望雪和梁棧生或許可能。」

符存審說：「崔望雪不擅長玄陽掌。她若要殺郭在天，會用其他武功。至於梁棧生，不是郭在天的對手。據前輩所知，契丹人會這類陽剛武功嗎？」

「契丹人？」

「梁王府和晉王府都在留意契丹人的動靜。前輩跟我一樣清楚，郭在天這回來洛陽是爲了要跟契丹人碰面。」

「我不熟悉契丹武學。」

符存審說：「我認爲是李命幹的。如果當時還有另外一名高手在場，李命百忙之中應付不暇，說不定會打出這種半吊子的玄陽掌。」

「你是說留下掌印的那名女子？」

「前輩，」符存審嘆口氣道。「洛陽分舵的事情幹下了，李命已經知道梁、晉王府合作殲滅玄日宗之事。不論日後見面如何，此刻凡與玄日宗相關之事，咱們都不該有所隱瞞。梁王府此刻派在洛陽的高手，除了前輩之外，還有拜月教的月盈眞人。我沒說錯吧？」

薛震武輕吸口氣，說道：「月盈眞人另外有事，不受我管轄調動。」

「嗯。」符存審安靜片刻，又說：「郭在天死在洛陽，咱們總得給個說法。梁王府要居此功嗎？」

薛震武想一想道：「殺郭在天，茲事體大。玄日宗已經得罪了，倒也不怕。怕是怕武林觀感不佳。這事不是我們幹的，還是別攬在身上比較好。」

「晉王府也是這個意思。」符存審道。「你看推給拜月教怎麼樣？」

「不好。」薛震武說。「老夫以爲，照你所說，將此事講成玄日宗內鬥。不管是李命還是崔望雪，甚至是梁棧生，總之都能讓他們去狗咬狗，這樣對我們剷除玄日宗頗有助益。」

符存審讚道：「高哇！」

薛震武道：「不高。符大人本來就打算這麼做了。」

符存審笑道：「那就是英雄所見略同了。一樣高！一樣高！」

兩人笑了幾聲，雙雙出門。

莊森等候片刻，估計他們已經走遠，正要掀布起身，突然感到一陣微風。他扯飛白布，側翻滾開，就聽見碰的一聲，一雙肉掌打在他剛剛躺過的草蓆上。斗室之中，乾草四射，一張草蓆就這麼被打成碎片。

莊森撞倒床板，跟楊純之的屍首摔成一團。他立刻推開楊純之，朝後翻個筋斗，越過郭在天的屍首，落地後掌影翻飛，將面前守得水洩不通。耳聞啪聲，手臂劇震，有人跟他對了一掌。他亂掌綿密，掌力分散，讓對方打得退了一步。對方見他力弱，立刻上前追擊。這一回莊森看準來勢，凝聚內力接掌，對方再也討不到好去。莊森推開對方，站穩腳步，定睛一看，原來是符存審。

符存審揉揉自己的右掌，咋舌道：「閣下年紀輕輕，掌力驚人，真是後生可畏。本官是洛陽刺史符存審，不知是何方高人駕臨衙門殮房，在這兒假裝屍首玩？」

莊森道：「在下玄日宗莊森，來此查看本宗師長死因。」

符存審眼睛一亮，笑道：「原來是大名鼎鼎的莊大俠。久仰大名，久仰大名！」他瞇起雙眼，咦道：「莊大俠挺眼熟？是囉！那日在雲香樓擦身而過，我還嫉妒閣下艷福不淺。你那位美貌相好呢？我好想再見她一面。」

莊森目光偏斜，望向門口，只見薛震武擋在門中央。他微微揚眉，薛震武輕輕聳肩，意思是他也不知道月盈在哪裡。

符存審一愣，皺眉問道：「兩位認識？」

薛震武道：「我們王爺仰慕莊公子俠名，吩咐我們多加照顧。」

符存審搖頭：「那可不對了。我們說好聯手對付玄日宗，你們又去延攬玄日宗的人才，這算什麼？當初你們延攬他，不過就為了他是卓文君的弟子。如今卓文君已死，你又何必在乎玄日宗一個無權無勢的散人？」

薛震武道：「老夫與莊公子不打不相識，可說是一見如故。還望符大人高抬貴手……」

莊森見薛震武身後人影晃動，知道已有官兵聚集而來。當此形勢，拖得越久，越難脫身。他道：「符存審，圍攻我大師伯之事，你可有參與？」

符存審咦了一聲，問：「你怎麼知道？」

莊森道：「康君立說的。」

符存審神色一變：「我義弟人呢？」

「在琵琶谷。」

「活著？」

「死了。」

符存審深吸口氣，說道：「出來跑，總要還。圍攻趙大俠，君立有份，我也有份。幫你省點時間，當日除了三哥有事不能來外，我們晉王府的高手傾巢而出，打了大半時辰才把趙大俠打下山崖。」

莊森臉上肌肉抽動，狠狠問道：「那我師父呢？」

符存審笑道：「李命不把你師父看在眼裡，說交給玄日宗動手就行了。」

莊森大怒，說道：「今日為我大師伯報仇！」

「來呀！」

「兩位有話好說！」

莊森撲上前去，一陣拳打腳踢。他神色凶狠，出招狂亂，表面上情緒激動，亂打一氣，事實上他心知晉王府的武功專剋玄日宗，倘若攻守有度，肯定處處受制。如此胡亂出招，讓符存審摸不著頭腦，反而能收其效。當日康君立勝他的關鍵在於破了他的轉勁訣，此刻他行招之間特別留心內勁運用，每一掌出去都在查探對方內息流動，不給對方機會破訣。自從化解烈日丸火勁以來，他在內功修為上可說茅塞頓開，日進千里。雖然稱不上是功力大增，但已深得轉勁訣要旨，不論己身或外來功力都能在體內圓轉如意。

符存審的武功跟康君立不相上下，加上練就一身破解玄日宗招式的法門，本來並不把莊森放在眼裡。然而莊森出招不成章法，一拳一掌都彷彿出自玄日宗，偏偏在關鍵時刻又有所不同。每當他算準該如何出招剋制，莊森拳腳方位就變，只打得他手忙腳亂，應接不暇。打到後來，他放棄算計相應而生的剋制招式，直接見招拆招。他一爪扯偏莊森手肘，另外一掌攻向他肩膀，趁機在掌力中潛藏暗勁，欲隨轉勁訣轉入莊森體內，潛伏其中，慢慢凝聚。不料莊森竟能料到此著，分離他的暗勁反擊而出。符存審嚇了一跳，對付玄日宗的兩大法門都遭對手破解，一時之間不知該如何取勝。

他後退兩步，撞上床板，把郭在天給撞到地上。他讓郭在天的屍首一絆，險些摔倒，心想：「這姓郭的有義氣，死了還不忘幫他師侄。」嘴裡道：「薛震武，別顧著看，快來幫忙！」

薛震武卻不拔劍，說道：「當此形勢，老夫一旦出劍，你們都不知道我會砍誰。我還是兩不相幫，坐觀虎鬥得了。」

符存審呸了一聲，想要罵他，又知道他所言不虛。倘若薛震武此刻拔劍，自己還真得防著他才行。符存審又接莊森兩掌，只覺得心浮氣躁，彷彿管不住自己的內勁，開始隨著對方轉勁而走。他心下駭然，想道：「這小子功力未必深厚過我，卻能以招式牽動我的內勁，就跟當日對付趙遠志時一樣。」琵琶谷一役，晉王府眾太保讓趙遠志轉得東倒西歪，一股隨時可能墜谷身亡的恐懼感重返心頭。「玄日宗的轉勁訣當眞奇妙，有機會得請師父多加指點才好。」

薛震武身後有個官兵比手畫腳。符存審冷笑一聲，喝道：「動手！」

殮房三面牆上六扇窗戶同時開啓，十二名弓箭手對準莊森放箭。莊森抄起地上的白布，轉身猛甩，收了幾箭，甩開幾箭，隨即身形拔起，宛如一隻大白鶴般衝破屋頂，瓦片四落。

就聽見哎呀一聲，屋頂跳下四名官兵，中間扯著一張大網，纏著莊森，動彈不得。符存審哈哈大笑，迎上前去，說道：「你們這些武林人士，自恃武功高強，遇上我們官府兵馬還不是一樣吃癟？玄日宗就這點本事，也想出來爭雄天下？作夢！」說完一腳踢昏莊森。

第三十九章　刑求

莊森身處刑房，被人綁上木架，足足鞭打兩個時辰。血肉模糊，遍體鱗傷，一隻眼睛腫到睜不開。他趁官差打累休息，問道：「官爺，你老打我幹嘛？好歹也問點什麼。」

那官差轉頭看他：「問你會答嗎？」

莊森搖頭。

「那不打你？」

莊森心想：「玄天院裡欠著的，今日一併打足。」他皮堅肉硬，儘管模樣悽慘，傷勢並不嚴重。他再度扯動手腳繩索，一樣毫不鬆動。「下香山短短數日，已然三度遭擒。我這麼窩囊，到底算不算是武林高手呀？」轉念又想：「如今手腳受縛，只能在內勁上下工夫。符存審若出手打我，我可得徹底發揮黏吸二勁的威力才行。」玄日宗轉勁訣全憑習練者自悟。莊森在突破第五層大關時，心中惦記著拜月教吸收烈日丸火勁增強功力之事，於外來功力吸納之法多下了些工夫。轉勁訣擅長以敵人打出的內勁反制敵人之身，但那通常要敵人主動出力才行。莊森的轉勁訣能更進一步吸出敵人內勁加以運用，乃是收入《左道書》中不授的玄日神功。他沉心思索，爲之後脫身準備。

那官差休息夠了，走去水桶舀水，喝光後放下水碗，拿起鞭子又走過來。莊森見他提鞭要再打，說道：「官爺，其實我是武林高手，隨時都可以取你的性命。只是跟你無冤無仇，不想下手罷了。」

官差點頭道：「那可要多謝大俠了。」說完又是一鞭下去。

莊森臉頰火辣辣的，滲出血水，要不是能側頭閃避，這一鞭只怕連他眼珠子都要打出來。他心下不悅，說道：「你再打我，我不客氣了。」

官差垂下鞭子，說道：「來來來，我看你怎麼不客氣。」

莊森右腕轉動，手指在麻繩上搓揉，拔下幾根麻絲。他食指輕彈，麻絲激射而出，刺入官差左臂上幾個穴道，癱瘓整條手臂。官差吃了一驚，看看左臂，又看看莊森，說道：「原來大俠眞是武林高手。那又爲何讓我打成這樣？難道你喜歡？」

莊森搖頭道：「總要做做樣子，你好交代。一會兒有人來，你就假裝打我。別人看我這樣，就不會說你失職了。但是有人來之前可別再打啦。」

官差捲起鞭子，掛回腰側，指著自己左臂，問道：「我左手不能動了，這要怎麼解？」

「拔出來就行了。」

官兵伸指拔麻絲，始終無從施力。「這很細，拔不出來。」

「那你放我下來，我幫你拔。」

「這不好吧？」

莊森忍不住笑道：「官爺談笑風生，面不改色，這份定力可了不起。」

官差道：「大俠莫說笑話。什麼定力？在刑房待得久了，什麼事都能一笑置之。」

莊森朝水桶揚眉：「討碗水喝？」

官差舀了碗水，餵莊森喝下，跟著又再舀碗水，朝莊森臉上倒下，沖開眼旁的血塊。莊森睜開瘀腫之眼，微笑示意，說道：「你等我一下，我試個法門。」說著上身挺起，勁運背脊，朝身後的木架狠狠撞去。那根木頭足有半個人身體粗，讓他一撞之下劇烈顫抖，可惜沒有撞出半點裂痕。

官差瞪大雙眼，歎道：「大俠好功夫！這樣撞不疼嗎？」

莊森吸了口氣，說：「是有點疼。」

「你可別把背脊給撞斷了。」

「我也害怕。」莊森搖一搖頭，問道：「官爺有跟去圍攻玄日宗嗎？」

官差搖頭道：「我要是喜歡行軍打仗，就不會待在這裡折磨人了。」

「你喜歡折磨人？」

官差道：「瞧見鞭子在你身上劃出血痕，我心裡就像有蝴蝶在飛舞一樣。」

「有這種事？」

「當然沒有啦。混口飯吃。」官差苦哈哈道。「亂世之中，小老百姓也就圖口飯吃。」

莊森問：「刑房這口飯，不好吃吧？」

「剛開始根本食不下嚥，後來就習以爲常了。這年頭，什麼都能習以爲常。」官差愁容稍現，立刻又展顏問道：「大俠不去行俠仗義，跑來刑房窩著幹嘛？」

莊森說：「我又不是自願的。」

「是喔？」官差說。「我上個月遇上一個自願來此之人。」

「還有這種人？」

「有啊。」官差解釋。「偷了東西，待在犯案現場等人來抓。」

「爲什麼？」

「混口飯吃。」官差說著搖了搖頭：「可惜沒吃到幾口牢飯，就被我折磨死了。」

莊森瞪眼問：「又爲什麼？」

官差說：「符大人要我殺一儆百，以防這種人越來越多。」

莊森無言片刻，說道：「刑房這口飯，眞不好吃。」

「可不是嗎。」

莊森沉默片刻，問道：「官爺以爲符大人爲官如何？」

官差道：「還過得去。他沒有愛民如己，也不會草菅人命。處事公正，執法嚴明，就是愛記仇，得罪他的人下場都不怎麼樣。」

「什麼下場？」

「送到我這裡來，先打兩個時辰再說。」

莊森點頭：「原來我得罪他了。」

「可不是嗎。」

刑房外有人走近。官差拿起鞭子，著地一甩，唰啪一聲，做個樣子。符存審推門進來，一看莊森模樣悽慘，登時眉開眼笑，說道：「那日在雲香樓給你的相好拒絕，我就很想打你一頓了。」

莊森道：「原來符大人是好色善妒之徒。真是佩服佩服。」

符存審道：「你少跟我嘻皮笑臉。我來是有話要問你，要是答得不好，那可有得你受。」

莊森道：「符大人自然有話要問。不然你這兩日殺了這麼多玄日宗弟子，有何理由饒我不殺？」

「你知道就好。」符存審湊上前來，貼著他的臉問：「黃巢寶藏在哪裡？」

莊森一揚眉：「原來是爲了這件祕密？」

「還能是爲了哪件祕密？」符存審問。「你知道很多祕密嗎？」

「知道幾件。」莊森說。「說起祕密，敢問符大人，你們花了如此大心力跟我二師伯聯手害我大師伯，卻又在我二師伯繼任掌門之後翻臉相向，這究竟是在想什麼？你義父是不是腦子不正常呀？」

「是我在問你話。」

「我也問你了。」

符存審臉色一沉：「你先說黃巢寶藏在哪裡。」

莊森偏過頭去，神色倨傲：「不說。」

符存審大怒，往後一伸手：「鞭子！鞭子！」官差連忙將鞭子交給符存審。

莊森巴望著符存審動手打他，用鞭子就不行了。他喝道：「帶種的就把我一掌打死！拿鞭子抽算什麼？」

符存審亂抽一氣，打得莊森血花亂綻，一副濺到犯人的血，心裡就像有蝴蝶飛舞般的模樣。

符存審抽起鞭來跟那官差不同，每一鞭都入肉三分，若不運勁抵擋，筋都要被打斷。莊森咬緊牙關，死命承受。符存審抽了好一陣子，這才丟下鞭子，說道：「賤骨頭，不親手打你是不肯說的。」

莊森壓抑痛楚，哈哈大笑，嘆道：「可惜呀！可惜那幾百萬兩黃金，就此隨我長埋地底。」

符存審聽見有幾百萬兩黃金，眼睛登時亮了，說道：「那錢又不是你的，犯得著爲其送命嗎？」

莊森搖頭：「我大師伯吩咐，那筆錢此刻出土，只會被你們拿去打仗。一定要等到天下太平再挖出來，修補戰禍，建設民生，才是百姓之福。」

符存審笑道：「說得眞是好聽！宋百通將寶藏之事報給我義父知曉，回頭上成都就讓你們殺了滅口。當時執掌玄日宗的可是你師父，你別把自己說得那麼清高！」

「宋百通是梁王府的人殺的。」

「那就是說卓文君無能，自己地盤的事情都管不好。」符存審道。

「你不要污衊我師父！」

「污衊你師父又怎樣？」

「我也污衊你師父！」

「你又不認識我師父。」

「不認識就不認識，總之你師父吃狗屎！」

符存審一巴掌甩在莊森臉上，打得他眼冒金星，東南西北都不知道。這一下碰是碰到他的手掌，但是巴掌甩得太快，黏都來不及，更別說吸了。莊森吐口血水，動動嘴巴，一時也想不出要說些什麼。

「我恩師學究天人，你師父給他提鞋都不配！我不准你污衊他！」

「我也不准你污衊我師父！」

符存審深吸口氣，無奈說道：「好，我不對，死者為大，我不該亂罵你師父。黃巢寶藏在哪裡？」

莊森冷冷看他，說：「我不會告訴你的。」目光突然飄向自己胸口，隨即好似察覺不對般看回符存審。

符存審瞪視他雙眼，又瞧瞧他胸口衣襟，右手突然前探，莊森連忙側身。符存審見他要躲，不再猶豫，手掌伸入他胸口。莊森早有準備，施展黏勁黏住符存審掌心。符存審察覺有異，連忙縮手，卻發現手掌緊貼對方胸口，不知為何抽不回來。他微微皺眉，望向莊森，正要開口提問，莊森運起吸勁，內勁狂瀉而出。符存審大驚，奮力縮手，說什麼就是縮不回來。

符存審大叫：「你這是什麼妖法？」

莊森不答，全力施為，將符存審的內勁引向身後。符存審神色駭然，臉皮晃動，條條青筋都凸了出來。就聽他大喝一聲，催動內力，直吐莊森心臟。如此直貼胸口吐勁，極有可能震死莊森，符存審心驚膽跳，再也顧不得什麼寶藏，一心只想擺脫對方。莊森身體一側，雄渾內勁通過胸口，直擊背心。就聽見嘎啦一聲，刑柱折斷。莊森隨斷柱轉身，落在地上，雙手輕抖，將背上的十字斷柱甩到身前，朝符存審直劈而下。

符存審右手痠軟，丹田空虛，彷彿轉眼之間以十成功力連出好幾記絕招，眞氣難以爲繼，手腳不夠靈活，右肩當場中柱。他重心一失，跌向前去。莊森趁機以膝蓋頂起斷柱，雙手外分，扯斷麻繩。他擺脫刑柱，甩開左手麻繩，纏住符存審脖子，扯到身前，右手連環三拳，打得符存審挺不直腰，跟著甩甩拳頭，對準符存審太陽穴狠狠卯下。符存審倒地前便已昏去。

莊森昂然而立，轉頭見到那官差愣在一旁，目瞪口呆看著他。官差顫音道：「你……殺了符大人？」

莊森看符存審一眼，搖頭道：「沒死，只是昏過去。我還有事想問他。」說著轉頭看向另外一根刑柱。

官差搖頭：「不成。快換班了。你不能在這裡審他。」

莊森皺眉：「帶出去審？」

官差還是搖頭：「這裡是刺史衙門，出了牢房，五步一哨，你帶著符大人出不去的。」

莊森解開綁在手腕上的麻繩，蹲在符存審頭前，冷冷打量他。片刻過後，舉起右掌。

官差道：「大俠要殺符大人？」

莊森轉頭看他，又轉回去，凝力不發。

官差又問：「大俠不殺嗎？符大人小心眼，你若留他活口，他醒轉之後發兵追你，後患無窮。」

莊森心裡清楚，此刻洛陽城內兵馬眾多，倘若不殺符存審，他未必能夠逃出多遠。再說，符存審圍攻趙遠志，對付玄日宗，可謂死有餘辜。但是說到底，趙遠志畢竟沒給符存審害死了。他眉頭深鎖，緩緩問道：「你說他算好官？」

官差唯唯諾諾：「這個……也不算不好，只是……」

莊森問：「他率兵圍攻玄日宗分舵，殺了我許多同門。我不忍殺他，是否婦人之仁？」

官差嘆道：「上任刺史劉大人作威作福，魚肉百姓，害死了不少好人。符大人……至少不會那樣。」

莊森放下手掌，神色歉然地對官差道：「我不殺他，官爺免不了要受點皮肉之苦了。」

官差畏懼，問：「大俠想怎樣？」

莊森道：「扒光你的衣服，再把你打昏。」

官差問：「敢問大俠，扒光衣服和打昏中間……沒別的事吧？」

「沒別的事。」

官差不等莊森動手，自行脫衣。「請大俠下手輕點。若給打到得看大夫，這錢我還得自己出呢。」

「放心，不會讓你出錢的。」

官差褲子脫好，莊森立刻把他打暈。他脫下破爛血衣，舀水清洗傷口，隨即換上官差的公服，打開刑房大門離去。

第四十章　出城

衙門內果然如官差所言，五步一哨，警衛森嚴。所幸天色已黑，莊森低頭走路，倒也無人盤查。不一會兒出了刺史衙門，莊森心裡盤算：「三師伯遇害時，盈兒多半在場。她既留下掌印，定是與敵人過招了，不知勝負如何？本來以盈兒武功，我自不必瞎操心。但三師伯死狀可疑，對手武功詭異，實在令人放心不下。」

他在街上亂轉一陣，終於打定主意。「符存審一時三刻不會甦醒，我也不忙著出城，還是先去找找盈兒。」他晃回早上的麵店，一看老闆尚未收攤，上前切盤牛肉帶走，順便問明天長精刀鋪所在。他邊吃牛肉邊往城東走去，一副當完差在城裡閒晃模樣，沒多久便來到天長精刀鋪。

「掌櫃，衙門公務。」莊森上門說道。「昨日你們鋪子後巷發生命案，你可有見到什麼？」

刀鋪掌櫃人高馬大，胳臂粗得像樹幹似的，瞧他一身衙役打扮，說道：「前天夜裡聽見有人打架，劈里啪啦擾人清夢。所幸一下子就打完了。開打前有兩個男人講了一會子話，我也沒聽仔細。打完後我留上神，就聽見有個姑娘問了聲：『閣下是誰？』然後就沒聲音了。」

「問完後沒再打鬥？」

「多半是凶手跑了。」

掌櫃點盞燈籠，帶他到後巷去看打鬥現場。他說：「差大哥，這什麼大案子？昨天你們已經來兩趟了。你今天白天不來，晚上來，那又看得到什麼？」

莊森謝過掌櫃，接下燈籠，回道：「玄日宗的事搞得衙門人仰馬翻，其他案子就得等有空再來查了。我還是當完了班才來的呢。」他找到掌印，也找到坍牆處，都跟符存審說的一樣。他四下找尋足跡，可惜足跡太多，也分不出哪些有關。現場除了月盈的掌印和郭在天撞坍牆處外，完全沒有第三人動過手的跡象。他越看越驚，心想：「此人來去無蹤，殺三師伯，閃避盈兒，竟能不留任何蹤跡？武功之高，匪夷所思！」

他把燈籠還給刀鋪掌櫃，回到街上，尋思：「找不到盈兒，放不下心。唯今之計，只有去找梁王府的人問問。根據玄天院記載，城東祝家莊是梁王府的落腳處，不知薛老爺子他們是否暫住那裡？」

正想著，迎面走來兩名男子，卻是梁王府的柳義和劉大海。兩人來到莊森面前，抱拳作揖，招呼道：「莊少俠請了。」

莊森回禮道：「兩位前輩請了。在下正想去找你們呢，你們怎麼知道我在這裡？」

劉大海道：「薛老爺子擔心莊少俠安危，一直在刺史衙門內勸說符大人，並吩咐我們兩個守在衙門外。倘若莊少俠自行脫困，我們也好有個照應。」

莊森心下感激。說道：「有勞各位前輩費心了。」

劉大海又道：「莊少俠換了衣服出衙門，天色昏暗，我們站得又遠，一眼沒認出來。後來是柳兄弟越想越像，咱們才追了過來。見到你進精刀鋪查案，便想等你查完再說。」

柳義一直沒說話，這時才上前一步，對莊森道：「少俠，令師之事，還請節哀。」

莊森心裡一痛，點頭道：「謝前輩關心。」

劉大海往刀鋪一比，問道：「少俠查出什麼端倪沒有？」

莊森搖頭：「現場沒留下什麼可看的。我也不是來查凶手，只是想找月姑娘。她前晚跑去追我三師伯，三師伯陳屍此地，她卻不見蹤影。兩位有見過她嗎？」

柳劉二人對看一眼，同時搖頭。劉大海說：「我們只道月姑娘跟少俠在一起，想不到已經走散。月姑娘沒跟梁王府聯繫。少俠若擔心，我們可以幫你去跟拜月教問問。」

莊森問：「拜月教在洛陽也有人？」

劉大海道：「只有幾個人。當初跟月姑娘一起來的。」

「有勞前輩了。」莊森道。「兩位前輩找我有事？」

「薛老爺子吩咐，要我們掩護少俠離開洛陽。」

莊森皺眉。「我打符存審，梁子結大了。要出洛陽，是有點棘手。」

劉大海問：「少俠打了符存審？薛老爺子說你們在殮房沒有分出勝負。」

莊森道：「我是在刑房打的。打昏了他，才逃出來。」

柳劉二人又對看一眼，一個點頭，一個搖頭。劉大海說：「數月不見，少俠武功又有進境，眞是可喜可賀。」遠方有一隊官差走過，劉大海拉著莊森閃向旁邊巷子，說道：「少俠，符存審很小心眼。你打了他，他不會善罷干休。你要出洛陽，得要小心行事。不如先跟我們回去，會合薛老爺子，再做打算？」

「這個……」莊森面有難色。

劉大海說：「少俠，不打不相識。我們武林一脈，出於義氣相助，你不會欠梁王府的。」

莊森心想洛陽分舵被挑了，城內毫無熟人。如今符存審關起城門搜拿匪徒，他可得有個藏身之處。他說：「如此有勞二位前輩了。」

莊森跟著柳劉二人穿街走巷，只見往來官差越來越多，走得也越來越急。他們在條暗巷中眼見巷口有官差走入，連忙翻入兩旁民宅院內。只聽路過的官差說道：「符大人也眞是，這麼晚了還叫大家出來亂搜。天這麼黑，哪認得出誰是玄匪？」

另一名官差道：「你不知道？符大人在衙門給個玄匪打昏，此刻正大發雷霆呢！咱們在外面跑算是走運了，還在衙門裡的弟兄那才叫慘呀！」

「哪個玄匪這麼厲害。竟能打昏符大人？」

「聽說是玄日宗的大高手哇！」

一行官差走遠後，三人翻牆出來。莊森揚眉問道：「玄匪？」

劉大海說：「李克用起的主意。讓官兵以玄匪稱之，將玄日宗打成民亂，各節度使都能師出有名，起兵討伐。我們王爺和晉王已經分頭上書，陳述玄日宗作亂之事，再過不久，朝廷討伐亂黨的詔書就會頒布了。」

莊森心下不悅：「各位對付本宗，眞是處心積慮。我本以爲洛陽分舵胡亂拿人，給符存審逮到機會借題發揮。這亂匪罪名一安下去，豈不是全天下的分舵都會同時遇襲？」

劉大海道：「對付玄日宗茲事體大，王爺若無萬全把握，豈有可能輕易出手？少俠，到了這個地步，你不會顧念舊情，還想幫助玄日宗吧？」

莊森皺眉：「我跟各位混在一起，豈不是玄日宗叛徒？」

「他們早就視少俠為叛徒了。」劉大海說完竄到巷口，比手勢讓兩人跟上，繼續往藏身處而去。

梁王府眾人來洛陽辦事，為免晉王府翻臉不認人，表面上有在明的落腳處，實際上另有三個藏身處。劉大海帶莊森前往城西一處民房，敲暗號，說暗語，鬧了半天才終於進門。進門後尚未坐下，一名男子已然迎上。「劉爺，柳爺，薛老爺子命我帶話。符存審大發雷霆，下令所有守軍巡城。等明日蒲州的兵馬進了城，再想混出洛陽只怕難如登天。薛老爺子要兩位帶莊大俠立刻出城，不可拖延。」

劉大海問：「薛老爺子不走？」

那人道：「老爺子說符存審心下犯疑，倘若他此刻離開衙門，符存審定會派人盯上。他要你們先走，他隨後趕去會合。」

劉大海到後堂取出三套河東軍裝，要柳義、莊森一同換上。他又取出本月洛陽守軍口令表，對照時辰記下當前口令。最後拿出紙筆，偽造軍令，蓋了晉王府的假印信，三人當即再度出門。不一會兒來到西城門，對過口令，劉大海迎上前去，對守門軍官道：「奉符大人之命，出城捉拿玄匪。」

守城軍官接過公文，邊看邊道：「符大人下令天亮之前不得開門，怎麼又派人深夜出城？」

劉大海說：「玄匪人數眾多，難免有漏網之魚。大人要咱們先行出城通知蒲州兵馬，協同搜捕事宜，不讓任何玄匪走脫。」

守城軍官點頭道：「兄弟，遇上蒲州軍可得留神，這回是李存璋大人親自領軍。他最重軍紀，御下甚嚴，在他面前可別亂講話。」

劉大海謝過軍官，開門出城。三人不打燈籠，趁月疾行。官道上一里一哨，盤查嚴格。三人度過兩哨，決定捨棄官道，入林而行。官兵派人在林間放哨，然則三人武功高強，盡數避開。離城十里過後，終於不見官兵。莊森雙手抱拳，說道：「兩位前輩，此地已過洛陽守軍勢力範圍，應該安全了？」

劉大海道：「蒲州兵馬尚在路上，萬一遇上了可不好脫身。少俠若信得過在下，還是跟薛老爺子會面再說。」

莊森想要盡快跟梁王府劃清界線，但又不好意思過河拆橋。再說，要找月盈，還是得著落在他們身上。他跟著劉大海轉向林間小路，摸黑來到一座小莊園裡。劉大海幫他安排食宿，暫且休息。午夜過後，薛震武終於趕來，請莊森到大廳相談。

莊森行禮道：「薛老爺子，這次多虧各位了。」

薛震武搖頭道：「少俠不必客氣。聽劉兄弟說，少俠急著要走，不知是要趕著辦什麼事嗎？」

莊森道：「我答應本門長輩，要上太原查明一件事情。」

「太原？」薛震武訝異。「河東軍跟玄日宗翻臉，符存審更是欲擒少俠而後快。你這個時候上太原，會不會太莽撞了點？」

莊森想上太原，除了玄天院所託之外，主要還是擔心趙言楓。他不想對梁王府洩漏太多內情，只道：「我二師伯奪權，李克用出力不少。我得盡快查明他究竟意欲何為。」

薛震武點頭：「少俠要對付李克用，老夫自然不會阻你。我只是說時機敏感，是否緩緩較好？」

莊森側頭看他，問道：「前輩有何見教？」

薛震武笑道：「少俠果然聰明，知道我有話說。事情是這樣，梁、晉王府聯手對付玄日宗之事，少俠在雲香樓都聽說了。此刻梁王和晉王分頭上書，請朝廷出兵剿滅玄匪。少俠也知道，滿朝文武都是咱們王爺的人，皇上也不會忤逆王爺的意思，這回上書只是做表面工夫罷了。只是不知如何走漏了消息，此刻李命已在趕往長安途中。我們不知他是想要阻止朝廷下討匪召，還是想對王爺不利。總之，梁王府所有高手此刻都往長安集結。不論李命想幹什麼，絕對不能讓他得手。」

莊森皺眉：「這跟我有什麼關係？」

薛震武一愣，說道：「少俠，李命待在成都，想要動他得要發兵圍城。這回他自己跑去長安，想要殺他沒有更好的機會了。難道少俠不想為師報仇嗎？」

莊森長吁口氣，靠上椅背。他當然想要幫師父報仇，但他從來沒有想過能殺李命。即使薛震武把機會攤在他面前，他腦筋依然沒轉過來。「殺我二師伯？薛老爺子，恕我冒犯，憑你我的武功，絕對殺不了他。就算月姑娘在，也未必傷得了他一根寒毛。」

薛震武點頭：「我們這些人或許奈何不了他，但長安是我們王爺的地盤。若說李命單槍匹馬能跟宣武軍作對，那他也不用招兵買馬了。少俠欲為師報仇，此乃絕佳機會。」

莊森凝視著他，一時說不出話來。這確實是殺李命的好機會，李命也擺明是大壞蛋，大仇人。然則莫說打不過他，就算眞打得過，自己可下得了手？儘管如今上一代師長的恩怨情仇已然完全走樣，莊森仍暗自期望他們都還是自己小時候敬佩的那些師伯，他很想相信他們做事都有很好的理由，但二師伯對付大師伯和他師父也是鐵一樣的事實。他必須報仇。

「我要找月姑娘。」莊森脫口而出。他不知這是顧左右而言他，抑或他當眞只擔心月盈安危。薛震武要他去報師仇，而他只想見月盈一面？或許這些日子以來，他已太習慣聽月盈拿主意。

薛震武誠懇說道：「梁王府發出召集令，旗下武林人士都將趕往長安。月姑娘只要收到消息，定會盡快趕去的。她是王府頂尖高手，我們要對付李命，自然希望她能到場。少俠要找月姑娘，跟著咱們便是了。」

想到月盈要去對付李命，莊森當即揑把冷汗。他不再猶豫，說道：「我跟你們走。」

第四十一章 長安

眾人休息一宿，次日清晨向西而行，趕往長安。此刻尚在河東境內，眾人不願招搖，便只裝作普通商旅正常趕路。過蒲州後，入關內道，薛震武取出宣武公文，自驛站徵召幾匹快馬，連夜趕路。

不一日來到長安。城門軍官認得薛震武，大老遠瞧見他便上前巴結，調動二十名官兵吆喝開路，護送他們前往梁王府。莊森瞧此陣仗，想起當日與師父回歸成都的景象，心中生出一陣感慨，外帶厭惡之情。他策馬上前，在薛震武耳邊道：「薛老爺子，梁王府附近可有好客棧？」

薛震武笑道：「長安城的客棧天下馳名，隨便挑一家都是好的。然則客棧再好，又怎麼比得過梁王府舒服呢？少俠遠來是客，王爺定要留宿款待，豈有去住客棧的道理？」

莊森搖頭：「我不去見梁王。」

薛震武一愣，說道：「少俠人都到了長安，倘若不見王爺，豈不是不給我們王爺面子？」

莊森問：「梁王是這麼小心眼的人嗎？」

薛震武道：「王爺求才若渴，很想見見少俠。」

莊森還是搖頭：「我是爲了私事而來，不是爲了加盟梁王府。此刻梁王府跟玄日宗撕破臉，我立場尷尬，實在不宜去見王爺。要見王爺，先等此事解決再說。」

薛震武皺眉：「少俠，梁王氣度不凡，令人折服，絕不似外傳的那樣殘暴不仁。你只要見一見他，定會對他改觀。」

莊森道：「梁王要爭的是天下。爭天下不看氣度、不看口才，看的是行事作風、處事手段。他怎麼對付玄日宗，我都會看在眼裡。」

薛震武凝神瞧他，微微一笑：「原來少俠是來考校王爺的。」

莊森搖頭：「怎麼敢說考校呢？我莊森無權無勢，一介江湖散人，等閒不敢叨擾王爺。我就近住著，薛老爺子有事，叫我一聲便是了。」

薛震武不再勸說，帶莊森到梁王府對街的長安大客棧住宿。該客棧本來就與梁王府長期配合，不少梁王府的食客與遠到洽公的官差都會下榻於此。薛震武特別交代，「莊爺」是上等嘉賓，要以上等酒菜招待，食宿全部免費。客棧的人鞠躬哈腰，伺候得莊爺好不尷尬。

莊森安置妥當，在客房悶得發慌。薛震武去見朱全忠，也不知要談多久。一直在客棧裡等候消息可不是辦法。長安是大唐國都，比洛陽更加繁華。莊森長這麼大第一次來，實在很想出門逛逛。他在客房裡坐不住，決定去樓下飯廳坐坐。樓梯下到一半，他已感到飯廳氣氛詭異。當時是申時，並非吃飯時間，飯廳卻有三桌客人，分佔角落圓桌，似是刻意遠離旁人。每一桌都點了豐盛酒菜，但卻無人起筷，看來都在等人。莊森踏樓出聲，三桌的人都轉頭看他，人人神色期盼，彷彿等到了要等之人。莊森暗嘆一聲，走下樓來。

劉大海站在樓梯口，笑盈盈地迎了上去。「莊少俠。」

莊森小聲問：「劉大哥，這些人你認得嗎？」

「認得。」劉大海與他並肩而立，比向右手邊角落那桌。「那桌是梁王府中的一流高手，都是江湖上有頭有臉的人物。大家聽說莊少俠來到長安，特來幫你接風洗塵。」

莊森朝眾人點頭示意。劉大海轉向對面角落那桌。「那是長安七曜院的人。」

「七曜院？」

「七曜院是前翰林學士王文林大人的住所。王大人善觀天象曆法、熟知機關文物，他的七曜院聘請大批巧手匠人，從事各方研究，司天台的官員都經常向他請教。王大人親自造訪莊少俠，那可給足了面子。只不知莊少俠對這些學問也有研究？」

「略懂。」莊森說著朝那桌抱拳行禮。桌上有位六旬老者起身回禮，並未迎上攀談。莊森道：「你們有默契？」

劉大海點頭：「是。剛剛已經打過招呼了。莊少俠輪流吃過去，從第一桌開始。」說著指向靠大門口的那桌。

「那桌又是？」

「宰相府的人。」

莊森大愣，片刻回神，問道：「崔胤？」

「崔大人本人沒來。來的是崔府總管崔均。宰相府上下都是崔總管打理，他能夠代表崔大人說話。」

莊森皺眉看他，問道：「崔胤會有什麼事情找我？」

劉大海往崔均一比，說道：「請少俠去問問。」

莊森點了點頭，朝崔均那桌走去。崔均起身迎他入座，笑道：「莊公子，我們家老爺聽說公子來到長安，特遣小人前來拜會。」

莊森回禮就座，問道：「敢問崔總管找我何事？」

崔均壓低音量，不讓其他桌上的人聽見，說道：「我們家大人與貴宗前任掌門趙大俠私交甚篤，曾經一同辦過不少大事。趙大俠數月前將掌門之位交給尊師卓七俠代理，足見他對尊師十分看重。如今趙、卓二位相繼逝世，我們家大人想要知道莊公子是否願為朝廷盡一份心力？」

莊森看看崔均，又轉頭看看梁王府那桌人。兩桌相去甚遠，常人聽不見他們說話，但梁王府那桌都是武林高手，難保不會有人強練耳力，專司偷聽。莊森問：「崔總管問得真直接。這話在梁王府的地盤上問，可以嗎？」

崔均無奈搖頭，說道：「整個長安城都是梁王府的地盤，崔大人說什麼話都可能傳入朱全忠耳中。要擔心那麼多，就不用辦事了。」

「嗯。」莊森點頭思索，說道：「我大師伯離開總壇前，說是要……」他又偷瞄梁王府桌一眼，乾脆運起蚊子功，講話便只崔均一人能夠聽見。「說是受崔大人所託，來長安迎接太子出宮。後來大師伯遇害，一切源出於此。我怎麼知道崔大人沒有參與謀害我大師伯之事？」

崔均大驚失色，忙道：「絕無此事！絕無此事！崔大人敬重趙大俠，常說他是國家棟梁、天下良醫，絕對不會加害於他！」

莊森問：「迎接太子之事，後來究竟如何？」

崔均回答：「崔大人本要安排趙大俠一行人祕密入宮，但宦官盡數伏誅，難以聯絡太子。後來才發現太子早就已經出宮，誰也不知他跑去哪兒了。太子失蹤，茲事體大，趙大俠在長安城裡跟崔大人四下打探，所有能去的地方，趙大俠都打探過了，包括梁王府及各節度使辦事衙門。後來我們盤問侍候太子的宮女，知道太子是從朱全忠誅殺宦官當日失蹤的。趙大俠推斷太子定是跟宦官出宮了，但又不知是哪個宦官。宮中大亂，我們連哪些宦官逃走了都不知道，實在無從查起。趙大俠承諾崔大人，定會找出太子下落，然後就離開長安，開始追蹤出走的宦官。之後再聽說趙大俠的消息，就是他老人家的死訊了。」

莊森想起玄天院的情報，說道：「太子去了成都。」

崔均點頭：「本來在，現在不在了。」

莊森揚眉詢問。

崔均偷看梁王府桌一眼，低聲道：「梁王府派人監視滿朝文武百官，我們也有在監視梁王府。檯面上大家裝模作樣，什麼該知道，什麼不該知道，通通有板有眼。檯面下，大家知道的事情都差不多。在長安城裡，眞正的祕密少之又少，根本沒人能肯定誰是誰的人。」

「所以？」

「上個月拜月教跟梁王府回報，他們在成都與尊師搶奪太子，結果讓第三方人馬漁翁得利。如今太子既不在玄日宗手裡，也不在梁王府那邊。」

「第三方人馬？」

崔均湊到莊森耳邊：「是李克用。」

莊森問：「李克用不是也跟你們一夥的嗎？」

崔均無奈：「本來是一夥的，如今誰知道？」

莊森想了想說：「你們迎接太子，本來就是要藏在李克用那裡。這樣不是很好？」

崔均神色遲疑，說道：「公子……我們家老爺對趙大俠敬佩得五體投地。我們聽到傳言……說趙大俠是李克用派人害死的。我們老爺認爲，太子絕不能交給會害死趙大俠的人。」

莊森一攤手：「那你們要交給誰？」

「這……」

莊森道：「據我所知，你們要迎太子，就是怕朱全忠篡唐。你們不可能讓太子待在長安。要去外地，除了李克用，又有誰能在朱全忠面前保住太子？」

「這個……這我們家老爺自有安排。」崔均的語氣很不保險。「老爺希望莊公子能去晉王府走一遭，把太子救出來。」

莊森往椅背上一靠，輕哼一聲，語氣不屑。

崔均問：「莊公子不願意嗎？」

「不會。」莊森搖頭。「我只是不知道做這些事情有何意義。你們在這邊爾虞我詐，爲的是大唐嗎？爲了天下百姓？還是爲了求生存？太子在你們眼中會是日後明君嗎？大唐苟延殘喘的希望？還是一枚食之無味、棄之可惜的棋子？太子想怎麼做，你們問過他沒有？」

崔均答不出來。

莊森繼續說：「我跟師父回歸中土，本來熱血沸騰，想闖一番事業，行俠仗義，拯救蒼生什麼的。但是這些日子以來，我聽到的盡是這些勾當，這些黑白不分、對錯難明的事情。所有人都說爲了天下蒼生，到頭來大家都是爲了自己。不爲自己的人，都沒好下場。」

崔均長嘆一聲，說：「莊公子是局外人，都看得這麼明白，我們在長安打滾這麼久，怎麼會不懂？問題是不知道能怎麼做。本來老爺希望趙大俠迎出太子後，能夠親自下來輔佐，但如今……唉……」他又嘆一聲，望著眼前酒杯，想要借酒澆愁。他抬頭眼看莊森，說道：「這是我們家老爺最後一著了。朱全忠屠戮宦官，食髓知味，只待時機成熟，便要盡戮滿朝百官。朝中大臣，人人自危，最近大家紛紛上表，想要告老還鄉，只不知能走多少人。」

莊森幫崔均倒了杯酒。崔均一飲而盡。莊森道：「崔大人不走？」

「崔大人走不了的。」

莊森又幫他倒一杯酒，等他喝完，說道：「崔總管，其實我最近私務太多，心煩意亂，聽到此事才會如此煩躁。太子之事，也算是我大師伯的遺願，我會去太原找他的。至於找到後該怎麼做，我會問他。如果太子想要留在李克用那裡，那也就這樣了。」

崔均道謝告辭。莊森走向七曜院王文林那桌。王文林起身迎接，客氣道：「在下七曜院王文林，久仰莊公子大名，今日有緣拜見，果然是氣宇不凡，英雄少年！」

莊森陪笑兩聲，問道：「多謝王老爺設宴款待。敢問王老爺是從何處聽說在下名號的呀？」

王文林笑道：「咱們巧手匠心之人，總會互通聲息。潭州三辰莊的齊總管日前來信，提到莊公子是同道中人，要我好好關照。莊公子何時有興，還請來咱們七曜院走走。我的地動儀有新突破，比三辰莊那台厲害些！」

莊森道：「那是一定要去見識見識了！」心想：「原來是五師伯找來關照的人。門戶大變，不知五師伯有沒遭受牽連？他不親自出面找我，莫非已經躲起來了？」他會心一笑，問道：「敢問王老爺，三辰莊方面有沒有什麼消息？」

「有！」王文林說。「齊總管有錦囊一封、錢袋一枚，託我交給公子。」

「還有錢拿？」

「是呀。齊總管怕莊公子心血來潮，想要做點什麼，那可得有點錢在身上張羅材料。他說莊公子學問大，可記性不好，匠心巧思若不立刻做出來，久了就怕忘了。」

莊森大笑：「哈哈，齊總管可眞瞭解我。」心想：「五師伯可眞夠義氣，還記得給我送錢來。這錢袋雖重，單放銅錢可放不了多少，這不是給我去辦鑄錢案的。看來他是要我去避風頭了。」他接過錢袋，打開一看，除了銅錢，還有飛錢。他一時不好細數，於是放下錢袋，拿起錦囊，解開繫繩，取出箋紙一張，抖開一看，笑出聲來。

紙上便只八個大字，寫道：情況不妙，暫避其鋒。

他將箋紙塞回錦囊，說道：「哎呀，齊總管眞是太客氣了。」

「是呀，齊總管是大好人，從前救過老夫性命，他的事便是我的事。莊公子若有什麼事，儘管吩咐一聲便是了。」

王文林閒聊片刻，告辭離去。莊森來到梁王府桌，只見六個人坐張大圓桌，桌上擺滿菜餚，擠得快放不下，原來前兩桌叫了菜都沒動，劉大海吩咐小二全端過來。莊森入座，劉大海開始介紹梁王府的高手，眾人輪流起身敬酒。在座的有少林寺俗家弟子王一江，乃是劉大海的師弟，擅使金剛劍，江湖上頗有俠名，人稱「怒目金剛」。天師道的清修道人是太平眞人的師弟，原先也是掌門繼位人選。太平眞人接任掌門後，他便雲遊四方，闖蕩江湖，沒再回過鶴鳴山。礦幫幫主胡傳三橫練一身打鐵功，兩條手臂比鐵還硬，端的是刀槍不入。顏如仙是天河船廠的女當家，掌管黃河漕運，乃是當世數一數二的有錢人。此人無門無派，學的是家傳武功，掌力驚滔駭浪，沒人惹得起她。

最後一人是莊森舊識，拜月教的月虧眞人。月虧神色恭敬，說道：「莊少俠別來無恙？」

莊森道：「還過得去。原來眞人也在梁王府？拜月教左右護法都留在中原辦事，貴教教主不會無人可用嗎？」

月虧道：「本教能人異士眾多，不勞莊少俠費心。」

「也是。」莊森揚起酒杯，月虧先乾爲敬。莊森問：「眞人可知道貴教月盈眞人此刻身在何處？」

月虧搖頭：「不知。月盈隨朱三公子出門辦事，上次聯絡是兩個月前在洛陽的事情了。莊公子找她有事嗎？」

莊森點頭：「有點私事。眞人若有月盈的消息，還請不吝告知。」

月虧神色爲難：「月盈是我上司，她若不願見莊少俠，我不能爲少俠傳話。」

「這個自然。」

清修道人突然插嘴：「莊少俠跟拜月教熟？」

莊森聽他語氣不善，轉頭說道：「認識幾個拜月教的高人。道長有何見教？」

清修道人說：「我聽說卓文君明哲保身，莊少俠潔身自愛，沒想到跟吐蕃人這麼熟。」

莊森皺眉：「在下與師父西遊十年，認識些西域人士又怎麼著？」

月虧問：「認識吐蕃人怎麼樣？你還不是認識我？」

清修道人冷冷說道：「我可不想認識你。」

「你說這話什麼意思？」

「什麼意思？看你就討厭！」

月虧上前一步，讓劉大海給攔住：「大家一起為王爺辦事，不可內鬨！」

「內鬨？」清修道人問，「自己人才叫內鬨。番邦蠻夷，跟我算什麼自己人？」

劉大海說：「王爺的話，你都不聽嗎？」

清修道人哼了一聲，說道：「我幫王爺辦事，是要幫他結束亂世，讓百姓過好日子。他放吐蕃狗進來，天下永無寧日！」

胡傳三冷冷一笑，說道：「清修道人言必稱百姓，說得自己好像民族英雄，私底下卻強佔田地、欺壓善良。誰不知道你不喜歡王爺跟吐蕃合作是怕人家搶了你的功勞？」

清修道人一踢椅子，站起身來，喝道：「你說什麼？」

胡傳三道：「我說你不是個東西！」

清修道人唰的一聲，拔出長劍。怒目金剛王一江搶了上去，擋在胡傳三面前，說道：「道長不可動粗，大家都是自己人。」

清修道人啐道：「誰跟他是自己人？這番……」

月虧指著他的鼻子罵道：「你再說！你再說啊！」

眾人叫罵聲中，坐在莊森旁邊的顏如仙搖頭嘆氣：「咱們是來給莊少俠接風，不是給少俠看笑話的。」她舉杯對莊森道：「莊少俠，別理他們。我敬你一杯。」

莊森神色尷尬：「這……顏當家，他們都要打起來了，咱們兩個顧著喝酒，好嗎？」

「男人嘛，就愛打打殺殺的。」顏如仙微微一笑，可謂風韻猶存。「梁王府養了這麼多高手，你以爲他們不會每天打架嗎？這幾個月，爲了王爺與吐蕃結盟之事，每天要打上好幾回呢。」

「啊？」莊森問：「這樣怎麼辦事呀？」

「說得是。」顏如仙指著席上劍拔弩張的眾高手，說道：「少俠請看，天下還沒到手，自己人就開始爭權奪利。這些年來，各大節度使分不出勝負，還不就是因爲這樣嗎？」

莊森問：「顏當家不跟他們爭？」

顏如仙笑道：「亂世之中，就圖口飯吃。誰能幫我保住漕運的生意，我就幫誰。」

眾人沒有當眞動手，但卻各不相讓，越罵越凶。顏如仙指著清修道人說：「這道人學武就是爲了出人頭地。當初搶不到天師道掌門，一氣之下跑出來開宗立派，偏偏又不會教徒弟，連創三個門派都讓他給玩倒了。後來沒人要出錢給他玩，他便開始作威作福，成爲地方惡霸。梁王見他武功高強，把他收入麾下。之後他就在梁王府裡興風作浪，弄得大家雞犬不寧。有時候我眞懷疑他是不是李克用派來搗亂的。」

她比向胡傳三，說：「胡幫主原是官礦督工，黃巢亂時，幣制崩潰，官礦缺工，無力開採，他趁機跟官府買了幾處廢礦起家。時至今日，他已掌握了北方諸道八成私礦。幾年前，梁王找他合作發行宣武通寶，流通不開，賠到脫褲。爲了這筆爛帳，他只好待在梁王府，寄望梁王統一天下，才好支付債務。除了鑄錢銅礦外，宣武軍兵器精良，也是拜他所賜。」

顏如仙敬一口酒，繼續說道：「劉大海和王一江乃是少林寺般若掌及金剛劍的傳人，武功人品都算一流。然則他們加入梁王府是因爲不滿當年被逐出少林之事。他們跟梁王講好了，一旦幫他奪得天下，少林寺妙法禪師絕對不得善終。」

莊森揚眉望向劉大海，問道：「什麼仇恨這麼大？」

顏如仙搖頭：「他們派內之事，外人不好多問。妙法禪師是人人景仰的武林高人，但劉王二位也非奸惡之徒。爲什麼會弄成這樣，只怕不是我們外人可以置喙的了。」

莊森想起自己門派之中的紛紛擾擾，只覺得世間之事複雜異常。他轉向月虧，問道：「拜月教在梁王府裡又是怎麼回事？」

「怎麼回事？」顏如仙苦笑。「月盈眞人技壓群雄，把中原高手都比了下去。你教大家怎麼嚥得下這口氣？月盈不在，月虧眞人本領雖高，可還沒高到惹不起的地步。沒事就找因頭挑釁他的人，可不是只有清修道人而已。」

就聽見清修道人大喝一聲，挺劍刺向月虧。月虧及劉大海同時出手，一個架開長劍，一個提起他褲腰帶，把他摔離餐桌，到旁邊打去。莊森心裡一慌，意欲起身勸架，讓顏如仙攔了下來。

「少俠不忙出手。這些人每天打架，也沒見誰被打死過，他們有分寸的。」

莊森凝神觀戰。他曾與月虧和劉大海交過手，知道這兩個人武功都略遜於己，但仍是不可多得的高手。此刻清修道人以一敵二，儘管守多攻少，依然不落下風，武功果眞高強。他心想：「師父說天師道的功夫精妙高明，太平眞人更是數一數二的高手。當年師父退隱前，常跟太平眞人切磋武功，還說兩人功夫相去不遠。這個清修道人既能跟太平眞人爭奪掌門，武功自有獨到之處。就不知道月虧和劉大海兩位應不應付得來？」

清修道人突然劍氣大盛，一劍化兩劍，劍劍化兩劍，每一招都分向兩名對手出劍，運劍的姿勢不同，但落劍的方位總是一樣，以同一招劍招分攻二路，顯然是套專門對付兩名對手的劍法。莊森越看越是佩服，說道：「清修道人武功很高呀。」

顏如仙點頭。「此人不會做人，不夠謀略，要不是武功高強，早就被趕出梁王府了。」

莊森問：「顏當家的武功也很高嗎？」

顏如仙微笑：「還過得去。」

清修道人一劍攻向二人眉心。月虧踏出詭異步伐，莫名其妙避開此劍。劉大海運起般若掌，穿梭劍勢之中，趁機攻他左肩。清修道人沉肩閃避，突然長劍一轉，化作三劍，不但攻向月虧和劉大海，連王一江也一併拉入戰團。王一江沒想到他會突然發難，來不及出劍格擋，只能不架而走，狼狽逃竄。眾人正訝異間，胡傳三卻又悶哼一聲，鐵打的手臂裂開一條血痕。胡傳三和王一江同聲咒罵，雙雙展開攻擊。清修眞人在四大高手夾擊下退到莊森面前，突然大喝一聲，長劍疾轉，以詭譎至極的角度刺向莊森。

莊森雙掌合擊，夾住劍刃。清修道人冷笑一聲，劍芒吞吐，以蠻橫內力持續插落。月劉王胡四人拳掌劍同時殺到，卻都在清修道人背上凝力不發。玄日宗名頭響亮，薛震武又把莊森的功夫吹捧得出神入化，這些人跑來接風，本來就想秤秤莊森的斤兩。劉大海早已服了莊森，但他有心讓莊森露上一手，是以也沒當眞擊實。他掌上運了十成功力，萬一莊森招架不住，他可不會袖手旁觀。

莊森夾住對手長劍，突然感到對方內力暴漲，劍刃又進一寸。他全力施爲，清修道人的劍卻還在進逼。眼看長劍便要刺中心口，莊森運起轉勁訣，左手收，右手吐，清修道人的劍再難寸進。

清修道人三度使勁，長劍紋風不動，他驚訝莫名，顫聲問道：「你這等年紀……怎麼能有如此內勁？」

莊森道：「練啊。」

顏如仙伸出右手，食指輕輕一彈，清修道人的長劍從中折斷。清修道人朝莊森甩出劍柄，移形換位，奔向大門。劉大海一掌擊出，正中背心。清修道人口噴鮮血，著地一滾，躲過王一江的金剛劍，爬起身來還要再跑，喉嚨已讓月虧一爪扣住。

月虧提起清修，走到莊森隔壁桌，一把將他壓在桌上。劉大海上前點了清修穴道，眾人便圍在他身邊坐下。顏如仙拉拉莊森，兩人一同離座，站在清修面前。

顏如仙道：「清修道人藝高膽大，卻有點不自量力。就算讓你殺了莊公子，你以爲能從我們手中逃出客棧嗎？李命付你多少錢，要你來此行凶？」

清修啐一口血，說道：「我只是試他功夫，妳不要含血噴人。」

顏如仙笑道：「試他功夫，又何必逃跑？你分明是作賊心虛。再說，你有多少功夫，我還不清楚嗎？你剛剛使盡全力，根本性命相拚，要不是莊公子武功高強，早就讓你一劍穿心。老實告訴你，王府一直掌握李命一行人的行蹤，卻在三天前跟丟了他。這等裡應外合的事情，大家都司空見慣了。揪出內奸的勾當，大家也不是第一次幹。你事跡敗露，無須狡辯。王爺說了，只要你說出李命下落，饒你一條狗命，倒也無妨。」

清修冷冷瞧她，心下盤算。片刻過後，說道：「朱全忠心狠手辣，看他屠戮宦官就知道了。我要是說出李命下落，豈有能夠活命的道理？」

「嗯，」顏如仙點頭。「你心裡倒是清楚。膽敢背叛王爺，自然沒有全身而退之理。」她轉向莊森，說道：「莊公子，咱們要刑求犯人，場面難看，不如你先上樓休息？」

「這……」莊森直覺要為清修求情，但想破腦袋都想不出有何道理為這種人求情。他心想：「難道我要當個是非不分的濫好人？此人不忠不義，又想殺我，受點皮肉之苦也是應該。但聽顏當家言下之意，朱全忠似乎不會饒他？傻了，背叛朱全忠，還指望能活命嗎？」他心裡沒想清楚，嘴裡已經說道：「我師父跟太平眞人私交甚篤。清修道人既然是太平眞人的師弟，也算我的長輩……」

顏如仙道：「王爺吩咐，倘若莊公子求情，我們不妨饒過他。但莊公子就欠我們王爺人情了。為了這等小人，莊公子可值得？」

莊森愣在當場，一時不知所對。

月虧上前道：「莊公子，難得相聚，咱們上樓敘敘舊去。」說完拉起莊森手掌，往樓上便走。莊森默不吭聲，跟他上樓，只覺得滿心不是滋味。

回房之後，月虧關上房門，回頭說道：「莊公子，朱全忠的人情，絕對不能亂欠，欠了後患無窮。再怎麼樣，也不該為清修那種人欠。」

莊森道：「道理我懂，只是悶在心頭。」

月虧搖頭嘆道：「公子，你本事高，心也好，只是這年頭闖蕩江湖不能這個樣子。況且這地方可不是普通江湖，這裡是長安官場呀，是你們大唐國最血腥、最骯髒的地方。」他嘆了口氣，繼續道：「公子初出茅廬，實在不該來此。本眞……我說這話不是倚老賣老，是爲了公子好。」

莊森點頭：「是，多謝眞人提醒。」

月虧欲言又止，片刻後說道：「少俠當日饒我不殺，我很承你的情。」

莊森道：「比武切磋，眞人不必放在心上。你剛剛也瞧見了，我是個濫好人，連清修道人都想饒。莫說眞人，我自己都看不下去。」他搖搖頭，想起月盈，忍不住道：「眞人，適才人多，不便多說。其實我此行長安，一來是爲了我二師伯，二來也是爲了找尋月盈姑娘。實不相瞞，月姑娘本來跟我一道。她在洛陽追我三師伯，之後下落不明。我三師伯遭人擊斃，死狀奇特，並非月姑娘下的手。我不知道凶手是何方高人，就怕月姑娘出了什麼事。」

月虧皺眉：「少俠說跟月姑娘一起……」

莊森臉紅，支吾道：「我……我們……」

月虧斜嘴一笑，心照不宣。跟著搖了搖頭，面有難色。「公子，本教月盈護法……生性豪爽，不拘小節，那個……向來不把兒女私情當一回事。我這麼說……你懂得嗎？」

莊森迷惘。

月虧嘆息。「我說這話可不中聽，但是少俠……月盈護法美若天仙，跟她要好過的男人……咳，不計其數。可她從未迷戀過任何男人。不論你對她如何傾心，她想走就走了，你要留也留她不住。」

莊森大搖其頭：「不是那樣的！她……我……不一樣的。」

月虧欲言又止，不知該不該繼續說下去。最後他道：「我曾見過苦苦迷戀她的男人傷心欲絕，挖心自焚，只為了求她多看一眼，但月盈護法連眉頭都沒皺一下。少俠……」

莊森搖手打斷他：「我跟盈兒……月姑娘沒有那樣對我，我們在洛陽分開時，她是為了救我才去追我三師伯。」

月虧無奈道：「這事我本來不想說，但我怕少俠你日後傷心。其實月盈護法是奉了教主之命，假意接近你，為的是著落在你身上去對付令師卓七俠。」

莊森點頭：「我知道，盈兒早就告訴我了。」

月虧一愣，繼而搖頭道：「那你有沒有想過，如今令師驟逝，月盈護法已經沒有理由繼續留在你身邊了？」

莊森呆立，無言以對。

月虧等了半天，見他不再說話，反倒過意不去。「少俠與月盈護法郎才女貌，若能結為連理，自是一樁美事。我只是怕少俠期待太高，失望太大。少俠若是不悅，就當我多事吧。在下先行告退。」

月虧開門要走，莊森張口道：「眞人，若有月姑娘的消息……」

月虧苦笑點頭，說道：「不管月盈護法怎麼說，我都會派人知會少俠。」說完關上房門，自行離去。

第四十二章　夜探

莊森獨自呆坐房內，也不知過了多久。儘管月虧說辭逆耳，聽起來卻又不無可能。普天之下，殺得了郭在天的人屈指可數。若是赤血眞人動手行凶，事後又要月盈丟下莊森，跟他回去，一切可就說得通了。便只一事想不明白，郭在天命案現場留有月盈掌印。倘若凶手是赤血眞人，月盈自不會毆打親爹。

不，不會是這樣。盈兒不是爲了接近他才跟他在一起的。盈兒不會因爲他師父驟逝，他失去利用價值，就這麼把他丟下。盈兒性情中人，絕非虛情假意。她不會……她不會……

她會不會像楓兒一樣，一轉身就投入李存勗的懷裡？

不。楓兒不是那樣的。楓兒對他是眞心的。

眞心？他呢？他對誰又眞心的？他若對楓兒眞心，對盈兒又算什麼？若對盈兒眞心，怎麼還能去想楓兒？因爲答應了大師伯要照顧她？

或許臨到頭來，誰對誰都不是眞心的。或許他也只是瞧人家美貌，一顆心就跟著走了。要不，他回到中原，怎麼誰不喜歡，就喜歡這兩個最美貌的姑娘？莊森呀，莊森，搞了半天，你不過就是個好色之徒。

有人敲門，敲了三回，莊森才赫然回神，起身開門，見是薛震武站在門外，當即迎他進房。

「薛老爺子，」莊森待他就座，說道：「情況如何？」

薛震武道：「李命一行人乘渭水而下，三天前在長安城西百里外失去下落，探子都被滅了口。王府一直在調查是誰跟李命通風報信。今日託少俠的福，讓我們找出內奸。」

莊森搖頭：「顏當家他們早已調查清楚，只是剛好利用我來引他出手罷了。」

「他們拷問清修，已有結果。」薛震武繼續道。「李命一行人落腳在城西十里外的百柳莊。該莊依憑渭水，景色雅致，但也不是什麼知名大莊。像這種莊子，渭水兩岸少說也有個一兩百座。倘若盲目搜索，還真搜不出來。」

莊森沉思：「二師伯此行必有所圖，沒道理待在長安城外。」

「是。這三日之中，他究竟幹了些什麼，咱們也得弄清楚才行。當初咱們認定他是來行刺王爺，此刻也不能排除這個可能。說不定他這三天就是在王府附近探路。李命行刺，非同小可，我們大部分人手都得待在王府守護王爺。要探百柳莊，人少好辦事。」

莊森道：「老爺子說得是。」見薛震武不再多說，只是默默瞧著他，突然心裡一驚，問道：「就我們兩個？」

薛震武問：「少俠以為李命功夫如何？」

莊森想也不想：「深不可測。」

薛震武點頭：「要探百柳莊，就不能暴露行蹤。此刻王府中武功最高的就是你跟我了，帶別人去只會礙事。」

莊森耐著性子：「老爺子，不是我要長他人志氣。就憑你我的武功，在我二師伯面前……」

薛震武揚手道：「勢在必行。不要讓他發現就是。莫非少俠不想去？不願去？」

莊森搖頭：「我既然來了，自然要去。」

兩人說走就走。出客棧後，薛震武帶莊森淨挑偏僻小徑行走，甩開幾路跟蹤的人馬，由城北通化門出城。到得城外，時近傍晚，兩人沿渭水南岸西行，迎著夕陽，乘著河風，景色優雅，心曠神怡，實在不像要去夜探天下第一高手的模樣。

莊森走著走著說道：「『秋風生渭水，落葉滿長安。』長安我第一次來，可不愧天下第一繁華大城。」

薛震武道：「長安城裡好玩的地方多。改天有空，我帶少俠走走。」

「有勞老爺子了。」莊森笑道。「長安雖然繁華，我卻比較喜歡此時此刻，渭水夕陽。」他比向迎面而來的幾群路人：「大家忙了一天，回家休憩。安居樂業，歌舞昇平。」

「是假象。」薛震武搖頭。「王爺平定天下之前，這一切都只是假象。」

莊森默默走了片刻，問道：「老爺子，黃巢亂後至今二十年，百姓的日子好過多了吧？」

「當然好過多了。」薛震武想起當年，神色一變，說道：「少俠當時年紀小，不記得天下慘狀。那屍橫遍野，只求生存的日子，一輩子遇上一次就嫌多了。」

「那現在這樣有什麼不好呢？」莊森問。「我從成都而來，途經幾座大城。雖然大家都說時局不穩，大部分百姓也稱得上安居樂業，至少沒有流離失所。節度使爲什麼不能就這樣各據一方，好好經營民生，過點太太平平的日子？爲什麼一定要分勝負、爭死活，要統一天下，然後才能過好日子？每個要爭天下的人都說是爲了百姓蒼生，但在我眼中不過就是個人野心罷了。」

薛震武斬釘截鐵：「天下就是給人爭的。」

莊森轉頭看他，搖了搖頭。

「你不爭，自然有人爭。想要保住你的天下，唯一的辦法就是變成天下最大的。」

莊森低頭：「所以我師父就給人害死了。」

薛震武拍拍他的肩膀，說道：「卓七俠不想跟師兄們爭，於是離開成都十年。這十年有爲他帶來任何好處嗎？如果他十年來一直待在成都，會這麼容易就被他們害死嗎？」

莊森答不出來。

「你想避禍，就乾乾脆脆避一輩子。不想避禍，那就全心全意投入其中。不管你能不能看穿安居樂業的假象，現在都是亂世，這點無庸置疑。十年後，百年後，遲早會有人統一天下。在那之前，都是亂世，在夾縫中求生存可不是安居樂業之道。」

莊森輕輕點頭，也不知是否認同薛震武。

兩人默默走了片刻，來到一條通往山林裡的小岔路。薛震武往林間半山腰幾處冒出燈火的莊子一比，說道：「此路往上都是河景莊園，夜間遊客不少。百柳莊就在其中。」

兩人轉入小徑，混在三三兩兩的遊人之間。此刻天色已晚，小徑道旁每隔一段路點有燈籠，方便遊人看路。他們走了一里，路過渭園、夜歡園、承平居、廣樂堂，有的園子雅致，有的富麗堂皇，每一間都燈火通明，絲竹笙歌。走過廣樂堂後，路上不見行人，便只剩下薛莊二人。

莊森遙望小徑盡頭的孤寂燈火，回頭看看身後幾座大園子的熱鬧景象，說道：「這百柳莊的生意也未免太差。」

薛震武道：「玄日宗包了百柳莊。這幾日不做生意。」

「咱們這樣走過去，是否太招搖？」

兩人步入山林，就著小徑上的燈火，沿著路緣行走。走出百餘步外，兩人同時伏低，矮身草叢之中，望向五丈外一棵大樹上的黑影。

莊森輕聲道：「玄日宗放哨。」

薛震武說：「我來。」

莊森一把拉住他，問：「你怎麼來？」

薛震武理所當然：「偷偷上樹幹掉他。」

莊森大驚：「人家放哨，你幹掉他？」

薛震武說：「今夜對手是李命，半點輕忽不得。你若只是打昏他，他醒來通風報信，我們死無葬身之地。」

莊森問：「那不能不打昏他，繞過去就好了嗎？」

「繞？」薛震武錯愕，壓根就沒想過要繞。

莊森往樹上人影一指。「那是我的同門師弟。」

「你認得他？」

「不認得。」

薛震武看他片刻，嘆道：「少俠礙手礙腳，眞不知道帶你來是好是壞。」

莊森堅持：「沒有必要，不可傷人。」

薛震武輕步轉身，往樹林深處繞去。莊森躡手躡腳跟上。山林茂密，夜裡伸手難見五指。兩人走沒幾步，已讓腳邊掠過的黑影嚇到好幾回。他們翻身上樹，趁著風聲一棵一棵跳過去，鬧了老半天這才跳完百來步距離，來到百柳莊外牆邊。

薛震武氣喘吁吁，趴在樹上，眼觀牆內景象，埋怨道：「我老人家都快七十了，你要我繞這個？眞給你折騰死啦。」

百柳莊正門兩旁與外牆角落都有玄日宗弟子站哨，夜空晴朗，月色皎潔，從樹林躍入牆內肯定會被發現。莊森搖頭道：「正面進不去，再繞吧。」說完繼續往左繞。薛震武嘆了口氣，提氣跟上。

轉到左側外牆，同樣於牆角處有人放哨，不過側牆較長，站後牆角的弟子腦袋低垂，似是偷懶。兩人互看一眼，盤算是否該直接翻牆，突然聽見身後傳來一聲哨響，敢情是路上放哨的弟子回報有人來訪。側牆哨兵聞聲轉頭，薛震武立刻拉起莊森，趁機躍入牆內，竄入一棵枝葉茂密的大樹。兩人凝氣定身，側耳傾聽，片刻後肯定沒有暴露行蹤，這才鬆了口氣，趴在樹上觀看莊內景象。

百柳莊庭院大，造景好，房舍本身倒不十分講究。莊森看見院中小橋流水，還有座小池塘，池邊種滿柳樹，在燈籠火光襯托下顯得頗爲雅致。主樓燈火通明，伙計忙進忙出，招呼兩桌客人，有男有女，瞧打扮都是玄日宗弟子。池畔有條木道，通往池塘中央，坐落一座雅亭，亭中一名白衣女子獨坐品茗，焚香裊裊，裙襬飄飄，美艷不可方物，宛如人間仙女，正是「玉面華陀」崔望雪。

薛震武神色一震，問道：「這……她……她是？」

「我四師伯呀。」莊森道。「前輩跟我大師伯熟，不會不認識我四師伯吧？」

薛震武難以置信：「多年不見，她怎麼還能這麼……這麼……」

莊森問：「年輕貌美？」

薛震武吁口長氣，說道：「當年玉面華陀崔望雪乃是江湖第一美人，武林中多少成名高手都拜倒在她石榴裙下。自從她嫁給趙大俠後，就很少在江湖上走動了。這些年來，不少江湖人士都會假借因頭跑去玄日宗總壇，只為了再次一睹玉面華陀的風采。據說五年前『霸金刀』陳大莽自斷左臂，上青囊齋求醫，結果只見到了『玄日仙姑』吳曉萍。後來陳大莽氣惱不過，嘔血三升，鬱鬱而終。」

莊森不信：「你講的這叫什麼事呀？」

「這個……武林人士，茶餘飯後，穿鑿附會也是有的。」薛震武道。「總之，我真想不到崔姑娘她多年之後，還是這般……這般……」

莊森問：「老爺子，你也喜歡我四師伯？」

薛震武臉色微紅，說道：「我是個心胸狹小之人。當年跟你大師伯交惡，崔姑娘……唉……趙夫人也是原因之一。」

莊森看看薛震武，又轉頭瞧瞧崔望雪，嘆道：「本門長輩之中，從大師伯到我師父，人人愛煞了四師伯。從前我年紀幼小，雖知四師伯美貌出眾，但總覺得此事十分可笑。這次回歸中土，再見四師伯，我才知道一個女人的容貌能夠影響男人多少。」

薛震武愣愣凝望崔望雪，對莊森的話充耳不聞。莊森伸手在他眼前揮動兩下，他才眨眼回神，神色窘迫，說道：「這個……老夫失態了……」

另一邊，崔望雪揮手招來隨侍在旁的弟子，說道：「曉晴，妳明日入城打聽，有沒有人得了疑難雜症，求助無門，或是窮苦人家，沒錢看病的，帶幾個回來給我看看。」

那弟子名叫林曉晴，說道：「師父慈悲心腸，要來懸壺濟世了？」

崔望雪笑道：「妳別到處張揚。咱們此行長安，行事必須低調。這幾日閒著沒事，順便救幾個人，倒也無妨。妳要是弄到百姓排隊求醫，那咱們可得趕緊搬家了。」

林曉晴點頭：「是，師父。」片刻後又道：「師父，咱們已在百柳莊盤桓三日。掌門師伯每日出門，弄到三更半夜才回來。弟子不知……咱們究竟爲何而來？」

崔望雪輕啜一口茶，慢慢放下茶杯，輕聲道：「曉晴，掌門師伯的事情，妳不要過問。管得太多，沒有好處。」

「是，師父。」林曉晴垂頭，不敢直視師父，吞吞吐吐道：「曉萍師姊……就是管太多了嗎？」

崔望雪冷冷瞪她。

林曉晴神色畏縮，連忙又道：「弟子口沒遮攔，眞是該死……」

崔望雪瞪她片刻，搖頭道：「曉萍不聽我的話，才會死在叛徒手中。妳以後別再提起她。」

「是，師父。」林曉晴向後退開，正要退出亭外，突然又停步問道：「敢問師父……七師叔好端端的，怎麼突然變成叛徒了？」

崔望雪深吸口氣。林曉晴嚇了一大跳。崔望雪緩緩吐氣，頭也不回，問道：「妳今天是怎麼了?哪來這麼多問題?」

「弟子……」林曉晴眼望師父背影,說道:「弟子不知道是怎麼了。再也不知道了。」

「嗯。」崔望雪於杯中添茶,閉起雙眼,輕嗅茶香,片刻後說道:「妳老家在汴洲?」

「是,師父。」

「由此乘河而下,倒也順路。」崔望雪喝一口茶,放下茶杯,說:「這些年妳都在總壇學藝,也是時候回家看看父母了。」

「弟子……」

崔望雪一揚手:「妳想走,就走吧。總壇……不是誰都適合待著的地方。妳回汴洲,開館行醫,不要辜負我這些年教給妳的本事。」

林曉晴跪倒在地,連拜三拜,說道:「多謝師父。師父的恩情,曉晴沒齒難忘。」

崔望雪仍不回頭,只道:「盡量避免與人動武,也別跟汴洲分舵互通聲息。妳這一去,就別回來了。」

「師父……」

「妳跟曉萍是我最寵愛的兩個弟子。」崔望雪說。「我不想妳們兩個都……」

「師父!」林曉晴心裡激動,語帶哭音。「師父快別這麼說!弟子不走了!弟子不走了!」

崔望雪搖頭道:「我叫妳走,妳就走。回房拿點錢,行李也別收拾了,從後門離開。立刻就去。」

林曉晴再拜三拜,爬起身來,轉身離去。

看著這幕，薛震武皺起眉頭，望向莊森，問道：「這唱的是哪齣？」

莊森搖頭。「曉晴師妹入門較晚，與我不熟。但是曉萍師妹……是我四師伯的大弟子，深受師伯寵愛，江湖上也算赫赫有名。怎麼她……她死了？聽起來還是死在我師父手上？」

薛震武說：「玄武大會前夕，玄日宗門戶生變。大家只知道卓文君染病身亡，李命接任掌門。至於這場門戶之變裡死了多少人，外人就不得而知了。」

莊森望著崔望雪，嘆道：「曉萍師妹跟四師伯情同母女，四師伯心裡必定難受。」

薛震武不以為然：「趙大俠身亡，崔姑娘都不放在心上了。死個弟子，對她來講，又算得了什麼？」

莊森心裡難過，說道：「四師伯醫術高明，對待弟子又好，我小時候簡直把她當成菩薩看待。有一回，我少不更事，中了毒鏢，要不是四師伯守在病榻前照顧我三天三夜，我一條左臂早就廢了。我永遠記得那天睜開眼睛，看見師伯坐在床邊，慈祥和藹，面泛祥光，宛如仙女下凡。」他轉向池心亭中的崔望雪，緩緩搖頭：「如今的她，不像仙女，但我也不可能把她當成無可饒恕的弒師仇人。她說曉萍師妹不聽話，以致死在叛徒手裡……她怎麼會這樣說？她怎麼會變成這樣？」

薛震武拍他肩膀：「人心是會變的。」

莊森拒絕相信：「如果我四師伯變化能這麼大，誰敢說我日後不會也變成這樣？」

薛震武勸道：「日後如何，誰也難說。重要的是你現在是什麼人。」

這時，一名弟子上木棧道，入池心亭，說道：「師叔，晉王府遞來拜帖。」

「嗯？」崔望雪轉頭看他。「什麼人？」

弟子呈上拜帖，說道：「李存勗手下的兵馬使劉萬民。」

崔望雪也不接拜帖，只說：「劉萬民掛名兵馬使，其實是李存勗的心腹家臣，代表李存勗說話。此人出馬，必有要事。請他過來。」

弟子得令而去。

莊薛二人對看一眼，靜觀其變。

沒多久，弟子領著一名富商員外打扮的男人走上棧道。劉萬民看來年約五十，油光滿面，留著一嘴長鬚。要不是眉宇之間英氣逼人，任誰都會把他當成長安城裡一名尋常商賈。玄日宗弟子領劉萬民進入池心亭，隨即退到崔望雪身後，垂手而立。

劉萬民一拱手，說道：「趙夫人，在下河東軍兵馬使劉萬民，給趙夫人請安。」

崔望雪微微皺眉，繼而笑道：「劉大人多禮了，請坐。」

薛震武問：「崔姑娘為何皺眉？」

莊森道：「四師伯不喜歡人家叫她趙夫人。老爺子叫她崔姑娘，可合她胃口了。」

劉萬民在崔望雪對面坐下。百柳莊伙計上前倒茶。崔望雪敬一口茶，嫣然笑道：「小女子本想請劉大人吃飯，但想劉大人今日來此，多半沒什麼好事，咱們喝口茶客套一下就算了。有什麼事直接說吧。」

劉萬民喝茶潤喉，說道：「趙夫人真是開門見山，毫不廢話。也好。在下今日來訪，是要為我家主人帶個信息。」

「請說。」

「趙夫人的千金趙言楓姑娘此刻正在晉王府作客。玄日宗門戶生變，趙姑娘掛記親娘，盼能請得趙夫人去王府一敘。」

崔望雪不動聲色，問道：「楓兒怎麼會在晉王府？」

「是這樣的，」劉萬民道，「趙姑娘在巫州巧遇我們家公子，兩人一見傾心，私許終身。趙姑娘是跟我們家公子回王府拜見老爺的。」

崔望雪搖頭道：「家夫日前逝世，此刻家有喪事。私許終身什麼的，暫時不便多提。」

「是，此事眞是意想不到。還請趙夫人節哀。」

「嗯。」崔望雪點一點頭，若有所思。片刻後道：「言楓初出茅廬，少不更事。李存勗誘拐少女，究竟有何目的？」

劉萬民面不改色，說道：「我們家公子對趙姑娘眞心相待，望趙夫人不要多做聯想。」

「劉大人當我姓崔的第一天出來混嗎？」崔望雪說。「找我去有什麼事，明明白白說出來，不要浪費大家時間。」

劉萬民搖頭：「趙夫人疑心眞重。窈窕淑女，君子好逑。趙姑娘家學淵源，貌美如花，我們公子對她……」

崔望雪揚起右手，食指勾動，說道：「拿下了。」她身後的弟子摩拳擦掌，步向劉萬民。劉萬民推開椅子，站起身來，喝道：「趙夫人這是幹嘛？好端端的，怎麼動手了？」

玄日宗弟子上前就是一頓拳打腳踢。劉萬民官拜兵馬使，久歷沙場，儘管武功不高，打架卻甚爲勇猛，雖然不是玄日宗弟子對手，沒幾下就被踢去撞上亭柱，卻只是舔舔嘴角鮮血，便抄起一張椅子，兩手分持椅腳，又朝玄日宗弟子撲上。那弟子運起朝陽神掌，雙掌推出，打爛木椅，順勢擊中劉萬民胸口。劉萬民口吐鮮血，渾身無力，雙膝痠軟，跪倒在地。玄日宗弟子一把扯下劉萬民左手衣袖，將他雙手縛在身後。

「趙夫人，兩國交戰，不斬來使。我只是來帶個話……」

崔望雪兀自倒茶，看都不看他一眼，只說：「你們拿我女兒性命要脅，如此欺人，還指望我不斬來使？咱們玄日宗可不這麼辦事。」

「趙夫人……」

「再叫我一句趙夫人，」崔望雪語氣一變，「我就剁下你一根手指頭。」

劉萬民犯了狠勁，罵道：「不叫妳趙夫人，難道叫妳李夫人？江湖上人人都說，妳崔望雪爲了姦夫李命，不惜謀殺親夫！趙大俠死了，妳跟李命就可以風流快活啦！結伴長安行，風流百柳莊！趙大俠泉下有知，可要氣得吐血！」

玄日宗弟子一巴掌下去，喝道：「活得不耐煩了？」

崔望雪起身上前，輕輕拉開弟子，站在劉萬民面前，柔聲道：「劉大人這話說給我聽倒不打緊。要是讓我二師兄聽到了……」她搖搖頭，嘆道：「小命不保，小命不保。」

「我呸！」劉萬民啐血道。「你們兩個做得，我就說不得嗎？姦夫淫婦！」

崔望雪右手突然多了一支金針，燭光下隱泛幽光，劉萬民當場閉嘴。

「你說我是淫婦？」崔望雪持金針在劉萬民眼前搖晃。

「我……我……」劉萬民神色恐懼，難充硬漢，問道：「針上餵了什麼毒？」

「千蟲水。」崔望雪笑道。「很過癮。」

「不要……」

崔望雪拿針在他頸部一扎。劉萬民片刻也忍耐不住，殺豬似地大叫，在地上滾了老半天，雙眼充血，口吐白沫。一會兒工夫安靜下來，整個人癱在地上，半張臉浸在自己吐出的穢物中，氣喘吁吁，無力抬頭。

崔望雪道：「劉大人過癮了？還要不要再來一針？」

劉萬民搖不了頭，有氣無力地道：「不……不要……求妳……求……」

「扶他起來。」

玄日宗弟子拉過一張椅子，抬起劉萬民往椅子上放。崔望雪拿條手絹，幫他擦去臉上穢物，嬌聲道：「劉大人眞是犯賤。好好問你不說，就要搞成這樣。這下把身體搞壞，很好玩嗎？我問你，李存勗爲什麼誘拐我女兒？」

「我……我們公子……是……是我們王爺，我們王爺要妳用黃巢寶藏……贖回令千金。」

「你們王爺傻啦？」崔望雪輕笑。「我們要是有錢，不會自己拿出來花嗎？你沒聽說本宗想要建軍，跟你們王爺一起角逐天下？我若握有寶藏，還開礦鑄錢幹什麼？」

「是……是……趙……崔……崔女俠說得是。小……小人回去告訴王爺，就說……就說崔女俠沒錢。」

「什麼我沒錢，講得那麼寒酸。」崔望雪語氣不悅。「姑娘是富貴之人，有得是錢。但你們王爺的錢也不比我少，他來跟我要錢，不是笑話奇談嗎？你回去告訴你們王爺，錢，我崔望雪是不會付的，但那帳，我還是會找他算清。至於帳款是大是小，就看他怎麼對待我女兒了。」

劉萬民忙道：「是，是！小人回去跟王爺說！」

崔望雪輕哼一聲，說：「你還回得去嗎？」

劉萬民本來坐在椅子上，一聽這話，當場下跪，磕頭道：「女俠開恩！女俠開恩呀！」

「人家說劉大人是血性男兒，眞是見面不如聞名。」崔望雪搖頭道。「我女兒讓你們關在哪裡？」

「回女俠，令千金暫住我們太原晉王府，可沒有關著。我們公子對她殷勤有佳，當作未過門的妻子般捧在掌心呵護，以上賓之禮招待，絕對沒有虧待趙姑娘。」

崔望雪冷冷看他：「李存勗那小子沒跟我女兒睡同一間房吧？」

「沒有沒有沒有！絕對沒有！這個……」劉萬民矢口否認，又覺不妥，改口道：「這個……小人其實……也不清楚。」

「李存勗比我也才小上幾歲。他想娶我女兒，還要我拿寶藏陪嫁，你倒說說，天底下有沒有這麼便宜的事情？」

「沒有，沒有……」

「話說回來，我女兒本來跟我師侄莊森走在一起，『玄日雙尊』在巫州城大顯神威，把江南道的武林人士殺得屁滾尿流。李存勗拐走我女兒，那莊森呢？不會讓他給殺了吧？」

莊森沒料到崔望雪會突然問起自己，驚訝中又有點五味雜陳。

薛震武湊近問道：「你四師伯倒惦記著你？」

莊森心想她惦記的多半是黃巢寶藏的下落，但又不好跟薛震武明說。他也希望四師伯是眞的關心他的安危，但……

「我們公子跟莊少俠是過命的交情。絕不會動手害他。」

崔望雪揚眉：「莊森也跟晉王府結交了？」

「我沒見過莊少俠，這些事都是聽我們公子說的。」劉萬民道。「但想……既然趙姑娘跟我們公子走了……那莊少俠應該是……那個……不會跟王府結交了。」

「這麼說也是。」崔望雪沉思片刻，命弟子取來筆墨紙張，說道：「把你們王府的布局畫出來。我女兒、李存勗，還有李克用住在哪裡，全部標清楚了。」

「這……」劉萬民大驚。「崔女俠，妳這不是要我背叛王爺和公子嗎？」

崔望雪點頭：「是呀，劉大人，我正是要你背叛他們。」她見劉萬民猶豫，笑道：「還是劉大人要再挨一針？」

劉萬民驚慌片刻，搖頭道：「崔女俠，妳殺了我吧。我不願背叛王爺，也不想再挨一針。求妳殺了我吧。」

崔望雪瞧瞧他，又瞧瞧手上金針，想了一想，將針插回針套，說道：「劉大人忠心護主，我崔望雪也不是蠻不講理之人。這樣吧，你標出我女兒住在哪裡。李存勗和李克用就算了。」一看劉萬民還在遲疑，又說：「我一定會去救我女兒。知道她在哪裡，我進去了帶她出來，大家都好過。要是不知道她在哪裡，我只好直接登門拜訪，到時候會死多少人，晉王活不活得了，我就不敢保證了。」

劉萬民嘆了口氣，持筆畫下晉王府地圖。趙言楓暫居後院涵玉閣。劉萬民說她未遭軟禁，整天跟李存勗在太原府遊玩，過得好不快活。

「她沒聽說她父親的死訊嗎？」崔望雪問。

「公子怕她傷心，沒告訴她。」劉萬民答。

崔望雪吩咐弟子暫且收押劉萬民，十天之後再行放人，以免他趕回太原通風報信。

湖畔突然傳來掌聲。莊森及薛震武連忙轉頭，只見一名書生打扮的中年男子站在一株垂柳之顛，隨風飄擺，宛如神仙。他一下一下輕拍雙掌，神色讚歎，語氣佩服，說道：「崔姊姊好厲害的手段。不費吹灰之力便收服了劉大人。佩服佩服。」

薛震武皺眉，輕問：「什麼人？什麼時候來的？我可都沒注意。」

莊森微微側頭：「晉王府李存孝。老爺子沒見過嗎？」

薛震武眉頭揪得跟包子似的。「不是車裂了嗎？」

「沒車，假的。」莊森搖搖手，要他暫時別問。

崔望雪面無異色，揚聲道：「原來是存孝兄弟。十餘年不見，別來無恙否？咦？我記得你不是讓你爹給車了嗎？」

李存孝道：「崔姊姊說笑話了。潭州之事鬧完那麼久，崔姊姊消息靈通，早該知道我沒死了。」

崔望雪道：「你隱居十年，學問大進，做出來的藥，姊姊我可看不出門道了。」

李存孝大笑：「哈哈哈，春夢無痕是雕蟲小技，不足掛齒。姊姊不請我到亭裡喝茶？」

「那可得看你所爲何來了。」

「我是跟蹤劉萬民來的。」李存孝直言說道。「我知道他要找玄日宗的人談判趙姑娘之事，沒想到會在長安見到姊姊。姊姊這十年過得可好？」

崔望雪嘆氣：「你那些義兄聯手害我夫君，你還問我過得好不好？」

「姊姊明鑑，加害趙大俠之事，小弟可沒參與。」

「嗯。」崔望雪不置可否，問他：「你今天不是來敘舊的？」

「不是。」李存孝道。「我是來跟姊姊商量一件事情。」

「什麼事？」

「聯手對付我義父。」

崔望雪遙望他片刻，笑道：「進來喝茶。」

李存孝跳下柳樹，沿岸步行，上池中木道，入池心亭。兩人始終目光相對，嘴角含笑，沒有放下警覺，誰也不敢輕忽對方。

薛震武問莊森：「從前李存孝是晉王府第一猛將。但是戰陣交鋒，跟武林人士動手過招有所不同。不知道李存孝跟符存審的武功比起來，誰強誰弱？」

「李存孝強。」

薛震武揚眉：「你跟他動過手？」

「沒有親自過招，但有見過他出手。」莊森說。「老爺子知道十三太保師承何處？」

薛震武搖頭：「說來慚愧，我這些年來從未把晉王府的武功放在心上，直到洛陽一行才知道符存審武功高強。李克用沒像我們王爺那樣廣招高手，我還以爲他們實力遠不如我們。現在才知道，他們根本沒有必要仰賴外人。」

李存孝來到涼亭，在崔望雪對面坐下。崔望雪一邊幫他斟茶，一邊說道：「晉王府翻臉跟翻書一樣快，我二師兄很不高興。一會兒他回來，你最好已經走了，不然姊姊我可沒本事保你活著離開。」

李存孝輕笑：「李二哥要打我，可未必是衝著晉王府吧？」

崔望雪放下茶壺，輕聲說道：「你們這些人呀，全都不是東西。我夫君過世不久，你們就來調笑我。崔望雪雖不是貞潔烈女，也不喜歡聽你說這等瘋話。」

李存孝滿不在乎：「姊姊不喜歡嗎？妳嫁人之前，好喜歡看我們爲妳爭風吃醋呀。」

崔望雪掩嘴而笑：「大家都這麼大年紀了，還說什麼爭風吃醋呢？」

李存孝還在調笑：「我看起來就一大把年紀。姊姊卻像變成我妹妹。」他指著桌上的晉王府地圖，問道：「要不要幫妳看看劉萬民有沒有亂畫？」

崔望雪搖頭：「晉王府圖，我們每年更新，早看熟了。要他畫出來只是看他有沒有騙我。」

「姊姊英明。」

「不要油腔滑調。說正事吧。」崔望雪說著瞄向百柳莊大門，似在擔心李命回來。「你爲何要反李克用？」

「他對我不仁，我自然不義。」李存孝道。「當年他執意車我，沒把我當義子看待。要不是義兄幫我求情，我早已死無全屍。這十年，我都被軟禁在晉王府裡，雖然算不上囚犯……姊姊也知道我是胸懷大志之人，如此鬱鬱不得志，那可苦悶得緊呀。」

「所以你做了春夢無痕？」

「對。」

崔望雪道：「據報，李克用不肯用你的春夢無痕，是因為控制人心的藥物太過陰損？」

李存孝冷笑：「那老狐狸哪有那麼好心？他不肯用只是因為藥材取得不易，我煉不出他要求的量罷了。既然他把春夢無痕批得一文不值，我當然就自己帶出來賣。」

「原來如此。」崔望雪沉吟片刻，問道：「你想怎麼聯手對付他？」

李存孝凝視她片刻，說道：「我聯絡了契丹人。」

「喔？我們也有呀。」

「但是你們還沒談妥。」李存孝說。「契丹人生性豪爽，不喜歡太多心機。郭三哥跟他們密談那麼多次始終沒有結果，就是因為他條件開太多了。如今郭三哥遇害，你們失去跟契丹間的聯繫，不過我可以幫你們接頭。」

崔望雪皺眉。「你無兵無權，契丹人為什麼跟你合作？」

「因為我想扳倒我義父，契丹人也想。」李存孝說。「耶律阿保機長年覬覦燕雲之地，一直視我義父為眼中釘。正面衝突，他們討不到好去。有我裡應外合，那就足以成事。」

崔望雪說：「你連義父都反，玄日宗又怎麼……」

李存孝一揚手：「姊姊別跟我說這個，存孝是什麼樣的人，可不可信，妳難道不清楚嗎？今日反我義父，是他逼我反，不是我自己要反的。」

崔望雪苦笑搖頭：「存孝呀，當年的玄日七俠，如今也都走到這個地步。誰可信，誰不可信，姊姊再也分辨不出。你我十年不見，一出來就要我信你合辦這等大事？不是我信不過你，是我信不過任何人。」

李存孝緩緩伸手，自衣袋中取出一張紙，放在桌上，推向崔望雪。

「這是？」

「春夢無痕的配方。」

崔望雪揚眉：「你就這麼雙手奉上？」

「既然找姊姊合作，當然不能空手而來。」李存孝指著配方，說道：「我說過了，藥材難尋。如今我孤身一人，要配此藥更是難上加難。玄日宗的藥庫備有各式稀有藥材，要配春夢無痕，找姊姊就對了。這配方我若自藏，此藥從此再無重見天日的一天。這就送給姊姊了。」

崔望雪取出手絹，隔絹捻起配方，打開閱讀，片刻過後，面露微笑，說道：「原來是這樣呀。巧思，奇才。姊姊服了你。」說著摺起配方，包在手絹裡面，喚來一名弟子，交代他拿回房裡收好。「隔著手絹拿，別碰到那張紙了。」弟子得令而去。

李存孝諷刺道：「姊姊真信得過我。」

「小心駛得萬年船。」崔望雪笑道。「你打算怎麼做？」

「姊姊到太原來，我自會跟妳聯絡。」李存孝說。「到時候我安排契丹人突襲北境，我義父就會分兵討伐。屆時王府空虛，姊姊就能趁虛而入。」

「李克用不會親征嗎？」

李存孝搖頭：「戰況吃緊才會。如今首戰都是交給我那些義兄解決。」

「聽來不錯。我就只一件事情想要問你。」崔望雪說。「你們晉王府學了一套處處剋制玄日宗的武功，甚至能破轉勁訣。告訴我，你們師父是誰。」

李存孝面現難色，說道：「我不能說。」

崔望雪道：「十三太保花費多大心力學了這套功夫，擺明處心積慮要對付玄日宗。玄日宗連任武林盟主二十餘載，這是我們遇上過最大的危機。連我夫……連我們大師兄都被你們害死了，你要我怎麼信你？」

「王府內情，我已十年不曾參與。謀害趙大俠之事，李二俠比我還要清楚，不如姊姊去問他吧？」

「我現在是在問你。」崔望雪說。「姑且說我信你沒有害我大師兄，你既然要反叛晉王府，又何必繼續隱瞞你師父的身分？」

李存孝搖頭：「恩師對我，又是另外一份情誼，與我義父無關。當初拜在恩師門下，我曾發誓絕不透露他的身分。」

「此人教你們這些功夫，目的只有扳倒玄日宗。他跟我們有何恩怨？」

「恩師只是認定你們是我義父統一天下的絆腳石。若不能拉攏，就必須剷除。」

崔望雪臉色一沉：「如果我要剷除他呢？你會幫我嗎？」

李存孝搖頭。

「哼，」崔望雪冷笑。「那我爲什麼要幫你對付你義父？拜你師父所賜，我們洛陽分舵已經被挑了。若不盡快剷除晉王府勢力，玄日宗會被打成玄匪民亂，遭受十大藩鎮圍剿。照你的說法，我要對付的應該是你師父，不是你義父。」

「除掉我義父，我師父就無人輔佐。」

「他可以輔佐李存勗。」崔望雪說。「李存勗也是人才，不比李克用差。朱全忠跟李克用年紀都大了，就算奪得天下也當不了多久皇帝。我要輔佐，也會去輔佐李克用，不爲別的，就爲了他兒子比朱全忠兒子好。」

李存孝沉默片刻，說道：「師恩難報，我不會背叛師父。姊姊硬要我這麼做，就當我今天沒來過吧。」說完站起身來，朝崔望雪作揖告辭。

「我會跟你合作。」崔望雪瞪著他說。「我明日就啓程去太原。讓契丹人派兵作餌。我要去救我女兒，順便殺李克用。」

李存孝問：「姊姊不會救了女兒，就不管我義父了吧？」

崔望雪搖頭：「殺李克用……就夠了。」

李存孝側頭看她，問道：「李命來長安，就是爲了這個？他在跟誰談條件嗎？」

崔望雪不露聲色：「事關本宗生死存亡。他當然在跟誰談條件。你走吧，有事到太原再說。」

第四十三章　戰雪

李存孝走後，崔望雪又在池心亭中獨坐片刻。孤身隻影，衣衫飄擺，愣愣瞧著湖心明月出神，不知是在回想些什麼，還是算計些什麼，只把薛震武給看得痴了。

主樓人聲漸歇，百柳莊內比先前安靜不少。莊森眼看薛震武瞭望崔望雪的神情，忍不住低聲問道：「看來李存孝也曾爲四師伯著迷。」

薛震武道。「當年武林之中，有誰不爲崔姑娘著迷？」

莊森搖了搖頭，問道：「老爺子要一直看著，還是趁我二師伯回來前，溜進去晃晃？」

薛震武依依不捨，偏開目光，轉向莊森道：「少俠說得是。老夫想起往事，可讓你看笑話了。」

崔望雪突然揮手招呼身後弟子：「取弓箭來。」

那弟子自亭外取出一弓二箭，恭恭敬敬放在桌上。崔望雪點頭，倒了杯茶，從懷裡藥包中捻些粉末，加在茶中，遞給該弟子。「喝了茶，回房休息。」

「是，師叔。」該弟子把茶喝光，放回桌上。出亭往主樓走去。

莊薛二人皺眉對看，神色疑惑。眼看那名弟子進了主樓，關上大門，樓中就此了無聲息，彷彿所有人突然間都睡著了般。薛震武揚眉詢問，莊森搖頭不知。

崔望雪一弓搭兩箭，隔湖對準莊薛二人藏身的大樹，說道：「來的是梁王府的高手嗎？何不現身說話？」說完玉手輕放，雙箭離弦而出。

莊薛二人驚魂未定，雙箭已經來到面前，帶動強勁風勢，樹葉四下翻飛。兩人分朝左右閃躲，飛身下樹，各自落在一丈外。莊森右臉頰一陣火辣，雖未當眞中箭，卻也刮得厲害。薛震武眉頭緊蹙，輕撫左肩。只見該處衣衫破了條口子，幸好未曾見血。

崔望雪拍手道：「好功夫，好功夫。我還怕梁王府小覷本宗，隨便派兩個雜碎探路。幸虧兩位都是高手，咦？」夜晚隔湖看人，瞧不眞切，她這才認出來者何人。「哎呀，薛大哥？你親自來啦？多年不見，別來無恙嗎？」

薛震武朝崔望雪作揖道：「好說。這大半夜的讓崔姑娘用箭揪出來，做哥哥的可眞沒皮沒臉啦。」他乾笑兩聲，問道：「崔姑娘，妳……妳好嗎？」

崔望雪輕笑搖頭：「薛大哥統領梁王府群豪，對本宗形勢瞭若指掌。望雪好不好，薛大哥不知嗎？」

薛震武長嘆一聲，說道：「近日玄日宗多事之秋，同一件事有不同解讀。崔姑娘是身處險境還是意氣風發，是委曲求全還是同流合污，做哥哥的老眼昏花，還眞看不出來。」他停了一停，又道：「但我想問的是，這二十年來，妳好不好？」

崔望雪道：「薛大哥想問我夫君待我如何？」她起身上前，撿起剛剛讓劉萬民砸碎的木椅，順手撕開椅身椅背，使勁拋入池面，跟著縱身躍起，身隨椅至，池面上兩個起落，上岸來到薛震武身前。她笑盈盈地瞧著薛震武，只瞧得他心緒不寧，手都不知道要往哪裡擺。她說：「我婚姻和睦，夫愛子孝，生活富裕，沒過過半天苦日子。這二十年來，我過得很好。多謝薛大哥費心。」

薛震武說：「是嗎？妳過得好，我就開心了。」

崔望雪幽幽嘆道：「薛大哥，我死了夫君呀。」

「是。崔故娘請節哀。」

崔望雪苦笑：「節哀什麼的，薛大哥好意思說？你今晚來此，不是爲了要對付我嗎？」

薛震武連忙搖頭：「不是！不是！我是爲了李命而來，沒想到會遇上崔姑娘……」

崔望雪不信：「薛大哥說笑了。你找我二師兄直與找死無異，憑你的身手，頂多就是跟我玩玩，除非你另有後援。梁王府已經把百柳莊包圍了嗎？」

薛震武與莊森互看一眼，沒有吭聲。

崔望雪轉向莊森，沉顏說道：「森兒，我把女兒交給你，你竟讓她落到李存勗手上。你說，怎麼跟我交代？」

莊森慚愧，低頭說道：「這個……師伯，我……」他不好說是楓兒不告而別，自己跟李存勗跑掉，只能說：「是我不對，師伯。我一定會想辦法……」

「想什麼辦法？」崔望雪搶白。「對手是晉王府，連你大師伯都栽在他們手上，你能有什麼辦法？」她瞧瞧薛震武，又轉回莊森，說道：「你投身梁王府，靠山大了，不管對頭是誰，你都有本事應付了？」

「弟子沒有投身梁王府……」

薛震武咳嗽一聲，說道：「莊少俠，你理直氣壯，何必一副理虧模樣？你有什麼話要問崔姑娘，現在正是時候。」

莊崔二人一同轉頭看他，跟著又回過頭來對看。崔望雪嘖嘖兩聲，說道：「好哇，薛大哥，你自己沒徒弟，現在來教起我們家的小輩了？」

莊森鼓起勇氣，說道：「師伯。我師父到底是怎麼死的？」

崔望雪長嘆一聲，說道：「此事說來話長，亦不足為外人道。」說著指指薛震武。

莊森不管，繼續問：「他是不是妳殺的？」

崔望雪瞪大無辜的眼神看他。「你怎麼會這麼問呢？」

莊森道：「我師父的武功不比大師伯差。少了十三太保相助，二師伯不會那麼容易殺我師父。相形之下，四師伯重心機、用藥強，又是我師父情感所繫，由妳動手，可比二師伯有把握多了。」

崔望雪故作傷心：「你就是這麼看我的？」

莊森搖頭：「從前師伯在我眼中，宛如菩薩仙女。我真希望我沒有回來。」他眼眶微紅。「希望我師父沒有回來。」

崔望雪眼望著他，心生感嘆，片刻後道：「十三太保雖強，玄日宗也不比他們差。在總壇要對付文君，又何須假手他人？」

莊森喝問：「妳承認殺我師父？」

崔望雪道：「你跟我說書在哪裡，我就把文君的事說給你聽。」

莊森搖頭：「我不知道妳說什麼書。」

崔望雪也搖頭：「那我留你活口做什麼？」

莊森詫異，緩緩問道：「師伯半點不顧同門情誼嗎？妳剛剛還說把女兒交給我。」

「我給過你機會，是你辜負我。」崔望雪道。「我要你帶楓兒遠走高飛，偏偏你做不到。既然你對我沒有用處……那你就是叛徒餘孽，只會幫本宗添麻煩。」她深吸口氣，神色黯然。「森兒，今日師伯可要清理門戶了。」

薛震武忙勸道：「崔姑娘說這什麼話呢？莊少俠大好人才，從未背叛過玄日宗。我在洛陽要他幫我打洛陽分舵，他都不肯答應。他師父已經死了，就不能放他一條生路嗎？」

崔望雪斜眼看他。「薛大哥，梁晉王府聯名上書要剿玄匪，你們怎麼不放我一條生路呢？」

薛震武搖頭道：「我從未想過要對付妳。」

「因爲我是女流之輩。」崔望雪不悅道。「我是崔全眞的女兒。我是趙遠志的妻子。玉面華陀醫術高明，救人無數，但在你們這些男人眼中，我也不過就是天下第一美女。如今人老珠黃，你們個個不把我當一回事，連要對付玄日宗，都說不是要對付我？唉，眞是越講越氣。薛大哥，不如我先殺了你吧。」

「啊？」薛震武大愣。

崔望雪兩手一攤，問道：「你們要一起來，還是跟我講武林規矩，一個一個上？」

莊森問：「師伯不能就放我們走嗎？」

「我眞是看錯你了，森兒。」崔望雪道。「想不到你竟貪生怕死，爲了活命，連師仇都不敢報？」

莊森目光含淚，咬牙問道：「我師父眞是妳殺的？」

崔望雪一聲不吭，似是默認。

薛震武拔出長劍，「李命不知道什麼時候回來。莊少俠，你先走，崔姑娘就由我來對付。」

莊森搖頭：「老爺子，你不是我師伯對手。」

薛震武冷笑：「我怎麼不是她的對手？想當年我……」他突然皺眉，望向莊森，揚眉提問。

莊森道：「四師伯或許功力不及二師伯，但她身法輕盈、招式詭異，擅使的又是見血封喉的繡花針。除了我師父那種功力高她許多的絕世高手，尋常人跟她過招都是天下間最凶險的事情。老爺子，要逃，我們就一起逃。要打，就別想依照什麼江湖規矩。」他轉向崔望雪，拔出長劍，行師門禮節，說道：「師伯，弟子不才，要跟薛老爺子聯手了。」

崔望雪斜嘴一笑，說道：「別給師伯面子。」

莊森離開總壇前一晚，卓文君為他剖析本門師長的武功強弱，適才那番話便是師父交代給他的。梁棧生和郭在天武功都比莊森強，臨敵經驗也豐富，但兩人十年來長進不大，莊森只要多加歷練，追上他們不是難事。至於崔望雪就是一大難關了。此女不論武功招式和內力修為都比梁郭二人略勝一籌，只因身為女流，加上近年來甚少出手，武功往往遭人低估。她等閒不出毒針，一旦出針，從不留下活口。卓文君說跟她過招不但要以快打快，還須全神戒備，只要一不留神便是見血封喉之禍。他在鎮天塔上是以強橫內力壓得崔望雪行招窒礙，這才能在數招之間收服她。憑莊森數個月前的內力修為，不被崔望雪壓到行招窒礙就很不錯了。他想打贏崔望雪，起碼還得練個十年。

然則只要打贏崔望雪，他莊森就能晉升絕世高手之流。

崔望雪並不出針，甩開肉掌朝薛震武推去。薛震武長劍輕劃，斬其手腕，出劍不快，意在刺探。崔望雪微微一笑，玉掌翻轉，衣袖帶到薛震武長劍，隨即身形飄開，躍向莊森。薛震武虎口一震，劍柄竟然隱約有點把持不住。他吃了一驚，連忙運勁右手，凝聚功力，抓緊劍柄。他舞開長劍，迎向崔望雪，卻見莊崔二人在三丈之外打得熱鬧。崔望雪衣衫飄逸，行雲流水，宛如一片模糊霧氣籠罩莊森。莊森展開凌厲劍法，月光下劍光霍霍，渾身上下守得水洩不通。

薛震武大聲吆喝，劍隨聲至。崔望雪隨手捻起一支插在袖套裡的繡花針，在薛震武劍上輕輕一點。薛震武長劍偏斜，差點劃傷莊森。兩人收斂劍勢，並肩面對崔望雪，嚴陣以待。

崔望雪立於兩人之前，慵懶說道：「薛大哥顧念舊情，出招不忘吼叫，望雪好生感動。你這等打法，不如躺下來讓我刨了吧？」

薛震武閉眼擠出額頭上流下的冷汗，說道：「二十年不見，崔姑娘武功大進。」

「薛大哥的武功倒沒什麼長進。」崔望雪轉向莊森。「森兒，你的轉勁訣有點意思。」

莊森搖頭：「師伯的轉勁訣才叫出神入化。」他側頭對身旁的薛震武道：「老爺子，我師伯是用轉勁訣積蓄你的內勁反擊而出，她本身的內勁沒那麼強。」

薛震武皺眉：「可是……她只是用針碰我的劍一下……」

莊森道：「所以說出神入化。」

「那你？」

「她轉我也轉，且看誰轉得凶。」

「懂了。」

崔望雪將針插回針套，拍拍手掌笑道：「懂了就再來！」

薛震武也沒見她抬腳舉足，整個人已經化為白影，殺到面前。他心驚膽跳，終於明白此戰攸關生死，再也不敢顧念什麼故人之情、愛慕之情，將天山劍法耍得淋漓盡致。崔望雪如鬼似魅，出招迅捷，功力稍差之人根本擋不下她一招半式。總算薛震武堪稱一代宗師，憑藉數十年的臨敵經驗，以攻爲守，每一劍都指向崔望雪不得不救之處，堪堪出了二十來劍，始終沒再與崔望雪有任何接觸。

莊森展開烈日劍法，招招剛猛，劍劍狠辣，渾身籠罩在宛如烈日的劍光之中。兩大高手全力施爲，崔望雪始終以肉掌應對，儘管不落下風，一時卻也難以取勝。

莊森心想：「師伯口口聲聲說要取我們性命，但卻顯然未盡全力。她爲什麼不出毒針？莫非小覷我們？不，四師伯城府深沉，凡事謀定而後動。此刻雖然未露敗相，畢竟難以單靠肉掌取勝。她是在拖延時間？還是另有企圖？」

崔望雪道：「森兒，跟我過招還敢胡思亂想，你找死嗎？」說著身形疾竄，整個人彷彿沒有骨頭般隨著莊森的劍勢而上，轉眼間移形換位，出現在莊森身後。莊森劍勢陡變，由剛轉柔，大開大合的烈日劍法突然蘊勁不發，縮小防禦範圍，不論崔望雪自何方出手都是削肩斷掌之禍。崔望雪一引一帶，牽動薛震武的長劍刺向莊森。就聽見嚓的一聲，火星四射，莊森和薛震武長劍同時脫手，遠遠飛向湖心。

崔望雪肘掌並用，打得薛震武手忙腳亂，左右支絀，轉眼間中路大開，眼看胸口就要中掌。莊森斜裡搶上，撞開薛震武，運起玄陽掌中聚力對掌的強招「九九玄陽」，與崔望雪正面對掌。

「玄陽掌？」崔望雪眉頭輕皺，跟著展顏歡笑。「厲害呀。文君說你擅長劍法，玄陽掌只學到皮毛，不過你這一掌倒還不錯。」

崔望雪招式陰柔，內力卻甚霸道，莊森的玄陽掌火勁完全受制，施展不開。他心想：「我跟薛老爺子失了長劍，招式上已經佔不了便宜。今日想要逃出生天，這一掌就不能對輸！師伯聚力不散，不留絲毫內勁供我運轉。唯今之計，只有強吸了。」

他運起吸黏二勁，強抽崔望雪掌心內勁。崔望雪咦了一聲，神情訝異，跟著臉色一沉，殺氣大盛。莊森只覺得一股大力排山倒海而來，彷彿洪水氾濫，根本轉無可轉。他氣息一塞，手腳痠軟，口吐鮮血，癱倒在地。

崔望雪秀眉緊蹙，冷冷看他，嘖嘖兩聲，搖頭道：「森兒，施展這種旁門左道的功夫，你還不承認看過《左道書》？」

莊森無言以對，只能愣愣看著她。

崔望雪上前一步，伸手右手。「把書交出來，師伯不會虧待你。」

薛震武無聲無息，從後撲上。他以指做劍，使出天山劍法中的偷襲絕招「雪光災」，以沖天劍氣刺向崔望雪背心。崔望雪不知是心不在焉，還是適才也在對掌時受了傷，竟對此招毫無所覺，直到劍指觸體才側身卸力。她跌出三步，轉身出掌，但薛震武並未趁勝追擊。他著地翻滾，路過莊森，順勢將他扛上肩膀。正要提氣翻牆，卻見牆上坐著一條黑影，目光爍爍，側頭看來。月光下瞧得明白，正是李命。

薛震武僵在原地，冷汗直流，一時間沒有半點主意。莊森讓他扛在肩上，頭不能轉，沒瞧見李命，也不知道他為何停步。

「我說是誰呢，原來是薛大哥。」李命一躍下牆，落地時已經站在薛震武三步之外，擋在他和崔望雪中間。至於圍牆至此十幾丈距離是如何拉近的，薛震武老眼昏花，完全沒看出來。

「李兄弟，好久不見。」薛震武說。「想當年光州之役，咱們二人聯手對抗黃巢大軍，差點宰了那個王八蛋。最近年紀大了，做哥哥的可老是想起從前的往事呀。」

李命冷冷看他，皮笑肉不笑：「薛大哥可眞機靈，打不過就來套交情。二十年前同仇敵愾，咱們確實有點交情。如今你我立場分明，還提當年做什麼？你統領梁王府食客，幫朱全忠謀天下，我可從未說過你什麼。但你在洛陽煽動武林同道對付我們玄日宗，這筆帳要怎麼算？我手下那些徒子徒孫在洛陽死傷上千，這不算在你頭上，要算在誰頭上？」

薛震武道：「你可以算在符存審頭上呀。」

李命冷冷一笑，回頭問崔望雪：「師妹，妳沒事吧？」

崔望雪伸手輕抹嘴角鮮血，說道：「輕傷，不礙事。」

李命問：「薛老頭怎麼傷得了妳？」

「森兒在幫他。」

「森兒？」李命轉頭打量薛震武肩上之人，瞇眼道：「他就是七師弟的徒弟？咱們到處找不到他，他倒是自己送上門來。」他往莊森一揮手，對薛震武道：「把人放下。」

薛震武搖頭。「我跟莊少俠一起來，就要一起走。」

李命故作詫異：「你還想走？是不把我李命放在眼裡了？莊森是玄日宗的人，你梁王府原先就是玄日宗的對頭，洛陽之役後，更變成了死對頭。我身爲玄日宗掌門，豈有讓你帶他走的道理。」

薛震武說：「你們殺了他師父，就不能放他一條生路嗎？」

李命道：「胡說。我是他師伯，不知道有多愛護他呢。小時候我常帶他認星星，他老看不出朱雀星宿，就說是月亮上的玉兔給藏起來了。」他微微一笑。「不信你問他呀。」

莊森有氣無力，輕聲道：「二師伯……我留下，你放薛老爺子走吧。」

李命搖頭。「那不成。朱全忠跟李克用聯手對付玄日宗，他們的人我可要見一個殺一個。森兒，此事可沒心軟的餘地。洛陽分舵上千條人命，我這個做掌門的可不能算了。」

薛震武左顧右盼，思索逃跑之策。

李命冷笑一聲，說道：「薛老頭，我問你，我三師弟是怎麼死的？」

薛震武一愣，搖頭道：「我不知道。郭兄弟死相奇特，我連他死在哪門哪派的功夫下都看不出來。當時洛陽城中檯面上的武林人士，沒人殺得了他。」

「是不是梁王府幹的？」

「絕對不是。」

「晉王府呢？」

薛震武想要搖頭，卻又不能肯定。他道：「晉王府的武功，只怕李兄弟比我還熟。若眞是他們幹的，只能怪你自己引狼入室。」

李命皺眉道：「薛老頭，我聽說你最近老在江湖上放話，說我聯合晉王府謀害大師兄。如此造謠生事，我豈有饒過你的道理。」

薛震武哈哈一笑，說道：「數十年來，江湖中人提起李命李二俠，總是懼怕中帶有尊敬，都說你鐵面無私，公正辣手。眞可惜晚節不保，爲了一己野心，什麼面具都扯下來了。你說我造謠生事，我還說你睜著眼睛說瞎話呢！我跟符存審聯手對付你們洛陽分舵，你還道他有什麼祕密沒告訴我嗎？你這廝謀害大哥、私通大……那個大嫂，還妄自爲俠？我呸！」

李命喝道：「你眞是活得不耐煩了！」

「事到如今，我也沒指望能活著出去！」薛震武將莊森輕輕放下，指望他能自行站立。可惜莊森雖然努力運功，狂衝穴道，一時間還是無法瓦解崔望雪的內勁。薛震武放莊森躺在地上，嘆道：「莊公子，今日你我斃命於此，都是我姓薛的對不起你，硬拉你來蹚這趟渾水。」

莊森也不答話，只是專心衝穴。

薛震武站起身來，雙手捏好劍訣，一看李命好整以暇，他還眞不敢搶先動手。二十年前黃巢亂世，他與玄日諸俠南征北討，自認功夫不弱於他們。想不到二十年後，自以爲稱雄武林的功夫在他們面前已經變成微末道行。他長吸口氣，問道：「你跑來長安，失蹤三日，可是去找什麼人談了什麼條件？」

李命哈哈一笑，說道：「玄日宗要角逐天下，豈能只靠打打殺殺。你還道我眼巴巴跑來長安行刺朱全忠嗎？我當然是來談條件。」

薛震武問：「各大節度使都想對付玄日宗，你又能談出什麼鳥來？」

李命道：「告訴你也無妨，只要我能除掉李克用，河東節度使的地盤就是我們玄日宗的。」

薛震武點頭：「哼，兩面押寶，這是崔胤開給你的條件？」

李命道：「時至今日，崔丞相已經沒有那麼大權柄。不過拿他開出的條件去找別人談，倒也無往不利。你說得不錯，各大節度使都想對付玄日宗，但他們同時也想對付朱全忠和李克用。長安太亂了，只要有心，什麼條件都談得成。」

薛震武道：「你倒解釋得清楚。看來今日我是有死無生。動手吧！」

李命站在原地，皮笑肉不笑地盯著他瞧，卻不動手。他不動手，薛震武可不忙找死。他問：「你還不動手，又幹什麼？」

李命右跨一步，薛震武跟著右跨一步。目光始終盯著李命，眨都不敢眨上一眼。李命道：「怎麼？趕死嗎？我李大俠慈悲為懷，讓你多活一時三刻也不行？」見薛震武無言以對，他哈哈一笑，說道：「事情是這樣子的，這次梁晉聯手，掀起玄匪之亂，實在是本宗數十年來不曾遇上的浩劫。茲事體大，不可等閒待之，於是我離開成都前就把珍藏已久的安祿山頭蓋骨拿出來卜了一卦。」

薛震武張口結舌，不知所對。他早聽說李命極善命理之學，觀天象，知天命，乃是玄日宗二十年來蓬勃發展的大功臣。然則卜卦問相畢竟過於玄幻，李命又不常在武林人士面前掐指一算，是以大家都是聽過就算，很少有人當真。至於安祿山頭蓋骨云云，更是匪夷所思，若非說話之人是李命，他早已哈哈大笑，駁斥無稽。

「安……安祿山的頭蓋骨？」

李命點頭：「黃巢的頭蓋骨我也收了。下次有事再拿出來算。」他搖搖手，岔回主題。「總之，上長安來該怎麼做，見什麼人，那些自然不在話下。然則卜那一卦的最大收穫，還是讓我知道今日會遭人背叛。」

薛震武皺眉：「你我交情可談不上是背叛。」

李命嘆道：「是遭至親之人背叛。」

薛震武盯著他看。莊森也盯著他看。片刻過後，兩人一起側頭望向崔望雪。

「看出我的難處了嗎？」李命問。「我只要一跟你動手，我師妹就有機可趁。她的百花針可不是鬧著玩的，是吧？」

崔望雪臉上不動聲色，說道：「師兄……」

李命並不理她，也不回頭，自顧自地道：「她眞要殺你們，早就殺了。即使殺不了，也不會被你打傷。她做這場好戲，就是要等我打你。」他緩緩轉身，面對崔望雪，問她：「師妹，好端端的，爲何反我？」

「師兄誤會了……」

「沒有誤會。」李命道。「不然妳何以將隨行弟子都迷昏了？妳當我沒去查看？除了曉晴不在，所有弟子都昏睡不醒。曉晴呢？妳讓她埋伏在哪裡？」

崔望雪沉寂片刻，輕嘆一聲，說道：「我讓曉晴回家了。」

「回家？」

「到了這個局面，我讓心愛的弟子回家避禍，又有何奇怪？」崔望雪道。「所謂狡兔死，走狗烹。當初我們說好七個人要共進退，一個都不能死。如今大師兄死了，七師弟也死了。六師弟變成廢人。五師弟又不能用。本來有三師兄在，我們還有點機會。三師兄一死，總壇人人自危，誰也不知道什麼時候會輪到自己。」

「三師弟不是我殺的。」

「是不是你殺的有何差別？全總壇的人都認定他死在你手上。」

「唷，瞧妳說的，好像我無惡不作。」李命冷笑。「也不想想七師弟死在誰手上！」

崔望雪語氣激動：「要不是你害死大師兄，我們又何必去殺七師弟？」

李命冷冷看她默不作聲，片刻後道：「好，很好。妳沒錯。在天沒錯。言嵐沒錯。都是我錯。我凶殘成性，專殺同門，弄到所有弟子人人自危。妳呢？妳也是為了自保，所以要搶先出手嗎？」

崔望雪搖頭：「我說過了。狡兔死，走狗烹。我不是要自保。我是來烹走狗的。」

李命哈哈大笑，說道：「好！好！不愧是我師妹！這條走狗，原是非烹不可。」

崔望雪雙掌一抖，彈出兩根金針捻在指間，說道：「師兄不死，難定人心。為了玄日宗百年基業，你還是死了吧。」說完身形一晃，分化兩道白影，自左右奔向李命。

李命喝道：「來呀！」左手掌，右手拳，分別以兩套截然不同的功夫迎向來招。崔望雪雖然一分為二，畢竟是擾人耳目的招法，只是她動作快如鬼魅，強如李命也看不出左右虛實。他拳掌分出快慢，左手擊空之後，立刻火掌翻轉，以強勢功力擾亂右邊崔望雪出針。李命的功力略遜卓文君，無法完全壓制崔望雪，只能稍微改變出針方位。崔望雪雙手針光點點，陡然之間分從八個方位刺向李命右拳。李命中拳直進，也不閃針，單靠強勢內勁偏斜針位，爭取片刻時機，搶先擊中崔望雪。

崔望雪不等這拳擊實，宛如棉絮般向後飄開。莊森只覺得眼前一花，崔望雪已經回到動手之前的位置，笑容慵懶，似是毫髮無傷。李命站在原地，甩動拳頭，拉開架式，準備再戰。

崔望雪輕揉胸口，嬌聲道：「師兄好壞，亂摸人家。難道你真要勾引大嫂？」

李命冷笑一聲，說道：「妖女，妳害我們師兄弟反目成仇。今日栽在我手上，且看我如何炮製妳！」

崔望雪笑道：「你抓得住我，我就任你炮製囉。」

薛震武悄悄蹲在莊森身旁，一手拉起他褲帶，準備趁亂逃走。

崔李兩人同聲叱喝，大打出手。崔望雪如鬼似魅，圍著李命游鬥。李命催動玄陽掌，方圓五丈之內火氣大盛，噴得莊森渾身冒汗。他衝穴衝了半天，解不開崔望雪的內勁，心裡難免驚慌，想道：「我原以爲四師伯用勁巧妙，才能轉眼之間封我穴道。果眞如此，我此刻理應衝開穴道了才是。不，四師伯功力之深，遠超過師父猜測。她多年以來隱藏實力，唯一的可能就是要……要……對付同門？這……同門之間竟然勾心鬥角到這種地步？眾位師伯究竟是怎麼回事？」這時他內關穴阻塞一鬆，心脈微通，內息運轉流暢多了。他想：「四師伯功力雖深，畢竟不是二師伯對手。她此刻尚在示弱，伺機而動。但她只有一次發難機會，一旦二師伯知道她隱藏實力，立刻就會痛下殺手。」

崔望雪施展雲仙掌的「雲仙裊裊」，李命以玄陽掌的「塵世玄涼」加以拆解。莊森想起小時候見過兩位師伯如此拆招，當時他們雖然招式凌厲，但卻毫無殺意，眉宇間也盡是兄妹之情，或曖昧之情，哪有半點此刻性命相搏的狠勁？莊森心裡難過：「二師伯跟我說過，『塵世玄涼』乃是玄陽掌練到極致，返璞歸眞的高招。火勢猛烈，蘊而不發，儘管表面上有違玄陽掌越強越熱的要旨，實際上中掌者烈火焚身，燒成焦炭，是會讓人死無全屍的狠招。若非深仇大恨，或情況危急，切不可施展此招。唉……他跟四師伯有何深仇大恨？同門數十載，翻臉不容情。我本來還指望他們顧念舊情，不可能當眞殺我師父，如今看來……」

李命出招越來越狠辣，崔望雪身法逐漸窒礙，幾度驚險閃避。就聽啪噠一聲，崔望雪踏斷足下細枝，身形不穩，微向左側，露出脅下一個破綻。莊森心想：「來了！四師伯故意失足，她要動手了！」

李命變招奇速，掌勢一翻，朝崔望雪左脅劈下。

薛震武看準機會，提起莊森，拔腿就跑。莊森騰空顛簸，看不見打鬥情況，只聽見耳中一陣風響，薛震武身體搖晃，又再跑出兩步，突然雙膝軟癱，跪倒在地，將莊森給摔在身前。莊森忙問：「老爺子？」薛震武右手抬起，脅下衣衫破碎，露出一個焦黑掌印。他啊的一聲，噴出鮮血，濺在莊森臉上，宛如滾燙熱茶。

「薛老爺子！你怎麼樣？」

薛震武腦袋低垂，有氣無力地說：「公子……人心險惡，這世間再無道理可言。你若能逃出生天，還是……退出江湖吧。」說完又吐一口血，癱倒在莊森胸口，就此氣絕身亡。

「老爺子！」莊森叫道，語帶哭音。他與薛震武無甚交情，對他所作所爲也不算認同。但這幾日中，薛震武始終待之以誠，盡顯惜才愛才之意。或許崔望雪說得不錯，薛震武沒有弟子繼承衣缽，是以把他當作弟子看待。可憐薛老爺子一代宗師，落得如此下場，天山派絕藝就此失傳。莊森想起自己把師父孤伶伶一個人丟在總壇，臨死前都沒有徒弟陪伴，實在不孝之至。他悲從中來，只想抱起薛震武的屍體哭上一場，卻苦於四肢癱瘓，動彈不得。

卻聽崔望雪道：「師兄閒情雅致，還有空打薛大哥。」

「有空啊。」李命說。「我又沒多忙。」

兩人談笑之間取人性命，聽得莊森無比心寒。

「師妹，這些年來，我心裡就只有妳一個女人。此刻若要取妳性命，對我不過舉手之勞罷了。大家幾十年情誼，何必弄這麼僵呢？」李命揚起雙手，狀似擁抱。「不如妳放下金針，脫了衣服，跟師兄去溫存溫存。」

崔望雪掩嘴而笑：「放下金針也就是了，何必脫衣服呢？」

李命道：「師妹渾身是針，不把衣服脫光，如何保證安全？」

崔望雪往莊森一比。「師兄眞不害臊，在孩子面前說這等瘋話。」

李命笑道：「森兒年近三十，早就是堂堂男兒漢了。他若有胃口，可以一起來。」

崔望雪搖頭：「師兄說話眞是豪氣，這等玩法，望雪還眞沒試過。」她手握衣襟，作勢寬衣，說道：「那我可要脫了喔。」

李命笑容一僵，沒有吭聲。

崔望雪嘖嘖兩聲，嘆道：「原來師兄只會討口頭便宜，眞要給你，卻又不敢要了？還是你怕我脫了衣服，亂你心神，最後死在我的手下？」

李命冷笑不答。

「不如師兄脫了衣服吧？望雪讓你欲仙欲死。」

李命呼吸凝重，說道：「妖女……」

「啊，這會兒又變妖女了？」崔望雪笑道：「你殺我夫君，不就是爲了得到我嗎？」

李命喝道：「我殺大師兄是因爲他阻礙我們的大業！」

崔望雪也微微揚聲：「我們早就安排好了。化掉他的功力，囚於玄鐵黑牢。一切妥妥當當，你根本不需要殺他。」

「他找文君回來代理掌門，就是爲了提防咱們！妳眞以爲會那麼容易得手嗎？」李命問。「就算眞的囚了大師兄，妳以爲文君會不聞不問嗎？這是箭在弦上，不得不發！要是等大師兄回總壇跟文君聯手，我們就再也沒有機會！」

「滿嘴藉口！」崔望雪大聲道。「你根本是嫉妒遠志、嫉妒文君！」

「對！我就是嫉妒他們！我就是嫉妒卓文君！」李命怒道。「妳嫁給大師兄，我沒話說！論文才、論武功，我們都不能跟他比。但是妳要偷情，居然去找文君？我有哪一點比不上那個小子？我爲妳做的難道不夠多嗎？大師兄傳承掌門，不找我，竟然去找被逐出總壇十年的臭小子？我李命再怎麼說也是百年難得一見的天賦奇才，這一輩子任勞任怨，爲了什麼？爲了什麼？妳告訴我！」

「我管你爲了什麼？」崔望雪說。「你那麼會算，去問安祿山啊，去問黃巢啊。你殺我夫君，逼我手刃情郎，而你竟然還要問我爲何反你？我無法與你共處一室，我看了你就噁心。你浪費天賦奇才，一生只能在別人的陰影底下當跟班。天下不可能統一在你這種人手裡。我要你死。」

「啊！」李命大吼一聲，疾撲而上，整個人火熱游絲，宛如沖天火柱。崔望雪掌影翻飛，針光點點，只接到第五招上便給一掌擊中右肩，整個人好似斷線風箏般飛了出去，掠過池面，摔入池心亭。

李命一躍而起，在適才崔望雪扔到湖裡的椅背上借力，跟著躍入亭內。他高舉火掌，狠狠揮下，突然間亭內破風聲大作，數十枚金針同時自隱藏在庭柱、庭頂中的機關疾射而出。李命立刻收掌，身體疾旋，於金針之中轉來轉去。片刻過後，機關放盡，李命落在崔望雪面前，愣愣瞧著插在胸口的一枚金針。

「是百花針。」崔望雪說。「還有五師弟的機關。」一看李命左顧右盼，又道：「別看了，棧生不在。這是五年前我要他幫我做的。」她身上也插了好幾枚金針，不過早已服過解藥，只是皮肉之傷。

李命拔出金針，丟在地上，左腳一軟，差點摔倒。

「你要我用百花針去對付文君，這就是報應。」

李命封住胸口各穴，張口吸氣，卻發現喉嚨腫大，氣道擠壓，再也吸不進半絲氣息。他掌心運勁，奮力劈出。崔望雪躺在地上，無從閃避，只能出掌硬拚。一掌對過之後，崔望雪鮮血直噴亭頂，李命則向後筆直倒下。兩人了無聲息，偌大的百柳莊中就此陷入寂靜。

莊森猛然抽口氣，衝破穴道，推開壓在身上的薛震武，翻身跪起。他讓薛震武平躺在地，伸掌閉闔其雙眼。接著站起身來，奔向池心亭。他沒本事像兩位師伯那樣靠水面木塊借力飛躍，只好繞到對面池畔，走木棧道入亭。到得亭中一看，只見崔望雪和李命腳掌相對，雙雙倒在地上。崔望雪兩眼無神，愣愣瞧著亭頂，口鼻冒煙，氣若游絲，顯然李命最後那一記玄陽掌還在體內發威。李命雙眼緊閉，喉嚨腫大，青筋凸顯，膚色發黑，眼看已經毒發身亡。

莊森取出適才奔跑時信手捻來的柳葉，運起功力，使葉緣利如刀刃，對準李命喉心劃開一縫。他將柳葉捲成葉管，插入縫中，側耳傾聽，有氣流聲。他扯開李命衣襟，露出胸口，掌貼左胸，對其心臟灌注功力，接著運掌成拳，輕輕捶下。李命輕咳一聲，恢復生機。

莊森轉身在崔望雪身上摸索，取出六枚藥包，一一放在鼻前嗅聞，聞不出所以然來。他拍拍崔望雪臉頰，說道：「四師伯？四師伯？哪包是百花針的解藥？」崔望雪面無神采，並不答話，不知是無力回答，還是不願回答。莊森心想：「四師伯用百花針對付二師伯，身上不會再帶解藥。不然要是讓二師伯中針後又搶走解藥，一切就變徒勞。」

崔望雪臉頰灼熱，口鼻彷彿要噴出火來。莊森不敢怠慢，扶她坐起，自己盤腿坐在她身後，說聲：「四師伯，得罪了。」輕輕扯開她的衣領，露出香肩。他雙掌貼上她後肩，運勁壓制她體內火勁。李命死前拚命，掌中內勁非同小可，莊森壓制不住。他施展轉勁訣中的吸黏二訣，吸納崔望雪體內的火勁，直到丹田火熱難耐，不敢再吸為止。見崔望雪眼白漸開，口鼻冒出的白煙變淡，他立刻罷手不吸，拉好崔望雪的衣衫，站起身來。

李命玄陽掌火勁非同小可，莊森不敢片刻滯留體內，立刻連出數掌，釋出掌力。

這時大門外傳來哨音，但卻剎然而止，不知放哨之人出了什麼事。莊森心想：「莫不是梁王府的援兵，還是本宗其他對頭？無論來者何人，顯然不懷好意。兩位師伯倘若落入對方手中，肯定凶多吉少。」他左肩扛起李命，右肩扛起崔望雪，提氣狂奔，翻牆而去。

第四十四章 救命

莊森扛著二人，摸黑行走山林，盡量遠離人聲。才走沒一會兒工夫，右半身越來越熱，知道是崔望雪體內的玄陽內勁持續發威。莊森心想：「二師伯這一掌再強，畢竟是同門內勁，四師伯怎麼會毫無抵抗之力，連用轉勁訣釋出掌力都辦不到？是了，這一掌開天闢地，四師伯一中掌就受了重傷，多半震壞了幾處筋脈。這樣下去不行，若不盡快降溫，四師伯五臟六腑都要燒焦。」

他停下腳步，側耳傾聽。西南方有水聲，他循聲而去，沒多久找到一條山澗。他將兩人放下，撕下崔望雪一塊裙襬，沾水擦拭崔望雪頭臉手臂，然後貼在額頭上。他上樹察看，四下有火光，似是有人搜林。他落地，吸納些微玄陽掌勁，幫崔望雪降溫，又給李命灌功續命，跟著扛起兩人，順著山澗往上游而去。

如此走走停停，沿途照料兩人，最後讓他在一個小水潭旁找到可供藏身的小山洞。他把李命推入洞中，在他身旁生一小堆火取暖，然後自懷裡取出自己配製的解毒靈藥，捏成粉末倒入柳葉管中。李命喉嚨腫大，難以吞嚥。莊森去潭裡接了點水，就著葉管灌入，結果藥粉隨清水一併溢出。他一時不得要領，只好再度灌功續命，搬塊大石頭擋在洞口，遮蔽火光，先救奄奄一息的崔望雪。

莊森抱起渾身滾燙的師伯，正要跳下水潭，轉念想道：「師伯五臟六腑此刻都已燒傷，即便拔除火勁，還會化膿感染，倘若再受風寒，只怕回天乏術。下水前得要除去她的衣物才是。」他將崔望雪放在地上，寬衣解帶，脫個精光。自己也除去上衣，只穿褲子，這才抱起崔望雪，步入水潭中。

潭水冰涼，觸體有感，崔望雪迷糊間睜開雙眼，發現自己赤身裸體，被個赤膊男子抱在手中，見是莊森，無力斥道：「孽徒！你……連你也來……辱我？」

莊森低頭瞧她，說道：「師伯不要誤會。妳傷了心脈，無力自療。我來助妳拔除二師伯的玄陽勁。」

崔望雪愣愣瞧著，也不知是否該信他。莊森走到水深及胸處，將崔望雪平放水面，右手輕抵她的腰間，左手扶住她的背心，運轉勁訣吸納她體內的玄陽勁。崔望雪內力深厚，養生有道，儘管年過五十，身材膚質依舊可比二三十歲的小姑娘，乳房堅挺，無下垂之象，比起月盈毫不遜色。莊森專心運功，不敢多看。

崔望雪功力不純，定力全失，迷糊間問道：「我這輩子，從未遇上過對我……毫無淫念的男人。你怎麼……你怎麼能夠坐懷不亂？」

莊森道：「師伯在我心裡就像菩薩仙女般，從前如此，現在亦然。只是師伯近日作爲……眞的令我失望了。」

崔望雪輕輕搖頭，拒絕承認。她說：「不……你定是初嘗女色，心有所屬。楓兒……你跟楓兒……」

莊森道：「師伯不必多心。我與師妹清清白白，絕無踰矩之事。」

「那……那你是跟誰？」

莊森想要否認，卻又不願欺騙師伯，只道：「師伯不認識她。」

崔望雪微笑：「所以你確實是心有所屬……才對我不屑一顧？」

莊森搖頭道：「師伯別再說話了。我要專心運功，不可分心。」

崔望雪閉上雙眼，不再說話。莊森深吸口氣，專心運功，緩緩吸納崔望雪身上的火勁，在體內運轉一周，消除高溫，又慢慢灌回崔望雪體內，助其治療心脈。如此做法費功耗時，不如直接釋出李命功力立竿見影，但就長久而言好處較多。莊森邊運功邊想：「這下四師伯的命是保住了，但她五內俱傷，難以盡復，此後武功只怕會大打折扣。也罷，她大難不死，已算福氣。接下來可得想想怎麼救二師伯。本來嘛，直接請四師伯交出解藥最快，但看他倆深仇大恨，多半是不會交了……」他暗嘆一聲，微微側頭，突然發現崔望雪瞧著自己，淚流滿面。

「師……」

「文君……」崔望雪泣道。「文君，師姊對不起你。你……可是來找我索命的？」

「不是，師……」

「我罪有應得。你帶我走吧，文君！」

莊森感覺她脈相紊亂，不敢加以刺激，只好搖頭不語，安靜聽她說。

「你爲何不理會我？你還在生我的氣？」崔望雪語氣悲傷。「你定是怪我……怪我不跟你私奔。文君，我好想跟你走，只是不甘心！師姊滿腔抱負，一身本事，不甘心只做個……不甘心就陪你……我不能就這樣庸庸碌碌過一生……你懂嗎？」

她哭著看他，越看越傷心，只看得莊森好不尷尬。片刻過後，她突然伸手搭他後頸，把他拉到面前，說：「文君，師姊跟你走！師姊是你的。你不要不理我。我這就給了你……」

她張嘴親吻莊森，緊摟不放。如此肌膚相親，只把莊森嚇得魂不附體，差點走火入魔。他心想：「不得了！不得了！四師伯這樣……有誰把持得住？不、不、不！我不能亂來！我有盈兒，有……有楓兒，這可……對不起師父！對不起大師伯！」他腦筋迷糊，運功窒礙，崔望雪體內火勁一盛，突然又把他推開。

「不行！文君，我不能這樣。我這輩子都是大師兄的人，我不能對不起他。」

莊森縮回頭來，深吸口氣，連忙吸納火勁。崔望雪輕呼一聲，再度暈去。

莊森額頭直冒汗，心道：「好險！好險！這個……眞是好險呀！只盼四師伯一覺到底，別再醒來跟我胡言亂語啦。」他閉上雙眼，定心凝神，吸納吞吐，奮力救人。

如此鬧了小半個時辰，玄陽火勁拔除乾淨，崔望雪筋脈通暢，已能自行運息。莊森深怕崔望雪內臟燒傷嚴重，難以自催功力療傷，於是開始朝她體內灌注自身功力。崔望雪體內傳來一股抗拒之力，將莊森的功力緩緩排開。莊森睜開雙眼，只見崔望雪明眸有神，若有所思地瞧著他。

「師伯醒了？」莊森問。

崔望雪點頭。「帶我回岸上吧。我要穿上衣服。」

莊森連忙照辦。兩人回到潭邊，莊森放下崔望雪。她四肢無力，難以自行穿衣。莊森先拿自己的上衣幫她擦乾身子，這才助她穿回衣衫。他邊擦邊道：「師伯五內俱傷，必須注意身子，切忌受到風寒。」

「我理會得。」崔望雪毫不遮掩，坦然受他幫助，彷彿莊森不是第一次服侍她更衣。

忙完之後，莊森扶她盤腿坐下，恭敬道：「師伯休息，我去附近找找消炎鎮痛的草藥。」

崔望雪搖頭，要他坐下，問道：「你為何救我？」

莊森一愣：「我為何救妳？」

「我對你不仁不義，你為何還要救我？」

莊森道：「我只想到小時候師伯在病榻旁為我療傷的模樣。當年要不是師伯，我這條胳臂早就廢了。師伯教過我，醫者父母心，不論在任何情況下都不可見死不救。弟子這些年來，時時刻刻都把師伯的教誨放在心裡。我這麼大了，不會因為師伯沒有以身作則就放棄自己認為對的事情。」

崔望雪凝望著他，一時無言以對。過了好一會兒才點一點頭，嘆道：「原來我們把你教得這麼好。」

「我也不知道好不好。」莊森說。「剛剛在百柳莊，我真的想過一走了之，讓兩位師伯自生自滅。只是當我這麼想時，手腳已經開始救人，沒有絲毫遲疑。我想，倘若我見死不救，師父泉下有知，絕不會原諒我的。」

崔望雪苦笑：「我變了，早就不是文君心裡的四師姊，也不是你記憶中的四師伯了。你師父恨我入骨，讓他知道你救了我，只怕要把你吊起來打。」

莊森凝望她片刻，說道：「四師伯，我想問妳一件事情。」

「你要知道你師父是怎麼死的？」

莊森搖頭。「我想問妳，妳究竟想做什麼？」

崔望雪揚眉。

「妳是想當皇帝嗎？還是要為夫報仇？要輔佐妳兒子成就大業？還是想拯救黎民蒼生？」莊森問。「我最近發現我沒有立場，只會空談。從前老是幻想要當大俠，要救百姓，如今才知道我什麼都不懂，什麼都不會。我空有一身本事，但是學本事簡單，為人處世卻難。是非對錯不會判斷，我連該不該救你們都不知道。」

「你救了。這才重要。」崔望雪說。「既然對錯難以判斷，就做你認為該做的事情。」

「萬一做錯了呢？」

「揹負錯誤活下去。」崔望雪說。「人不能因為怕犯錯就什麼都不做。」

莊森思量片刻，點頭道：「弟子去幫師伯找藥。」

「不用。」崔望雪緩緩起身。「你為我做得夠了。今後我們兩不相欠，改天你若想殺我為師報仇，不必再顧念往日情誼。」

「師伯要走了？」

「你要救你二師伯，我可不想救他。再留下來，只會難做。」

莊森勸道：「你們從小一起長大，何必弄成這樣？」

崔望雪臉色一沉。「何必弄成這樣？等他殺了你喜歡的那個姑娘，你再問問自己何必弄成這樣。」

莊森心裡衝動，忍不住就要說出趙遠志詐死之事。然則事情已經走到這個地步，就算趙遠志回來主持大局，難道又能改變什麼？他神色氣餒，轉而問道：「師伯回成都嗎？」

「言嵐坐鎮總壇，我總是得要回去。」崔望雪邊想邊道。「此刻已與李命破臉，待在總壇會有性命之憂，除非我們母子……唉，前途茫茫，走一步算一步吧。」她神色黯然，又嘆一聲。「我這傷不知道要養多久，養好了也不知剩下多少功夫。森兒……楓兒身陷晉王府，也不知李克用會怎麼折磨她。你能不能……」

「師伯不必多說。我會去的。」

崔望雪神色欣慰，點頭道：「晉王府武功怪異，你要小心。」

「弟子知道。」莊森道。崔望雪走出幾步後，他又問：「師伯，我師父葬在何處？我想去祭拜他。」

崔望雪停步片刻，黯然道：「他死在野外，屍首讓狼拖走。我們一直沒找到他。玄心園中有座空墳，總壇祠堂裡也有牌位……」

莊森眼睛一亮：「沒有尋著屍首？」

崔望雪搖頭。「他中了我的百花針，我親眼見他氣絕身亡，你別想太多了。」

莊森沮喪。「是。我想多了。」

崔望雪又看他片刻，嘆氣離開。

□

莊森找到幾株消腫藥草，用石頭磨成碎渣，推石回洞，灌入李命喉嚨之中。他休息片刻，扶李命坐起，雙掌貼背，灌功續命。天亮之後，他渾身脫力，支持不住，放倒李命，靠著洞壁沉沉睡去。

他睡到正午醒來。李命依然昏迷，但喉嚨腫脹已有消退跡象。莊森再度倒藥灌水，藥粉不再隨水排出，終於吞入腹中。莊森鬆了口氣，去洞外水潭釣魚烤食，自己飽餐一頓，再混水打成魚漿，餵李命吃了一些。莊森不知百花針配方，難以調配解藥，只能見招拆招，對症下藥。他搜遍方圓五里內的山林，找尋可用藥草，回洞裡一字排開，隨時備用。待得天黑之後，他又溜回百柳莊，偷拿些煮食用具，方便吃飯熬藥，順便搜刮藥櫃。

李命腫退之後，開始發燒，莊森就煮點退燒藥物給他。夜間冒冷汗，便又磨了些驅寒藥草餵他服用。平時若無症狀，莊森便熬點補身湯，搭配解毒靈藥。如此照顧三天三夜，李命終於醒來。

「二師伯，你好些了嗎？」莊森問他。「四師伯的毒藥厲害，你還要過幾日方能行走。先休息吧。」

李命就著火光，望他片刻，面無表情，一言不發，接著他兩眼一閉，再度沉睡。

之後他們又在山裡待了五天，李命每日甦醒時間越來越長，但他始終悶不吭聲，似不願把莊森放在眼裡。莊森餵他飲食服藥，把屎把尿，依然當他是師門長輩照顧，但在幾次攀談不果後，也不再多說什麼，兩人每天就這麼安安靜靜地在洞中養傷。

第九日莊森一早醒來，發現李命盤腿而坐，閉目練功。他心裡一喜，說道：「師伯能起身了？眞是太好了！」

李命睜眼瞪他。莊森忙道：「我去抓魚摘果。師伯吃飽飯才好練功。」說完出洞抓魚。

這一餐準備得甚爲豐盛，除了鮮魚蔬果，莊森還烤了一隻野兔。李命虛弱多日，胃口大開，一傢伙吃個精光。他吃飽後往洞外走，莊森連忙攔著他。「師伯身體尚虛，易受風寒，還是明日再出洞吧？」李命皺眉看他，沉思片刻，回到之前的位置坐下練功。

莊森清洗鍋碗，回到洞中，坐在李命對面跟他一起練功。如此練了一個時辰，李命突然開口。

「前人氣已盡，點檢做天子；黃袍自加身，趙氏建王陵。」李命聲音嘶啞，中氣不足，這幾句話說得有氣無力，彷彿惆悵萬千。

莊森愣了一愣，問道：「趙氏建王陵？」

李命目光遙遠，回憶當年。「十年前得此一卦，我便打定主意要輔佐趙氏爲王。趙遠志胸無大志，不是當皇帝的料子。趙言嵐風骨智慧差強人意，當上皇帝未必能成明君，但不至於昏庸無道。趙崔氏有膽有識，本是最佳人選，可惜武氏天后早已證實天下容不得女子稱帝，若讓望雪登基，最多十年太平，天下又會大亂。十年來，我處心積慮，勞碌奔波，一切一切都是在爲言嵐鋪路。」

莊森問：「弟子愚昧，不管怎麼看，都像師伯自己要做皇帝？」

李命道：「一年前我又得一卦，方知天下歸趙乃是一甲子後的事情。」

「這不要你嗎？」

李命冷語自嘲：「可不是嗎？管你神機妙算，老天爺要耍你就耍你了。」

莊森皺眉：「天下還會再亂一甲子？」

「亂中有序。」李命說道。「五姓分天下，朱李石劉郭。」

「朱？」

「還用問嗎？」李命說。「宦官誅戮，大勢底定。長安城裡的大唐官員，不過都在苟延殘喘罷了。朱溫篡唐，指日可待，要對付他，先等他做個幾年皇帝再說。」

莊森小時候曾隨李命學過風水命相之學，礙於天賦有限，難以精通，但李命的本事他都看在眼裡，李命卜出的卦，向來都是準的。此刻聽李命說起天下未來運勢，莊森興致勃勃，洗耳恭聽。「那這李……不用說就是李克用了？」

「那也未必。」李命冷笑一聲。「只要我先把他殺了，他還怎麼當皇帝？李家天下，難道不能是我李命的？你說我不夠格嗎？」

「夠格，夠格。」

李命瞪他：「你言不由衷。」

莊森嘆道：「師伯，從前在我眼中，你們個個都是大英雄、大豪傑，任誰要當皇帝，我都認定夠格。可惜事到如今，你們令我失望透頂。你當皇帝會不會是明君，此刻我尚不敢斷言，但我怕你在成王之路上越變越昏庸。你敢說你沒怕過嗎？」

李命搖頭：「自古開國君王，哪個不是心狠手辣之輩？賢明如本朝太宗皇帝，也在玄武門幹過手足相殘之事。我所作所爲乃是必要之惡，只要能定天下，使百姓富足，那一切都將既往不咎，根本不會載入史書。」

莊森道：「師伯眞是滿嘴道理。你晚上睡得好嗎？」

李命揉揉太陽穴，說道：「過去幾日，我睡得可好了。」

莊森道：「是。師伯大難不死，必有後福。」

「你不懂我話中有話。」李命嘆道。「我已經好多年沒這麼好睡過了。身受劇毒，換來幾夜好眠，值了。」

兩人沉默片刻。

「何苦弄成這樣呢？」莊森過了一會兒問道。

李命瞪他：「不管你怎麼看我，怎麼看待我們，當初我們的出發點都是爲了天下蒼生。」

「那是當初啊，師伯。」莊森道。「你們走偏了。」

李命吸幾口氣，微顯苦惱。「眞走偏了嗎？」

「偏得遠了。」莊森斬釘截鐵。

李命低頭沉思，默默不語。正當莊森考慮要不要繼續練功時，李命突然長嘆一聲，彷彿鼓起勇氣。「三年前，我因緣際會，發現晉王府十三太保個個身懷絕技，長年修習一門專門尅制玄日武學的功夫，顯然意欲不利本宗。」

莊森道：「師伯追查之後，發現可以利用，於是聯合他們除掉大師伯，登上掌門之位。」

「是。」李命目光遙遠，神情茫然。「我確實這麼幹了，是不是？」

「那並非你的本意？」

李命搖頭，而又點頭。「事情幹下來了，是不是本意，誰知道？我查晉王府，是否一開始就是爲了除掉大師兄，事後回想，我也不敢說。總之，隱身晉王府幕後的高人，十三太保的師父，絕對是本宗第一大對頭。要是不能除掉他，莫說什麼統一天下，玄日宗能不能存活下來都是問題。當初聯手對付大師兄，其實是我混入晉王府查探眞相的藉口。可惜事情發展太快，刺殺大師兄的機會又太好，我若繼續拖延，肯定會被看穿。更何況……大師兄找你師父回來，眞是把我惹惱了。多年來的懷恨在心，你那天在百柳莊也都聽到了。我想說要幹就幹吧！反正我也不知道該怎麼辦了。我一輩子勞碌奔波，都在爲他人做嫁。不如爲自己活一活吧。」

莊森想了一想，起身取碗舀了些水，端去給李命飲用。「師伯說得累了，先喝點水。」李命接過水碗，瞧瞧他，又瞧瞧水，似乎不知該不該喝。他苦笑搖頭，一飲而盡。

莊森放好水碗，回原位坐好，問他：「爲自己活，快意嗎？」

「快意。」

「當掌門過癮嗎？」

「過癮。就是忙了些。」

「圖謀天下，感覺如何？」

「好像下棋，只是危險。輸了不光是自己沒命。」

「後悔嗎？」

「沒有一天不後悔。」李命說。「但我既然選擇了這條路，自然要一場好戲做到結束。我李命是大魔頭，你不要爲我說後悔就把這個給忘了。」

「我記性好。」莊森說。「該記得的，我都記得。不該忘的，我忘不了。」

李命皺眉：「你小時候有這麼愛耍嘴皮子嗎？」

「跟我師父學的。」莊森想起師父，輕嘆一聲，搖頭道：「師伯今後如何？」

「如今與望雪破臉，總壇又有言嵐布署，我功力未復，回去太過凶險。」

「不如別回去了？」

李命揚眉。

莊森道：「我要上太原去救言楓師妹，師伯跟我一道去吧？」

李命眉毛揚得更高。「我殺你師父，又下令追捕你，企圖逼問《左道書》下落，而你還敢找我幫忙？」

莊森一攤手：「你有別的事情要忙嗎？」

李命問他：「你回來後，經歷這麼多鳥事，怎麼還能如此待人？」

莊森聳肩：「因爲我沒看過《左道書》？」

「你眞相信一本書能讓我們這麼多人誤入歧途？」

「聽說如此。」莊森道。「師伯信嗎？」

「一切都是從我們看過《左道書》後開始變調的。」李命說。「但你也可以說一切都是從我們起心要看那本書後就已經變調了。不是《左道書》讓我們灌醉師父，偷書來看的，那些事都是我們自己幹的。」

莊森點頭：「那就是我出淤泥而不染囉。」

「你眞沒看過《左道書》？」

莊森搖頭：「師伯何出此問？」

「你吸走望雪體內的玄陽火勁，不是《左道書》裡的功夫嗎？」

莊森皺眉：「那是我突破轉勁訣第五層時自悟的吸黏勁。師伯不會嗎？」

「我們都不會。」李命搖頭，沉色道：「吸納他人內力，你不知道那是旁門左道嗎？」

莊森解釋：「當時我服了拜月教的烈日丸，若不化解火勁，只有死路一條。五師伯說烈日丸是拜月教練凝月掌時吸納藥效，增強功力用的，所以我在自悟轉勁訣時就著重在吸納的功夫上。師伯說是旁門左道，倒也不至於。我吸人功力不能據爲己有，只能當場運用，符合轉勁訣借力使力的宗旨，只是我借力借得野蠻點。」

「嗯……」李命沉吟片刻。「我聽大師兄提起過，《左道書》武學篇中有記載這套轉勁訣的偏門功夫。森……森兒，你不要騙師伯。我就問你，在天是不是你殺的？」

莊森大驚，忙道：「不是！師伯怎麼會這麼想？」

李命道：「我聽說在天死狀奇特，被吸成人乾。這門功夫，不正是你的轉勁訣嗎？」

莊森冒汗：「師伯明鑒，弟子絕對沒殺三師伯！我吸人功力，適可而止，從未吸出異樣，更別說是人乾……」他想起在刺史衙門吸符存審時，對方臉頰晃動，青筋突起的模樣，不禁懷疑倘若一直強吸下去，會不會變成人乾？

李命又問：「洛陽玄天院也不是你挑的？」

莊森道：「不是。玄天院遭難時，我被他們關在地下。出來的時候，他們都死光了。」

「不是你就好。」李命道。「我原想你下手不會這麼凶殘。這麼說來，多半還是晉王府幹的。他們熟悉玄日武學，懂得破解轉勁訣，說不定也能悟出這等轉勁法門。」

「師伯推斷得很有道理。」莊森嘴裡這麼說，心裡卻想：「既然《左道書》中有載此功，就是說大師伯和言楓師妹都懂得這套吸納法門。然則他們兩個武功都高出三師伯許多，當眞要殺他，又何必吸他功力？難道他們不願透露本身武功，是以讓他死狀奇特？不會的，大師伯要退隱江湖，言楓師妹又遠在太原，三師伯不會是他們殺的。」見李命瞧著自己，他又說：「我跟符存審交過手，憑他的功夫殺不了三師伯。」

「他師父的功夫肯定可以。」李命若有所思，猶豫片刻，說道：「你能教我嗎？」

莊森愣住。「師伯不是說是旁門左道？」

李命立刻改口：「是。你說的對，當我沒說過。」

莊森瞧他片刻，決定當他沒說過。「師伯既然要對付晉王府，便與弟子同行吧？」

李命想也不想便搖頭道：「我內力衰竭，難以凝聚。望雪的針上除了百花膏，多半還摻了玄天化功散。」

「怎麼會呢？」莊森大驚。「我給師伯灌功時，一直感到師伯內力雄厚呀。」

「你完全沒有理由救我，我哪知道你救活了我會不會再來折磨我？」李命苦笑道。「我拚盡僅存的功力在你灌功時製造假象，讓你以爲我功力深厚。如今我的功力比尋常弟子還要不如。這傷不知要養多久，功力也不知有沒有機會恢復。此刻的我，幫不了你。」

莊森皺眉沉思。「既然如此，我們在山中多住一日，等師伯恢復元氣。明日我們出發東行，找座有大藥舖的市鎮，想辦法將百花針跟玄天化功散的毒給徹底解了再說。」

李命問：「楓兒失陷晉王府多久了？」

莊森算算時日：「少說有一個月了。」

李命搖頭：「此事拖延無益。你快上太原救她。我是老江湖，自己可以照顧自己。」

莊森側頭看他，不知他何以急著擺脫自己。

李命道：「楓兒和她娘一樣，並非泛泛之輩。她跟李存勗走，絕非小女兒心性，一時意亂情迷。我猜她若不是貪圖榮華富貴，想當王妃皇后，便是知道晉王府有詭詐，跟我一樣想要查明眞相。」他邊說邊想，突然抬頭：「你怎麼看？」

莊森愣住。「我……我……」

李命問：「你不會當眞以爲她被李存勗迷倒了吧？」

「這個……我……」

李命瞧他臉色，已明就裡：「你迷上楓兒了？」

莊森尷尬片刻，咳嗽道：「我之前是對師妹一見……那個……傾心，但現在已經……」他長嘆一聲，搖頭道：「所謂關心則亂，我當初只想著她丟下我，跟李存勗私奔，根本沒去想她是否別有動機。聽師伯這麼一說，確實很有道理。」

「我想你並非一味吃醋，楓兒也讓你以爲她對你有意思？」

「讓我以爲？」莊森問。「楓兒她是眞……她當時……」

李命搖手：「我是推測之言，你不必放在心上。你若認定她是眞心，我這局外人自然不必多說。望雪老說楓兒純眞，但我們都知道她沒那麼單純。我們共謀大事，始終沒讓她知情，都是順著望雪的意思，不要她參與骯髒勾當。她當初要你帶楓兒出門走走，就是希望你們永遠不要回來了。」李命嘆。「我們陰謀算計，她從小就看在眼裡。期望她出淤泥而不染，未免太一廂情願了點。」

莊森道：「長安城有很多人在找你。師伯身體不適，難以應付，還是先跟弟子結伴同行爲上。」

「我要你去救楓兒。」李命說。「晉王府是龍潭虎穴。楓兒武功不是對手，智計也及不上李克用那老狐狸。如今晉王府跟玄日宗勢成水火，他們豈有不拿楓兒要脅望雪和嵐兒之理？你若還想再見到她，就盡快去帶她出來。」

「是，師伯。」莊森站起身來，猶豫片刻，往洞口走出兩步，又回頭問道：「師伯還要爭天下嗎？」

李命斜嘴一笑。「大難不死，必有後福。我李命不是受點挫折就永不翻身之人。」

莊森問：「倘若日後弟子又礙到你，師伯會手下留情吧？」

李命揮揮手道：「我不會再找你要《左道書》。玄日宗若能度過這場浩劫，你等局勢穩定後，再依照祖訓，把《左道書》的祕密交接給下任掌門。」

莊森點頭：「師伯若眞能統一天下，弟子會照大師伯說的，交出黃巢寶藏，讓你建設民生。」

「一言爲定。快走吧。」

「師伯保重。」莊森說完離開。

第四十五章　顯威

莊森下得山來，往東而行，過長安不入，轉往河口，意欲雇船而下。渡口停泊的大船多半歸顏如仙的天河船廠所有，莊森不願讓梁王府得知行蹤，於是花錢包下一艘小船，朝蒲州而去。

不一日出關內道，進入河東。河道上有數艘大型官船巡邏，搜查所有往來船隻，一艘都不放過。莊森問船家：「河東軍盤查向來如此嚴密？」

船家回答：「聽說近日玄匪作亂，官府查得厲害。大爺若是玄匪，趁早上岸了吧。」

莊森支付船資，請船家找偏僻處靠岸。岸上另有官兵布哨巡查。莊森繞了一陣，繞不出去，只好等到天黑，趁夜而行。他在山區走了一夜，遠離蒲州兵巡查範圍，這才回歸道路，在山野客棧投宿。睡到午後，前堂傳來騷動，原來河東軍搜索玄匪不遺餘力，每日都派官兵在各官道客棧間搜查。莊森收拾行囊，跳窗而去。客棧後方有兩名官兵把守。莊森無奈，出手點了他們穴道。

行蹤敗露後，莊森花了三天擺脫追兵。出絳州，入晉州時又遇上通關盤查。莊森躲得煩了，心想玄日宗有四萬弟子，在你河東境內少說也好幾千人，如何說搜查就搜查？總不能每個弟子都有畫像？不如直接上前受查，且看你河東軍如何認人。

玄日雙尊，聲名遠播，河東軍通關軍官手裡還眞握有他的畫像。一經盤查，當場洩底，莊森在五十名官兵圍攻下逃出生天，打傷了十幾個人，自己也受了兩處輕傷。他過晉州城，繼續北上，直到汾西才甩開追兵。

如今他也不敢投宿客棧，專挑山野小路走，夜間就找廢墟破廟窩著，找不著便露宿野外。這一晚，他在汾州城郊一間破廟的柴房睡覺，突然讓遠處一陣急促的腳步聲驚醒。來人距離尚遠，本來驚不動他，但這幾日讓人追殺慣了，宛如驚弓之鳥，夜裡隨便一點動靜就能令他醒來。莊森皺眉傾聽，腳步聲越來越近，而且不只一人。他無奈嘆氣，揹囊取劍，走出柴房，繞過後院，翻身上了正殿屋頂，自屋脊後探頭出去。

一名女子行色匆匆，在廟門口絆到門檻，滾入內院。十餘名大漢闖進門來，將女子團團圍住。爲首的大漢比劃手勢，讓其他人守住破廟各處出入口，對女子道：「師姊別再跑了。」

女子氣喘吁吁，站起身來，說道：「關瑞星，大家同門一場，何必苦苦相逼？」

「此事關係本宗存亡，還請師姊合作，跟我們回去詳談。」

「回哪裡去？洛陽分舵毀了，汾州分堂也遭查封，玄日宗在河東境內還有任何勢力嗎？」

「抓得了妳，就是勢力。師姊想要來硬的，我們奉陪到底。」

莊森心想：「都說玄日宗弟子滿天下，果然不是隨便說說。大半夜的都能遇上十幾個，這不擾人清夢嗎？這女子聲音耳熟，莫不是百柳莊出走的林曉晴師妹？」他瞇起眼睛，細細打量。夜色陰暗，瞧不眞切，但是先入爲主之下，只覺得越看越像。「四師伯說曉晴師妹家在汴州，怎麼進了河東卻轉北了？是了，河東軍全力捉拿玄匪，連我都給追成這副德性，師妹自然也是寸步難行。那關瑞星是二師伯的得意門生，據說功夫盡得師門眞傳。小時候不熟，如今還眞認不出來。」

林曉晴說：「我見河東軍勢大，擔心同門安危，這才沿途造訪分堂，看看是否需要幫忙。你們汾州分堂究竟什麼意思？爲何不由分說就要抓我？我姓林的何時得罪你們了？」

關瑞星道：「事已至此，師姊何必裝傻？」

林曉晴語氣不耐：「誰跟你裝傻，把話說清楚。」

關瑞星哼了一聲，說道：「妳隨我師父和四師叔赴長安辦事。如今下榻的莊子被人挑了，兩位師父下落不明，同行弟子盡遭屠戮，就只有妳一人逃了出來。妳說，究竟是怎麼回事？」

林曉晴驚呼一聲，問道：「有……有這種事？師父他們失蹤了？」

「妳還想裝不知情嗎？」關瑞星喝問。「吃裡扒外的大叛徒！妳究竟跟誰合謀，幹此大逆不道之事？快快交代清楚！」

「你不要含血噴人！」林曉晴大聲道。「我師父知我想家，讓我返鄉探親。我走的時候，他們都還好好的！」

「妳什麼時候不好返鄉，偏偏挑在這個節骨眼上？這等鬼話，有人會信嗎？」關瑞星啐了一口，又說：「大家都知道，妳跟曉萍師姊是四師叔最寵信的弟子。如今曉萍師姊過世，師叔再叫妳返鄉，豈不是讓身邊沒有可用之人？本宗正值多事之秋，妳此時返鄉，豈非不忠不孝之徒？」

「你說我不忠？河東道同門遭難，我可沒有不聞不問。」林曉晴說。「你說我不孝？順從師命，難道是不孝嗎？總壇現在是什麼樣子，相信你也有所耳聞。我師父已經失去了大弟子，是你的話，不會想給二弟子留條退路嗎？」

「總壇又怎麼了？」關瑞星問。「我師父可不是不明事理、濫殺無辜之人。你們好端端的，不起叛心，師父怎麼會去刁難你們？」

「所以你聽說過總壇人人自危的傳言？」

關瑞星語塞，隨即喝道：「別瞎扯那些！死在百柳莊的除了本宗弟子外，尚有晉王府的劉萬民和梁王府的薛震武。如今梁王府的人到處放話，說是本宗叛徒莊森聯合兩位師長害死薛震武。我看根本是莊森聯合外人加害同門！妳是怎麼跟莊森接頭的？他人在哪裡？兩位師長人在哪裡？」

莊森心想：「梁王府跟關瑞星都是信口誣賴不用錢的大混蛋。人命關天，這種事情可以毫無證據就賴在我頭上嗎？唉，兩位師伯和薛老爺子乃是雙方首腦人物，玄日宗和梁王府失去他們，亂了方寸，自然要先找人怪罪。此事該如何撇清，可得花番工夫。」

林曉晴道：「我沒見過莊森師兄。那些事情都跟我無關。當日我走之前，梁、晉王府都尚未找上門來。你說兩位師長失蹤，究竟詳情如何？難道一點線索都沒有？」

「走脫叛徒，就是線索！」關瑞星喝道：「不來硬的，妳是不肯說了！」

「你根本是無理取鬧！」林曉晴也大喝。「有人活下來就被打為叛徒，而你還奇怪總壇為何人人自危？」

「拿下了！」

關瑞星一聲發喊，立刻有三名弟子上前要拿林曉晴。林曉晴外表弱不禁風，畢竟是崔望雪的得力弟子，動起手來輕盈飄渺，頗有乃師之風。就看她在三個彪形大漢之間穿來梭去，這邊一拍，那邊一點，不出十招便已擊倒兩人。第三名大漢武功稍高，苦苦支撐，眼看也要敗下陣來。關瑞星比劃手勢，其餘弟子加入戰局。

莊森尋思：「林師妹的武功，在四師伯門下也算出類拔萃了。四師伯曾感慨她的弟子醫術好的，武功不成；武功好的，醫術又有不足。林師妹武功不錯，不知道醫術行不行？四師伯要她回汴州開館行醫，總不會太差吧？」眼看汾州分堂人多勢眾，林曉晴守多攻少，而那關瑞星可尚未出陣。莊森想：「這樣打下去，林師妹穩輸不贏。汾州分堂蠻橫無禮，師妹若是落在他們手上，下場堪慮。不過照關瑞星的說法，林師妹是跟我合謀謀害師長，我若現身去救她，那可眞的百口莫辯了。是不是該蒙個面呢？」

正思索間，忽聞異聲。莊森順著屋脊爬到破廟右端，只見右側院牆外的樹林裡陰影碎動，竟有數十人聚集而來。莊森皺眉：「汾州分堂還有人來嗎？看來不像。他們要是一夥的，早就把林師妹給拿下了，不必打得這麼辛苦。」林中人影分往兩側散開，瞧模樣是要包圍破廟。其中有幾人步出林外，照到月光，身穿軍裝，是河東軍。莊森想：「關瑞星是二代弟子中赫赫有名的人物。洛陽分舵被挑，河東境內的玄日弟子以他爲尊，河東軍自然欲得之而後快。不知道帶隊軍官武功如何，是不是十三太保裡的人物？倘若不是，憑這些人未必抓得住他。」

他身在屋頂，怕會敗露行藏，於是回頭想在屋頂找個大洞跳入廟內。這一回頭間，忽見左邊樹林中一棵大樹形狀奇特。他凝神細看，發現有一人影站在纖細樹枝上，身形沉穩，隨風飄擺，默默觀察形勢。莊森心裡一驚，想道：「這人是誰？這等輕身功夫厲害得緊。他若是敵非友，我可沒把握能帶走林師妹。」

林曉晴突然大喝一聲，出掌震退兩大漢，跟著向後一飄，落在破廟門口。莊森身在屋脊後，只能瞧見院子前半部，靠廟門的部分就看不見了。就聽見林曉晴的聲音自下方傳來，「且慢！」玄日宗弟子氣喘吁吁，連忙罷鬥休息。關瑞星哈哈大笑，說道：「師姊要投降了嗎？」

林曉晴喘口氣道：「我念在同門情誼，至今未出金針。你們若再逼我，我可不客氣了。」

關瑞星皺眉。「好大的口氣。妳使金針就很得意嗎？我的判官筆還沒拿出用呢！」說著雙手一抖，亮出兩支判官筆。李命江湖上綽號「神判」，關瑞星則有「小神判」之稱。不過李命動手不用武器，關瑞星卻以判官筆享譽江湖。

門外突然有人喝道：「玄日宗的人聽著！你們已經被包圍了！快快放下武器，束手就擒，本官保你們不死。」

玄日宗弟子登時慌了，紛紛轉身，左顧右盼，不知如何是好。關瑞星神色一凜，面對院門，揚聲道：「這位大人口氣不小，何不現身說話？」

院門旁走出一名將軍，往院門中間一站，說道：「本官李嗣恩，河東突陣指揮使。在河東軍裡，算是說得上話的人。我說保各位不死，便保各位不死，還請各位不要讓我難做。」

關瑞星二話不說，擲出右手判官筆。他的判官筆以細鍊扣在鋼戒上，擲出後可收回甩動。一陣破風聲過，判官筆已握在李嗣恩手中。關瑞星使勁回扯，鍊條緊繃，那筆卻始終紋風不動。

李嗣恩道：「小神判關瑞星好大的名頭，原來是個偷施暗算的小人。」

關瑞星冷笑：「我明擺著站在你面前丟筆，怎麼能算偷施暗算？」

李嗣恩點頭：「這麼說也對。」

莊森搖頭心想：「瞧那李嗣恩出手，功夫可不比符存審差。今日玄日宗討不到好去，正好讓我趁亂救走林師妹。只不過……我若只救林師妹，不救其他人，會不會太沒義氣了些？」

關瑞星再扯兩下，奪不回筆，乾脆脫下鋼戒，拋開細鍊。「李大人喜歡我的筆，便拿去玩吧。你們河東軍不講義氣，翻臉不認人的本事，玄日宗早領教過。說保我們不死，就是要殺光我們。」

李嗣恩笑道：「關大俠這套含血噴人、不容分說的本領，真令李某大開眼界。你先是誣賴自己師姊，現在又來誣賴我？什麼話都讓你說去，你當自己是天王老子嗎？」

關瑞星喝道：「廢話少說！玄日宗弟子絕不會束手就擒！」

李嗣恩大笑：「是這樣嗎？那好吧。其實我今天只是為了關瑞星而來，不相干的玄日宗弟子，這就先走吧。」說著往旁一讓，給其餘玄日宗弟子離開。

十餘名玄日宗弟子你看看我，我看看你，不少人躍躍欲試，只是沒人敢先提步走出去。

關瑞星怕有人走了，所有人都會走，連忙大喝一聲，罵道：「狗官！少在那邊鼓動人心，玄日宗弟子絕非貪生怕死之徒！」說完衝向前去，跟李嗣恩動起手來。一時之間，大門旁、圍牆上、還有左牆崩掉的缺口擁入無數官兵，破廟裡當即陷入混戰。

官兵多出玄日宗五、六倍，但玄日宗弟子的武功比官兵高。雙方一交上手，破廟院內立刻吆喝不斷，亂成一團。玄日宗弟子起碼以一敵三，功夫好的敵四、敵五，不過一不小心都會掛彩。牆頭翻上好幾名弓兵，趁隙大放冷箭。林曉晴退入破廟，遭五名持刀官兵圍攻。關瑞星獨鬥李嗣恩，雖然一時沒有落敗，但也撐得十分辛苦。

轉眼間，地上躺了近十名官兵，玄日宗也有兩名弟子中箭倒地。莊森心想要幫玄日宗，必須先除牆上弓兵。正要向旁移動，身後傳來動靜。他回頭一看，見有三名弓兵爬上屋頂。弓兵一看屋頂有人，全都愣了一愣。莊森掀了三片屋瓦，將三人一一擊昏。

下方有人叫道：「廟頂上有人！」「玄日宗有埋伏！」「用箭射他下來！」

莊森躲在屋脊之後，不怕前院射來的箭。他又掀幾塊屋瓦，見廟內打得熱鬧，順手拋下兩片瓦，擊倒兩名官兵，跟著整個人破瓦而下，落在林曉晴身旁。他雙掌平推，兩名官兵凌空飛起，破窗而出，在院子中拖行丈餘，撞到人後終於停下。

林曉晴獨鬥五人，深感吃力，如今讓屋頂跳下來的幫手打到剩下一人，她精神一振，踏個燕歸巢的步法，閃過對手大刀，一掌擊中後頸，當場將其擊暈。她定睛一看，認出莊森，忍不住出聲驚呼，問道：「莊師兄？」

莊森一笑：「師妹還認得我？」

林曉晴點頭：「總壇接風宴上有見到師兄，師兄可沒看到我。」

莊森往後院一比：「我們從後門走。」

林曉晴一把抓住他的手。「師兄！我們就這麼走了？不管其他人嗎？」

莊森看看她，又看看她的手。林曉晴臉色一紅，連忙放手。莊森問她：「汾州分堂的人如此誣賴妳，妳還要救他們？」

林曉晴說：「他們也是關心師長才那麼說的。」

莊森反過去牽她的手，往後堂走去，邊走邊說：「妳要是落到他們手上，他們不會跟妳客氣。先走，這裡交給我。」他打開通往後院的門，立刻有兩名官兵分從左右出刀。莊森兩掌一翻，官兵騰空飛出，一個落在後院，一個撞上柴房。院中尚有三名官兵，一見這聲勢，嚇得不敢上前。莊森將林曉晴推出後院，說道：「後方有條小溪，妳沿溪上行，找個隱密的地方等我。一會兒會合。」說完把門關上，又回正廳。

適才有兩名官兵讓莊森打得破窗而出，此刻又有兩名官兵闖進廟裡查看。莊森一掌一個，又把他們丟出窗外，這一回使勁大了，其中一人飛過前院，直接撞向李嗣恩。李嗣恩出掌逼退關瑞星，反手接下該名官兵，丟在地上，朝廟內喝問：「何方高人駕到？請出來露個面吧！」

莊森故作閒適，緩緩步出廟門，說道：「玄日宗莊森。」

此言一出，混戰雙方紛紛罷鬥，所有人愣愣地看著他走過前院，直達李嗣恩面前。李嗣恩正要說話，一旁的關瑞星已經惡狠狠地罵道：「莊森！你這叛徒，快把我師父交出來！」

莊森側頭看他，揚眉道：「當真？你現在跟我講這個？」見關瑞星張口欲言，莊森臉色一沉，擺出大師兄的架子，說道：「閉嘴。」

關瑞星愣在原地，一時間不知如何反應。

李嗣恩看看地下的官兵，轉頭看看莊森走出的廟門，暗自盤算要有多強的力道才能把這樣一條大漢丟過整座院子，及他自己能否辦到。他早聽符存審說過栽在莊森手上之事，心知此人不好對付，特別是他還會一套令對手功力狂瀉而出的怪招。不過符存審說他跟莊森的功力相去不遠，而李嗣恩的功力又比符存審深厚，照說應該打得過。至於拋擲官兵聲勢驚人，多半是利用他們玄日宗轉勁訣借力打力的法門，否則以莊森這等年紀，絕不可能練出那等功力。

但萬一他可以呢？

李嗣恩今晚爲抓關瑞星而來，不願節外生枝，笑道：「原來是大名鼎鼎的莊大俠。玄日宗把莊大俠貶爲叛徒，大肆追捕，如今更將師長遇難之事賴在大俠頭上，大俠何必爲這些敗類出頭呢？」

莊森揚眉：「李大人怎麼這麼說？河東軍大張旗鼓，追捕玄匪。我是玄匪，玄匪幫玄匪，這不天經地義的事嗎？」

李嗣恩說：「所謂敵人的敵人就是朋友。玄日宗視莊大俠爲敵，莊大俠就是我李嗣恩的朋友。」他往旁邊一讓，笑道：「大俠請走吧。只要大俠不幫玄匪，我們不會爲難你的。」

「笑話！」莊森哈哈一笑。「我打關內道來，一入河東境內就被追殺，大半個月來，沒睡過一天好覺。你們的查驗軍官手中握有我的畫像，你不知道嗎？」

「這……」李嗣恩想破腦袋，難以自圓其說。他臉色一沉，搖頭道：「既然莊大俠定要幫玄匪出頭，那就拿下了！」

官兵一聲發喊，再度展開混戰。李嗣恩不敢小覷莊森，一動手就出絕招，雙掌虛實不定，化爲四掌八掌，攻向莊森周身大穴。莊森本想以玄陽掌應對，繼而想到玄陽掌太過艱深，關瑞星多半不會，於是改出朝陽神掌。他與康君立、符存審數度交手，對晉王府剋制玄日武學的武功了然於胸，交起手來完全不落下風。他邊打邊道：「關瑞星，好好看著。晉王府的武功處處箝制玄日武學，要對付他們，出招就得懂得變通。你看我每一掌起手都照規矩，但只要擊出的方位稍作更改，他們應對的招數就得相應調整，這樣就變成他被我牽著鼻子走了。」

他一招一式打得清清楚楚，李嗣恩企圖搶攻奪取主導權，但每一招都讓莊森後發先至，不得不以破解玄日武學的招式應對，也不得不像莊森說的那樣相應調整，當眞是讓他牽著鼻子走。

如此交手二十餘招，關瑞星突然發問：「那……破解轉勁訣的法門，又要如何破解？」

「問得好！」莊森翻掌化開李嗣恩攻勢，跟著雙手抱圓，順勢轉身，牽動李嗣恩不由自主往左跌出一步。他說：「轉勁訣的問題，要從轉勁訣下手。你像我這樣勁隨意轉，牽動他的功力，直進直出，別讓他的功力在體內有絲毫滯留。你轉勁訣練到第幾層了？」

「第五層。」

「你起碼要練到第六層才能眞正勁隨意轉。沒辦法，跟他交手，你的轉勁訣遲早會被破的。你勁運天池穴，是否微感刺痛？」

「是。」

「內勁沿手厥陰心包經，周轉三回，從中衝穴釋出。」

李嗣恩大喝一聲，左掌高、右掌低，分從兩個不可能的方位擊向莊森胸口。莊森隨口教學，不免托大，被這一招打得手忙腳亂。他身形疾旋，出玄陽勁，以突如其來的火勁逼退李嗣恩。李嗣恩拉開架式，凝勁雙掌，說道：「莊大俠臨陣教學，欺人太甚。夠膽的就接我一掌！」

莊森拍了拍手，雙掌平舉，說道：「李大人招式佔不到便宜，就想來比拚內力？符大人是不是跟你說我內力不行？來試試看就知道。」

兩人各自出掌，四掌相交。李嗣恩原本忌憚莊森吸人功力的怪招，但想此刻比拚內力，我以十成功力出掌，不必怕他強吸功力。正面比拚，如何取巧？存審的功力差我一截，你莊森總不可能短短不到兩個月的時間功力大增吧？

莊森在百柳莊遭崔望雪以強勢功力瞬間封閉八大要穴，其後就一直在費心思索防範這種情況的法門。加上幫兩位師伯療傷，一吸功，一灌功，數日之間對內力運用法門又多了更深一層的瞭解。儘管功力沒有突飛猛進，但是轉勁訣的修爲卻已堂堂突破第八層，朝最高深的第九層邁進。李嗣恩的功力強過莊森，跟崔望雪卻還差上一大截。他的十成功力在莊森體內一轉，右掌回左掌、左掌回右掌，原封不動地盡數擊回他身上，再加上莊森本身的掌勁，李嗣恩一對上掌便即受傷，連退三步，腳步虛浮，掌摀胸口，嘴角流下一道血痕。

「怎麼……怎麼可能？」李嗣恩喘息問道。「你這等年紀，怎麼能有如此內勁？」

莊森一攤手。「練啊。」

李嗣恩提起內勁，運轉周身，雙腳不再顫抖，胸口鬱悶稍化，知道自己受傷不重，可以再戰。只不過此刻在他眼中，莊森的武功已經強到深不可測，即使可以再戰，又有什麼意義？他心想：「當日圍攻趙遠志，我們全都佩服得五體投地。不過說到底，我們佩服的是武林盟主，而非玄日宗武學。如今玄日宗一代高手已經死得差不多了，本來以爲捉拿玄匪可以無往不利，想不到這姓莊的不到三十歲年紀，竟能把武功練到這個地步？罷了，罷了。今日討不到好，還是先撤爲上。」他運足中氣，大喝一聲：「通通住手！」

院內的官兵立刻罷鬥，慢慢往院門退去。玄日宗弟子則往廟門聚集。所有弟子都受了傷，不過只有四人癱倒在地，須人扶持。官兵尚有戰力之人依然比玄日宗的多出三倍，但是躺在地上的人數畢竟比玄日宗的人多，加上主將受傷，士氣比一上來低落許多。

李嗣恩道：「玄日宗人才濟濟，並非強弩之末。今日李某人認栽了。抬起傷兵，我們走。」

「哎哎哎！」莊森一揚手。「李大人怎麼就走了呢？」

李嗣恩皺眉道：「是李某人不懂規矩。莊大俠要我留下一條手臂嗎？」

「那倒不用。」莊森搖手。「事情是這樣的。李大人也看到了，我這些同門師弟，就喜歡含血噴人，你們這麼一走，他們立刻又要叫我叛徒。我救了他們還要當叛徒，你說多划不來？」

關瑞星開口：「莊……」

李嗣恩問：「莊大俠有何高見？」

莊森笑道：「你留下幫我擋他們一陣子，我先走。」

關瑞星跟李嗣恩同聲詫異：「啊？」關瑞星跟著又道：「莊……莊師兄，你要把我們留給他們，那剛剛又何必出手呢？」

「哎呀？這下知道要叫師兄了嗎？」莊森轉頭瞪他，說道：「虧你關瑞星還是武林中赫赫有名的人物，怎麼如此長他人志氣，滅自己威風？該如何對付他的武功，我都告訴你了。你內力不是對手，我也幫你把他打傷了。到了這個地步，你還需要我幫忙才能突圍，豈不墜了你師父的威名？」

關瑞星語塞片刻，堅定神色，說道：「師兄教訓得是。敢問師兄，百柳莊究竟出了什麼事？兩位師長如今何在？」

莊森心想李命跟崔望雪自相殘殺，可不好當著晉王府的人面前說出來。他比向李嗣恩：「百柳莊之事，不足為外人道。你知道兩位師長此刻沒事就好。欲知詳情，等你打發了晉王府的人，若還有緣遇上我，我再跟你說。」他說著往破廟裡走去，沒人膽敢攔著他。進破廟後，他揚聲道：「快打呀！不敢打的是小狗！」跟著又往後院走去。

玄日宗跟河東軍對峙片刻，大眼對小眼，誰也不知道該不該再度開打。莊森一路穿越後院，來到後門前，才聽見關瑞星的聲音遠遠傳來。

「打不打？」

「就……打吧？」

莊森離開破廟。前院再度開打。

第四十六章　聞訊

莊森沿廟後小徑行走，沒多久遇到他跟林曉晴提到的小溪。溪上有座小木板橋，他沒過橋，轉而向左，往上游走去。行出兩里路外，樹蔭下走出一人，正是林曉晴。

林曉晴迎上前道：「師兄擊退河東軍了？」

莊森也不停步，繼續沿溪而行。「我打傷了李嗣恩，交給他們自行突圍。」

林曉晴問：「他們突得了圍嗎？」

「關瑞星並非庸手，不必爲他們擔心。」

林曉晴笑道：「莊師兄眞是厲害，不愧是我們大師兄。」

莊森微笑：「十年前我離開時，妳才入門沒多久。如今已經能夠獨當一面了。不錯，不錯。」

林曉晴臉紅：「什麼獨當一面，師兄取笑了。曉萍師姊才是獨當一面，我只是……只是……」她想起吳曉萍，心裡難過，一時間也不知道該怎麼把話說完。

莊森黯然：「我聽說曉萍死了？」

林曉晴點頭。

「我在總壇還有見到她。好端端的，怎麼會死？」

林曉晴偷看他，神色慚愧，說道：「詳情我也不清楚。我只知道七師叔病逝當晚，曉萍師姊還有齊天龍師兄被人發現陳屍城外荒野。司刑房顏彪說他們是桃色糾紛，互殘致死。唉……」

莊森問：「妳信？」

林曉晴說：「從他們兩人的過往恩怨來看，這種說法是可信的。」

莊森又問：「妳信我師父是病逝的？」

林曉晴緩緩搖頭。

「既然我師父不是病逝，他們多半也不是桃色糾紛。」

林曉晴默默走了一段，說道：「莊師兄走後，曉萍師姊和齊師兄成爲七師叔最信任的弟子。他們三人在同一天晚上身亡……任何人都……唉……」

「師父這麼信任曉萍？」莊森問。「曉萍不會是四師伯派去監視他的吧？」

「當然是啊。」林曉晴說著，又面有慚色地偷看他。「師姊跟我說……說她喜歡上了七師叔。我當時就知道這件事情不會有好結果的，只是我沒想到最後會變成這樣。」

莊森問：「妳就是因此心生退意？」

林曉晴沒有回答。片刻過後，她彷彿突然自恍神中驚醒一樣，問道：「師兄，我師父怎麼了？當日她叫我連行囊都別收拾，深夜離開，我就知道一定會出事。究竟出了什麼事？」

「她跟二師伯攤牌，打了一架，兩敗俱傷。」莊森把當晚之事說了出來。說到他救走兩位師伯，治療他們傷勢時，便只輕描淡寫帶過，沒有多提細節。

林曉晴聽說兩位師長反目成仇，唏噓了好一陣子。待得聽到莊森醫好兩人，不禁嘆道：「一個身中百花針和玄天化功散，一個被玄陽掌勁焚燒五內，這兩種傷我一種都醫治不了。莊師兄不但武功高強，醫術還這麼高明，難怪師父會說她眞希望當年有從七師叔那裡把你搶過來。」

莊森說：「妳師父要妳回家鄉開館行醫，不要再跟玄日宗的人來往，妳怎麼不聽話呢？」

林曉晴說：「我沒沒無聞，又會扮可憐，看來不像江湖中人，河東軍的盤查軍官根本也不多看我一眼，要過河東道不是問題。可是我還沒到洛陽，就遇上了河東軍追殺本宗弟子的事情。聽說洛陽分舵一役，雙方都死了不少人，是以洛陽守軍追捕玄匪的手段特別殘忍，毫不容情。我看他們都已經拿下本宗弟子了，還要動手殺人，忍耐不住，便出手相助。這一管下來，我就一定要管到底了。」

莊森點頭：「師妹有情有義，有妳在是本宗之福。」

「空有情義，沒有實力又如何？」林曉晴苦笑。「像莊師兄如此英雄人物，才眞的是本宗之福呢。」

莊森聽她如此稱讚自己，臉上又流露景仰之情，心中不禁微微一驚。他心想：「曉晴師妹萍水相逢，還是跟她保持距離爲妙。」此念一出，步伐當場變快，實實在在拉開距離。

林曉晴快步跟上，問道：「師兄走這麼急，是趕著辦什麼事嗎？」

「大半夜的，能趕著辦什麼事？」莊森笑道。「就是突然走快了點。」

「是了。」林曉晴道。「師兄此行，不像是爲了相助同門，請問師兄爲何前來河東道？」

莊森心想這也沒什麼好隱瞞的，便道：「言楓師妹讓晉王府拿住了。四師伯傷重未癒，託我來搭救。」

林曉晴大驚：「言楓師妹被抓了？怎麼會？我沒聽說她來河東道呀！」

莊森不想提她是跟李存勗來的，只說：「總之她人在晉王府，所以我要上太原一趟。」

林曉晴想都不想便道：「我跟你去！」

莊森搖頭：「太危險了。妳還是盡快離開河東……」

林曉晴道：「洛陽分舵不認識的弟子，我都忍不住要出手相助了啊。言楓師妹從小跟我一起長大，我豈能棄她不顧？」

「晉王府是龍潭虎穴……」莊森說到一半，突然停步，抬頭望向樹頂，揚聲說道：「敢問樹上的是哪位前輩？何不下來相會？」

林曉晴凝神細看，只覺一片漆黑，怎麼也看不出樹上有人。片刻過後，黑影晃動，平空飄出一條人影，緩緩下落。此人毫無支撐，筆直跳落，偏偏下墜的速度緩慢，宛如落葉飄擺，踏地無聲。林、莊二人瞧得呆了，直到對方站穩，這才看清楚來的是個身穿灰色道袍的蒙面人。

莊森抱拳，神色恭敬，說道：「晚輩玄日宗莊森，這位是我師妹林曉晴。拜見前輩。」

道人二話不說，拔出腰間佩劍，朝莊森疾刺而來。這一劍劍勢凌厲，劍氣沖天，莊森一輩子不曾感受過如此強大的壓迫感。他本想說：「有話好說！」但是氣息受阻，無法開口。對方內勁深厚，就算只是讓劍氣帶到，也是削筋斷足之禍。莊森情急之下，一把推開林曉晴，趁勢拔出佩劍，反身搶攻。

對手內勁太強，莊森又尚未將新進領悟的轉勁訣融入劍法之中，不熟隔劍轉勁之法，只好採取之前對付康君立時的做法，避免武器交擊，專門攻向對手要害。對方毫不容情、招招進逼，莊森施展渾身解數，且戰且退，數十招間連換旭日、烈日、夕日三套劍法，將師門劍術施展得淋漓盡致。打到最後，他終於逮到機會，趁對方一劍刺出，尚未收招的瞬間使出一招風起雲湧，眼看就要砍中對方手腕。

道人撒手放劍，掌心翻轉，順著莊森劍刃而上，拿他手腕神門穴。莊森把劍朝天一彈，開始以擒拿手法跟對方短打肉搏。對方內力蠻橫，牽動莊森出招。莊森運起玄陽掌勁，以猛烈火氣反制牽引的力道。他徹底發揮轉勁訣的威力，以道人自身功力反擊其身。道人拳掌並進，雙手連換數套不同的拳法跟掌法，莊森也盡展畢生所學，朝陽、玄陽，甚至連雲仙掌都使了出來。

道人左手架開莊森左手，右手高舉凝力，說道：「留神了！」隨即狠狠一掌拍下。莊森避無可避，只能挺掌硬接。道人此掌所含內勁可與當日崔望雪勁封八穴那掌相比。莊森全神貫注，祭出他思索許久的應付法門，以己身功力護住心經諸穴，單賴轉勁訣去運轉敵勁。一掌對完之後，莊森喉頭一甜，口吐鮮血，但畢竟穴道沒有遭封，也沒受嚴重內傷，這一掌算是貨眞價實地接下來了。

林曉晴手持莊森之劍，自道人身後出招，喝道：「休傷我師兄！」道人身形微側，大袖捲起長劍，將林曉晴凌空甩個筋斗，輕輕放在地上。林曉晴還待再攻，突然全身痠軟，竟連劍都舉不起來。

莊森深吸口氣，說道：「師妹別擔心，道長是來試我功夫的。」

道人一揚眉，問：「你怎麼知道？」

莊森吸吐幾回，順暢呼吸，接著朝道人恭恭敬敬鞠個躬，說道：「普天之下，武功臻此化境的道長也只有天師道太平眞人。太平眞人是我師父的知交好友，自然不會眞心傷我。」

道人扯下面巾，呵呵笑道：「好厲害！好厲害！卓文君有徒如此，實在是羨煞了我們這些老傢伙。森兒，我沒傷你太重吧？」

莊森笑道：「傷得是不重，只是道長出手未免也太重了些。要是你上個月這樣打我，搞不好我就給你打死了。」

「怎麼會打死你呢？打了這麼久，知道你撐得住，這才出這掌試你功力的。」太平眞人拉起莊森手腕，一邊把脈一邊說：「看來你的轉勁訣已經練到第八層了。」

莊森訝異：「道長連這都看得出來？」他突破第五層後，只覺得修爲時有進展，卻也分不清楚六、七、八層的界線何在。若有師長問他，他也答不出來現在練到第幾層。

道長解釋：「你若練到第七層，現在已經躺在地上。若第九層，則根本不會受傷。是第八層，不會錯了。」

莊森摸摸腦袋，說道：「道長對本宗轉勁訣還眞熟。」

「我跟你師父從前經常切磋。」太平眞人說著轉向林曉晴。「林姑娘，得罪莫怪。」

林曉晴連忙拾起太平眞人的劍，恭恭敬敬呈了過去，「小女子林曉晴，參見太平眞人。」

太平眞人接過長劍，笑道：「不必客氣。妳是崔姑娘的弟子嗎？」

「是。」

「好哇。」太平眞人說。「玉面華陀一生救人無數，她的弟子個個都是仙姑。老道就是喜歡妳們這些懸壺濟世的人。天下就靠妳們去救了。」

林曉晴臉紅到耳根，低頭道：「道長這樣說，小女子眞是慚愧……」

太平眞人隨口問道：「兩位深夜結件同行，是一對嗎？」

林曉晴羞到快冒煙，忙道：「不是！不是！我跟莊師兄是剛剛在破廟裡相認……我們……我們……」

若是數個月前，莊森多半會跟林曉晴一樣窘態畢露，但在經歷助崔望雪野潭療傷之事後，他定力大增，已經到了泰山崩於前而色不變的境界。他說：「師妹別慌，道長說笑呢。剛剛破廟的事，道長都站在樹上看到了，他逗妳玩的。」

太平眞人揚眉：「唷？你瞧見我了？」

莊森道：「你又沒躲。」

太平眞人說：「我有躲啊。不然怎麼大家都沒發現我，就你發現？」

「喔？那是我眼力好。」

「好眼力，好眼力。」太平眞人說：「夜深了，別在外面逗留。東行三里外有座眞仙觀，是我們天師道的道友開的。我要去掛單，你們一起來吧。」

□

汾州眞仙觀是間小道觀，觀主道號「亂世眞仙」，也不知道是誰取的。亂世眞仙是太平眞人的師弟，清修道人的師兄。當年太平跟清修爭奪天師道掌門之位，亂世眞仙爲求不食人間煙火，於是出走鶴鳴山，跑來汾州城外開了間小道觀。

亂世眞仙親自開門，見是太平眞人，也不多問什麼，笑迎三人入觀。來到眞武殿上，吩咐還沒睡的小道童清理三間客房，然後才道：「師兄深夜來訪，不會給我眞仙觀惹麻煩吧？」

太平眞人笑道：「怎麼會呢？我最不喜歡麻煩師弟了。」

「這兩位是？」

「玄日宗弟子。」

亂世眞仙兩眼一翻：「還說不惹麻煩？本觀要是沾上玄匪，麻煩可就大了。」

「你怕啦？」

「不怕。」

「那不就得了？」太平眞人笑著搖頭，又說：「我們明日一早就走，不會給你添麻煩。」

客房打理完畢，亂世眞仙帶他們入房，讓道童泡茶煮素麵後就回房打坐，不再理會他們。

莊森問：「道長，你這師弟……跟你不太親近啊？」

太平眞人道：「喔，比起我另外一個師弟，他算很親近了。」

莊森突然想到：「你是說清修道人？」

太平眞人揚眉：「你認識他？」

「在長安城跟他打過一架。」莊森有點吞吞吐吐。「那個……他背叛梁王府，勾結我二師伯，這會兒只怕……下場淒涼。」

太平眞人皺眉：「他死了嗎？」

莊森搖頭：「我不知道。」

太平眞人沉吟道：「清修在梁王府也算數一數二的高手，他們要是處死他，必定會放出風聲，殺雞儆猴。念在我們同門一場，看來我得往長安跑一趟了。」他揮揮手，說道：「別管那個，先談正事。」

林曉晴拿起茶壺，倒三杯茶。三人忙了半天，都口渴了。拿起茶杯，也不嫌燙，一人喝了一杯。林曉晴又再倒茶。

莊森問：「道長沒事怎麼會深夜跑來試我武功呢？」

「當然不會平白無故。」太平眞人說。「森兒，貴宗武功，你學得倒挺全。適才比劍，我見你出了旭日、烈日、夕日三套劍法。夕日劍法可不簡單，連你師父都是三十歲後才開始精通。看來你日後的造詣不可限量。」

莊森道：「道長謬讚了。夕日劍法博大精深，我哪談得上精通二字？」

太平眞人問：「你怎麼不使晨星劍法？」

莊森一愣：「我不會呀。」

「原來你不會。」

「我師父也不會呀。」

「嗯。」太平眞人微微點頭，不置可否，跟著又說：「你朝陽、雲仙、玄陽三套掌法也都打得頭頭是道。特別是玄陽掌，你師父說你著重劍法，不以掌法見長，是以玄陽掌只有初窺門徑。剛剛看你打得很好啊？」

莊森解釋：「從前我是井底之蛙，只因師父厲害，便以爲自己多了不起。回中原後，數度受挫，方知我的武功根柢有所不足。這幾個月，我一直用心參悟轉勁訣，而要配合運轉敵勁，還是拳腳過招比較方便，是以我也在掌法上多下工夫。加上前一陣子遇上了一門……陰寒功夫，極難抵禦，所以我想加強玄陽火勁就不會錯了。」他口中的陰寒功夫，主要是指趙言楓的玄陰掌。但他不願提起趙言楓會玄陰掌之事，改口要說月盈的凝月掌，偏偏他與月盈交好，也不想毀謗凝月掌，乾脆就說是陰寒功夫。

太平眞人點頭：「你怎麼不使玄陰掌呢？」

莊森大愣，不知對方何出此言，只能說：「我也不會呀。」

林曉晴在旁邊聽得迷惘，問道：「晨星劍？玄陰掌？師兄，本門有這些功夫嗎？」

莊森道：「那些是本門歷代掌門交接的不傳之密，妳聽了別跟其他人說去。」

「是，師兄。」林曉晴點頭。「既是不傳之密，師兄怎麼知道？」

「我知道還說得過去。」莊森看著太平眞人。「道長又是如何得知？」

「當然是你師父跟我說的。」太平眞人又是一副隨口提起的模樣，問他：「既然晨星劍和玄陰掌你都不會，那轉勁訣裡的吸黏勁，你肯定也不會了？」

莊森瞪大雙眼，語氣遲疑：「那個……我會呀。」

太平眞人訝異：「你會？」

莊森道：「會呀。轉勁訣心法相同，著重自悟，是以每個人的轉勁訣在練到第五層後，運勁的法門就各有不同，只是萬變不離其宗。我機緣巧合，悟得了吸黏勁。據我二師伯說，這樣的轉勁訣，上代師長也都不會，他還想要我教他呢。」

太平眞人語氣迫切：「你教了沒有？」

莊森搖頭：「沒有。二師伯知道我會吸黏勁，本來把我訓了一頓，說是旁門左道。我想說二師伯……行為處事已經偏了，不好再學這種功夫，是以沒教。」

太平眞人吐了口氣，緩緩說道：「沒教就好。李命功力深厚，跟人過招鮮少需要轉勁借力。他為什麼想學這等法門？」

「這……」莊森沉吟。

太平眞人問：「不方便說嗎？」

莊森看看林曉晴，又看看太平眞人，搖頭道：「道長不是外人，也沒什麼不方便，只是此事為本宗隱私，盼道長別跟外人說去。二師伯中了四師伯的百花針和玄天化功散，十成功力剩下不到一成。他想學吸黏勁，是為了要保命。」說著將百柳莊當晚發生的事情又說一遍。

太平眞人神情嚴肅，不發一言。

這時道童敲門，送上三碗素麵，擺好碗筷，後退出門。太平眞人拿起筷子，要莊、林二人吃麵。莊森吃完麵，喝飽湯，靜靜等候太平眞人放下碗筷，這才提問：「道長問我這些問題，可是《左道書》出事了？」

太平眞人深吸口氣，緩緩點頭，說道：「《左道書》失竊了。」

莊森隱約猜到，依然難以置信，問道：「什麼時候的事？」

「上上個月初。」太平眞人說。「算算也快三個月了。」

林曉晴問：「《左道書》？」

「歷代掌門交接的不傳之密。妳聽了別跟其他人說去。」莊森簡單講解《左道書》的由來。

林曉晴聽得合不攏嘴。她張口想問什麼，莊森搖手要她晚點再說。

太平眞人從頭說起：「上上個月初二早上，我們發現煉丹房的道童夜裡被人打昏，救醒後並無大礙。問他們怎麼回事，都說不知道，也沒看見對方長相。眞武觀沒有其他人發現異樣，也沒有短少任何東西。本來我是不會想到的，但當時令師……剛剛病逝，玄日宗一片混亂，我就想到要去查看《左道書》是否安好，沒想到眞的被盜走了。當天下午我就收拾行囊，追了出來。可惜盜書者沒有留下任何蹤跡，我只能像無頭蒼蠅一樣亂轉。」

莊森問：「還有其他人知道《左道書》在鶴鳴山嗎？」

太平眞人搖頭：「據我所知，就只有趙大俠和令師卓七俠。我推斷令師會告訴你，但也只是推斷而已。既然趙大俠和卓七俠相繼身亡，我除了來找你，也沒有別人可找了。你認爲令師在總壇期間，還有告訴其他人嗎？」

莊森緩緩搖頭，說道：「照說是不會，但我畢竟跟師父分開了幾個月，他在總壇孤立無援……」他說著望向林曉晴。

林曉晴也搖頭：「我沒聽師姊提過《左道書》。或許此事太過機密，師父連她都沒告知。」

莊森心想還有楓兒也知道《左道書》在鶴鳴山，但她既然身處晉王府，自然不會大老遠跑去鶴鳴山盜書。他沒提此事，繼續問道：「道長來找我，何不直言相詢，卻要試我功夫？」

「實不相瞞，我聽說你近日武功進展神速，確實有懷疑書是你拿去了。」太平眞人坦承。「令師又說《左道書》會影響人心，看你幾位師長這些年來的行事作風，我不能說他說的沒有道理。我擔心，你學了《左道書》的功夫，心思也走偏了。森兒，你老實說，你三師伯是不是你殺的？」

莊森搖頭：「不是。」

太平眞人道：「但他看起來很像死在你的吸黏勁之下。」

莊森嘆道：「我二師伯也這麼說。我以轉勁訣吸人內勁，並不能據爲己有，只能當場轉以攻敵。我沒道理把人吸乾，而且我也難以想像怎麼能把人吸成那樣？二師伯跟我提起此事後，我曾經深入思索過，單憑轉勁訣，應該頂多把人吸到精疲力竭，不該會皮乾肉枯才對。」

太平眞人道：「那是因爲你只悟到轉勁訣第八層的緣故。」

莊森頭皮發麻，問道：「道長是說……第九層轉勁訣？」

太平眞人道：「你師父應該有教過你。第九層轉勁訣能將對手打入體內的功力積蓄於丹田之中，一日不化。」

「是，師父說過……啊！」莊森越說越驚。「所以二師伯想學吸黏勁！他此刻功力大減，梁、晉王府的高手又在追殺他，只要學會此勁，吸人功力，積蓄丹田，他就不必怕他們了。如此說來，我說不教他，他毫不強迫，難道……難道是因爲《左道書》早就在他手上？他根本不需要我教他？這樣可就說得通了！」

「說不通。」太平眞人道。

「不通嗎？」莊森問。

「郭在天死一個多月了，當時李命可不會吸黏勁。」太平眞人說著搖頭。「殺郭在天的另有其人，而那個人多半就是盜走《左道書》的人。」

「會是誰呢？」

太平眞人凝視著他。「是呀，會是誰呢？」

莊森側頭看他，問道：「道長爲何一副我該知道答案的模樣？」

太平眞人長嘆一聲，轉頭望向林曉晴。「林姑娘……」

「道長叫我曉晴好了。」

「曉晴。」太平眞人點頭。「卓掌門的屍首一直沒有找到？」

「是。師父說七師叔讓狼給拖走了。」

莊森小聲問：「道長，你這麼問……」

太平眞人搖手，繼續問道：「被狼拖走，總有跡可循。就算被吃到剩下骨頭，玄日宗不把掌門屍骨尋回，妳不覺得奇怪嗎？」

「道長。」林曉晴嘆氣。「這次掌門交替，處處都很奇怪。我們做弟子的，能不多問，就不多問。」

「那說得也是。」太平眞人說。「照森兒所言，崔姑娘本來打算化掉趙大俠的功力，囚禁玄鐵黑牢。而李命自己也中了崔姑娘的玄天化功散，被化去了大部分功力。如此推斷，他們謀害卓七俠，必定也包括化他功力這一環。」

莊森又說：「道長……你這……」

「卓七俠被化掉了功力，打不過李命，又中了崔姑娘的百花針。倘若他神通廣大，竟然大難不死，必定會想報仇。就算這麼多年來他一直不受《左道書》影響，遇上這等事情，只怕也會走偏。」太平眞人語氣平淡，陳述事實，彷彿此事他早已想得清清楚楚。「我若是卓七俠，便會上鶴鳴山，取《左道書》，學點奇特武功，彌補內力不足。當年趙大俠讀了《左道書》武學篇，曾與卓七俠談論其中記載的左道武學，當時卓七俠就已得知吸黏勁。我想，他取《左道書》，八成就是為此。」

「道長如此推斷，會不會太……太……」

太平眞人續道：「卓七俠的轉勁訣早臻化境，即使內力全失，尋常高手也不是他對手。問題是他的仇人都是絕世高手，想要對付他們……」

林曉晴說：「只有吸成人乾？」

莊森搖頭：「不會的……我師父不會這樣。你們毫無依據……」

「不是毫無依據。」太平眞人語氣無奈：「森兒，我跟令師相交多年，算得上過命的交情。老實說，剛剛試你武功，發現眞材實料，我眞心感到失望。我很希望《左道書》是你盜走的。我不想玷污故人回憶。」

「眞的不能是二師伯盜走的嗎？」莊森問。

「不可能。」

莊森難受：「你怎能如此肯定？」

「河東軍大張旗鼓獵捕玄匪，玄日宗在河東道勢力渙散，江湖消息也傳得慢。」太平眞人緩緩說道。「李命兩日前被人發現陳屍蒲州郊外，死法就跟郭在天同出一轍。」

莊森與林曉晴齊聲驚呼：「什麼？二師伯死了？」

「事實擺在眼前。」太平眞人又嘆一聲。「知道《左道書》在鶴鳴山的就只有你跟你師父。

既然你沒有拿，自然是你師父拿的。」

莊森癱坐椅上，腦中一片紊亂。他很想大聲說出趙遠志還沒死、趙言楓也知道《左道書》何在的事實。但說那些又有何意義？太平眞人推論合情合理，動機手段一應俱全，他沒辦法說服自己不要相信。

唯一的好消息是……他師父還活著。

其實莊森始終認定師父還活著，這也是他得知師父死訊後一直不夠傷心的原因。自崔望雪口中得知師父的遺體沒有尋獲後，他就一直等著師父有一天突然出現，跳到他身後大叫：「嚇到你啦！」然後哈哈大笑。而此刻的情況，他確實是嚇到了。嚇得屁滾尿流。

「啊！」林曉晴驚呼。「七師叔殺了三師伯和二師伯，那我師父呢？他會不會去殺我師父？」

莊森與太平眞人對看一眼，難以回答。林曉晴心急如焚，拉著莊森的手道：「大師兄，這事不得不管！你一定要救救我師父！」

太平眞人面有難色，說道：「人命關天，自然要救。只不過卓七俠想殺什麼人，只怕不是任何人阻止得了的。」

「別人阻止不了，莊師兄阻止得了。」她望向莊森，急得快哭出來，突然雙腳一屈，往地上跪去。

莊森反握她手，還沒跪到便拉她起來，喝道：「師妹做什麼？同門之間，跪什麼跪？」

「師兄……」

莊森問太平眞人：「道長可有聽說我四師伯的消息？」

太平眞人道：「昨日收到眞武觀傳書，崔姑娘已經回歸玄日宗總壇。」

莊森搖頭道：「師父這輩子便只愛過四師伯一個女人，再怎麼樣也不會對四師伯出手。況且，他這次接任代理掌門，早就心裡有數，眾位師伯要背叛他、要殺他，也都在意料之中。道長說他恨到要把他們殺光，眞的不太可能。」

林曉晴舉手道：「曉萍師姊說……她說七師叔對她也……也有好感。倘若七師叔喜歡上曉萍師姊，而當天晚上又親眼看到師姊被……師長殺害，甚至奉師長之命背叛他，那說不定……」

莊森抱頭不語。太平道人接過去說：「卓七俠是性情中人，若是受到這等刺激，確實可能性情大變。」

莊森突然抬頭，冷冷說道：「愛得深，恨得也深。師父的仇人不光只是諸位師伯，還包括了晉王府的人。他追二師伯到蒲州，而不追四師伯回成都，多半就是爲此。不，他愛煞了四師伯，也恨透了四師伯，要殺四師伯，一定會留到最後。我敢說他會先上太原，找李克用。」

太平眞人和林曉晴眼看著他，神色訝異。林曉晴吞吞吐吐：「師兄，你如此推斷，好像有點……」

莊森亂抓頭髮，神色苦惱：「啊！不然要怎麼推斷？我也不想講這種話啊！怎麼會有這種事情？怎麼會有這種事情？啊！」

他最後這個「啊」字「啊」得簡短大聲，不像發洩情緒，而是突感震驚。林曉晴忙問：「師兄怎麼了？」

莊森神色驚慌，心想：「三師伯若眞是死在師父手上，那盈兒豈不是跟師父交上了手？」

他越想越驚，冷汗直流：「師父吸了三師伯的內勁，只怕盈兒不是對手……傻了，就算師父沒吸內勁，盈兒也未必打得過他。一個多月了，都沒有聽說盈兒的消息，難道盈兒她……難道師父把她……？」

林曉晴伸手放在他手背上，叫了聲：「師兄？」

莊森微微側頭，望向林曉晴的手，跟著抬頭看她憂形於色的模樣，自知如此亂猜下去不是辦法，必須靜下心來再說。他搖頭：「不，只是想到一個朋友。」跟著輕輕抽回手掌，深吸口氣，沉心靜氣，說道：「四師伯身在總壇，安危不需我們操心。爲求保險起見，還是請道長趕回成都，就近照應。」他轉向林曉晴道：「我們去太原。」

「師兄這麼肯定七師叔會上太原？」林曉晴還是擔心，不過莊森冷靜分派的模樣已讓她心定不少。「我師父眞的不會有事嗎？」

「二師伯死在蒲州，就是說我師父人已經在河東道了。加上三師伯一個多月前死在洛陽，搞不好師父根本就沒離開過。我敢說他此行就是爲了對付晉王府而來。」他喝口涼茶，潛心思考，又道：「師妹如果擔心，可以跟道長一起回成都。不過四師伯既然要妳返鄉，就是不想要妳再蹚渾水，她不會希望妳回去的。」

林曉晴十指交握，放在嘴前搓擰，一時難下決定。

太平眞人站起身來，說道：「我明日傳書眞武觀，要弟子多加留意成都城內的動靜。我先去長安救我師弟，然後立刻趕往成都。夜深了，先去休息。」說完往門外走。

「道長。」莊森叫住他。「不要跟我師父動手。千萬不要。」

太平眞人想了一想，笑道：「我心裡有數。你自己看著辦。」說完出房。

林曉晴還在出神。莊森在她臉前輕彈手指，說道：「師妹？不如妳別回成都，也別上太原，聽妳師父的話，回汴州退隱江湖吧？」

林曉晴搖頭，看著他道：「我想問師兄一件事。」

「問呀。」

林曉晴問：「我若隨師兄上太原，你不會懷疑我是師父派來……派來……色誘你的吧？」

莊森當日在百柳莊親耳偷聽見崔望雪遣走林曉晴，今晚又是機緣巧合撞在一起，自認完全沒有理由懷疑這種事情。他搖頭：「不會。師妹怎麼會擔心這個？」

林曉晴道：「我怕師兄聽說師父派曉萍師姊色誘七師叔，自然便會懷疑我的動機。近年在總壇裡，只要有人對我們好，我們就會懷疑別人。你在破廟救我，我……本來還疑心你是不是要利用我去對付師父。對不起，師兄，我實在太小心眼……」

她說得神色羞愧，目泛淚光，莊森忍不住想要坐近一點，拍拍她，安慰她。但是林曉晴的話令他心生警惕，他不禁要想：「如此楚楚可憐，要我出手安慰，不正是在色誘我嗎？」此念一出，換他慚愧。他大力搖頭，說道：「出了總壇，就別把總壇的心思拿出來用了。不如我們約法三章，妳不要來色誘我。我也不利用妳去對付妳師父。咱們把妳放心不下的事情辦完，然後妳就退隱江湖。」

林曉晴先是愣了愣，接著微微一笑。「好。就這麼辦吧。」

兩人收拾碗筷，端去伙房沖洗，各自回房睡覺。

第四十七章　打劫

次日清晨起床，太平眞人已經離開。莊森和林曉晴用過早飯，向亂世眞仙道謝，便即北上太原。李嗣恩吃了莊森的虧，於河東境內廣發號令，說道玄日宗有高手入境，圍捕玄匪必須編制大隊人馬，起碼要百人隊方可出擊。官兵群聚行動，遇上了自不容易應付，但若僅只要避開，可就容易多了。一路無話，不一日他們來到太原。

太原爲李唐發源地，是大唐三都之一，規模僅次於長安及洛陽，玄宗時升太原爲北京，持續擴建，牆高三丈五，比長安城牆還高。莊林二人在城外繞了半天，找不出悄悄入城之法，只好硬著頭皮走城門。兩人結伴數日，早已套好說詞，自稱兄妹，家傳經商，專做西域生意，來太原批些漆器要去大食國賣。他開口說幾句大食語，把守城軍官唬得一愣一愣。那軍官倒也仔細，挑出幾張玄匪畫像比對比對，便即放他倆入城。

城門口大街熱鬧非凡，莊森放慢腳步，刻意閒晃。林曉晴跟在後面，見他逛了起來，便也跟著東看西看。莊森見她拿起一只雅致香囊，在腰間東比西比，似乎十分喜愛，便道：「師妹喜歡，我買給妳。」

林曉晴連忙搖手：「不用啦，師兄，我自己有錢。」

莊森笑道：「妳的錢留著開醫館吧。這小東西，我送得起。」說著接過香囊，付帳買斷。

林曉晴神色害羞，說道：「謝謝師兄，師兄對我眞好。」

「照顧師妹，天經地義，妳別想歪了。」

林曉晴傻笑。兩人自從眞仙觀約法三章後，言談間常拿色誘之事說笑，倒也不會尷尬。數日下來，相處融洽，兄妹情誼日漸深厚，在人前說是兄妹，倒也無人起疑。林曉晴接下香囊，掛上腰帶，笑道：「好看嗎？」

「好看。」

「師兄剛剛在守軍面前嘰哩咕嚕，眞是大食語？」

「眞的呀。我在大食住過，會說大食語也沒什麼。」

林曉晴滿臉佩服：「師兄實在厲害，把守軍唬得一愣一愣的。」

「也沒愣到哪去。」莊森微微側頭。「他們派人盯著我們呢。別看。」

林曉晴正要轉頭，聽莊森說別看又轉了回來。她慌道：「我們被守軍盯上了？」

「別緊張。」莊森道。「太原是李克用的根據地，盤查自然嚴密點。不過身為唐境第三大城，各地商旅齊聚，還有不少西域人士，他們沒有把握不會隨便抓人。既然跟蹤者只有一人，我想他們只是例行公事，派人監視起疑之人，看看有無可疑之處。只要確認我們眞的是來做生意，盯哨自然就會撤了。」

「那要如何假扮生意人呢？」

莊森笑道：「妳我人前以兄妹相稱，先在市場上逛逛，找間大客棧下榻，然後去錢莊兌換飛錢，再打聽打聽哪裡有好漆器可批，這樣應該就成了。若還不成，只好當眞下單訂貨。」

林曉晴又問：「師兄做過生意嗎？」

「做過呀。」莊森道。「我跟師父遊歷西域十年，錢可得自己張羅。剛開始我們都在一個國家批貨，到另外一個國家去賣。異國商品，不管到哪裡都有利可圖。倘若我們喜歡一個地方，想要長住下去，就會拿賺到的錢開設學堂，教授唐文唐語。我大唐乃東方大國，很多人都想來中原做生意、見世面。」

林曉晴悠遊神往。「我好羨慕你。」

莊森道：「妳已離開總壇，無拘無束，喜歡也可以去呀。」

林曉晴苦笑：「我一個女孩子家，怎麼可能遠赴西域呢？」

「別急著說不可能。天下無難事，只怕有心人。」

「如果能跟你同去就太好了。」

莊森伸手在兩人中間比一條線，笑道：「色誘。別越線呀。」

「喂！我只是說出心裡的話而已，又沒怎樣。」林曉晴不滿。她摸摸腰間香囊，嘟嘴道：「只准你對我好。我就不能說眞心話喔？」

莊森哈哈一笑。「誰教我是師兄？妳如果是師姊，我就聽妳的。」

城門大街市場再過去是客棧大街，十幾間客棧開在一起，雕梁畫棟，豪華非凡，乃是專做各地商旅生意的昂貴客棧。本來莊森是會再往城裡去找便宜點的客棧的，但既然要冒充商人，只好破費。他跟林曉晴從街頭逛到街尾，挑了一間中規中矩的晉陽客棧，要了兩間上房，安頓妥當之後，來到樓下飯堂會合。一看跟蹤他們的人還在門外探頭探腦，莊森說了句：「妹妹，去錢莊了！」便即出門。

林曉晴也識趣，過客棧門口假意問道：「哥，要兌換多少錢呀？」

莊森道：「爹說這趟要出十輛大車，先兌個三千兩再說。」

林曉晴待走出一段路，跟蹤之人聽不見說話後，問道：「師兄，你眞有那麼多飛錢可兌嗎？」

莊森拍拍懷裡的錢袋，笑道：「我有個大財主撐腰，坐著不動都會有人送錢來。」

「這麼好？」

「可不是嗎？」

當日梁棧生託七曜院送來的錢袋裡除銅錢外，共有十張飛錢，每張票値千兩，眞要拿來做生意，莊森下半輩子都不愁吃穿。就只一樣不好，便是這些飛錢都是荊南錢莊開的票子。雖然其他錢莊也能兌換，但梁棧生顯然是要他去查鑄錢案。梁棧生關心天下，著重在民生事務，而非誰人當家，這是他跟其他師兄弟的不同，也是莊森特別佩服他的地方。可惜局勢演變至此，鑄錢案已非當務之急，莊森只能先看著辦。

來到錢莊大街，也跟客棧大街一樣，十幾家錢莊開在一起。唐境各地著名的錢莊齊聚一堂，不管飛錢銅錢、通寶玄寶，只要兩百年間在大唐境內流通過的貨幣，這裡就有辦法兌成現錢。就連河東軍死對頭宣武軍發行的宣武通寶也換得開。各錢莊競爭激烈，門口攬客的叫得口沫橫飛，放貸利息一家比一家低，聽得讓人忍不住想借點錢來花花。

林曉晴張口結舌，問道：「這麼多錢莊，去哪一間？」

莊森說：「幫我找找有無荊南錢莊。」

林曉晴轉頭看他：「荊南錢莊？他們莊主每年都會來總壇幾回，似乎跟我們常有生意來往。」

「來往歸來往，只怕生意不太一樣。」莊森指著斜對面的荊南錢莊。「找到了。走吧。」

那荊南錢莊規模不小，專做大戶生意。一進門擺了六張桌椅，有專人熱茶招待。門口兩大漢一看兩人不像大戶，冷冷問道：「存錢還是借貸？」莊森取出三張千兩錢票，說要兌現。大漢連忙換上笑臉，請帳房招呼。

兩人坐下喝茶，等著帳房清點現錢。林曉晴放下茶杯，拉拉莊森，指著隔壁兩桌共八個人，低聲道：「哥，你看隔壁那兩桌人。」

莊森點頭，壓低音量。「他們身懷武功，是一夥的。錢莊的人也留意上了。」門口本來兩名大漢，如今又多了兩名，站在門外。內堂左右兩扇門後也各有人等候，伺機而動。「不知有什麼事。機伶點。」

帳房送出兩大袋錢，在兩桌上各放一袋，客氣道：「大爺，數數吧。」兩桌客人也不客氣，嘩啦嘩啦把錢撒在桌上，一五一十地算了起來。

一名大漢突然喝道：「你這錢有問題！」

帳房鞠躬哈腰，說道：「大爺！這是貨眞價實的開元通寶，足銅足兩，絕無問題。」

「放屁！」大漢往桌上一比，桌上銅錢分作兩堆，一堆大，一堆小。他指著大堆說：「這是眞錢！」換指小堆：「這是假錢！」

隔壁桌當即附和：「好哇！荊南錢莊這麼大名頭，原來摻雜假錢？」

帳房作勢要他們小聲，氣急敗壞道：「各位大爺別生氣！這怎麼會是假錢呢？我們錢莊是有名的公道。開元通寶流通多年，品質難免參差不齊。大爺不喜歡，我再給你換一批錢，換到你滿意為止。」

先前說話的大漢一拍桌子，怒道：「你混雜假錢誆我，被發現了就想換回眞錢？有沒有那麼便宜的事？」

帳房臉色一沉，喝道：「你莫瞎說，壞我商譽！你不滿意錢，我就給你換，你還待怎樣？你當我們荊南錢莊是好欺負的嗎？」說完打個暗號，內堂門口走出七條大漢，大門的人則默不吭聲地把大門關上。

一名錢莊的人來到莊林二人桌前，客氣說道：「公子、姑娘，今日有人鬧場，為免無端波及，請兩位跟我到後堂去坐。」

莊森跟林曉晴攤手合作，隨他進入後堂。那人笑了一笑，回到前廳，把門關上。莊森和林曉晴立刻貼到門上，抱著看熱鬧之心偷聽後來發展。

外面正罵得熱鬧：「你們錢莊在荊州鑄假錢也就罷了，竟然還想把假錢流通到太原來？老子看不過去，今日特來揭穿！」

「好小子！你敢掀我的底？活得不耐煩了？我就問你，老子荊州鑄錢，若不流出荊州，是能做多少生意？你也不用腦筋想想？按道上規矩，我肯讓你換錢，已經給足面子。你不肯換錢，硬要鬧場，道理可不會站在你那邊！」

「我操！這哪條道上的規矩？你是吃定我了？給我打！」

「什麼給你打？這話是我說才對。給我打！」

眾人掀翻桌子，當場開打。莊森推開一條門縫，跟林曉晴一上一下，瞧著熱鬧。莊森說：

「這些人武功不錯，絕非尋常盜匪。錢莊的護院武功很雜，各自為戰，好像臨時找來充數的。看來這錢莊要給洗劫一空了。」

林曉晴從下方抬頭，問道：「哥啊，要不要趁他們打架，先去撈點油水？」

莊森笑道：「妳叫哥倒是叫得起勁。」

「是你說要扮兄妹的呀。」

莊森道：「咱們有正事要辦，別惹是非。反正票子還沒交出去，去別家兌換得了。」

搶匪將錢莊護院盡數砍倒，取出繩索綁成一團。為首大漢對著那帳房獰笑道：「之前你們錢莊有玄日宗罩著，全太原都沒人敢打你們主意。如今玄日宗都被趕出太原了，不搶你們，還等什麼？別說大爺不對你好。咱們這就去開錢庫，把眞錢通通交出來，假錢讓你繼續留著。你有辦法把錢流通出去，那就算你本事，我也不來管你。」

那帳房硬氣，說道：「你這莽漢，只知其一，不知其二。我們可不是玄日宗罩著，錢莊的錢本來就是玄日宗的錢。你搶了我們，玄日宗絕不會放過你！就算天涯海角都會揪你出來！」

大漢冷笑：「玄日宗自身難保，哪裡會來理我？」

「玄日宗自身難保，更要用錢。」帳房道。「你搶了玄日宗的錢，等於要了他們的命根子！」

大漢皺眉，問道：「你給我把話說清楚。眞錢是玄日宗的，還是假錢是玄日宗的？」

帳房正要回答，突然察覺不對，問道：「你們究竟是什麼人？假錢的事情是誰告訴你們的？」

大漢獰笑：「好機伶，不愧是管帳的。我問你，你們的鑄錢銅礦有幾座？在哪裡？假錢鑄多久了？流通多少錢出去？囤積了多少錢財？」

帳房額頭冒汗，說道：「你是李克用的人？還是朱全忠派來的？」

大漢道：「誰派來的有何差別？天底下想看玄日宗垮台的人多如牛毛。玄日宗想用假錢建軍，簡直痴人說夢。」

帳房搖頭：「你問的事情，我不知道。本錢莊分工仔細，各司其職，若出了事，誰也不能洩漏什麼。你不必再問了。」

大漢假意嘆息：「我本想留你活口，放出消息，引誘知情人士找上門來。既然讓你得知我是爲斷玄日宗財源而來，那就不能讓你活著了。」

莊森對林曉晴道：「要殺人了。管管。」說完啊的一聲，推開木門，昂然而立，看著廳上眾人。廳上雙方人馬聞聲轉頭，見是來兌錢的客人，紛紛鬆了口氣。爲首大漢道：「今日大爺劫財，不關兩位的事。乖乖待在裡面，一會兒大爺完事，便放你們離開。」

莊森搖頭：「你們要殺錢莊的人，還會饒過我們？」

大漢哈哈大笑，說道：「你說得對，不能饒的。」說完側頭示意，兩名站在門邊的大漢當即朝莊林二人走去。

莊森和林曉晴一人一拳，兩名大漢應聲倒地。

剩下六名劫匪立刻舉起匕首，害怕的刀尖對準莊森，機伶的就拉起受縛護院擋在身前。爲首大漢神色一凜，喝問：「你們是什麼人？」

莊森道：「今日教你個乖。下回要搶錢莊，先等莊裡客人走光再動手。節外生枝，很麻煩的。」

大漢見他們兩人隨手擊倒自己同夥，武功多半不低，己方雖然人多，未必應付得來。他說：「閣下眞知灼見，在下虛心受教。我不喜歡節外生枝，就請兩位先走吧。」說完又側頭示意，守在大門口的劫匪當即讓開。

莊森揚眉：「唷？剛剛還要殺我滅口，這會兒又放我們走了？」

「我識時務。」

「好哇！識時務者爲俊傑！」莊森鼓掌兩下，上前一步。眾劫匪同時退開一步。莊森笑問：「你們是什麼人，爲什麼要查玄日宗鑄錢案？」

領頭大漢道：「此事與閣下無關。知道太多沒好處的。」

「首先，我不能坐視你們濫殺無辜，不管是不是眞的無辜。」他朝被壓在地上的帳房看了一眼，跟著又道：「其次，不說你們不知道，其實我是玄日宗的人。」

大漢一聲發喊，領頭進攻。這群人來到錢莊假裝兌錢，沒帶大刀，只有貼身匕首。但看他們使匕首的招式，顯然都是練刀之人。莊森沉肩閃避，抓住對方手腕，輕輕一推，大漢手腕脫臼，向後摔出。待他爬起身來，還要再戰時，其他五個同伴都已倒地不起了。

大漢大驚，連忙撿起地上一把匕首，左手持刀在前，慌道：「你不要過來……不要過來……你你你不要過來！」

莊森奪過他的匕首，將他一把推倒在椅子上，回頭道：「師妹，放人。」

林曉晴撿起一把匕首，割斷錢莊之人身上的繩索。還能起身的護院立刻幫忙，反過來綑綁劫匪。

帳房跑到莊森面前，恭恭敬敬鞠躬道：「多謝師兄、師姊出手相助。」

莊森斜眼看他：「你也是本宗弟子？」

帳房說：「弟子名叫劉星斗，去年才拜入門下，還沒學到多少功夫。」

莊森瞪他一眼：「人家套你兩句，你就把話都說出來了。你這錢莊怎麼管的？」

劉星斗冷汗直流，低頭道：「師兄教訓得是。」

莊森指著地上劫匪。「看著他們，我到後面審案，別來打擾我。」

「是是是。」

莊森提起領頭大漢，跟林曉晴一起走入內堂，關門，又往後面找了間空房，這才放下大漢，開始審案。那大漢自恃武功了得，卻連莊森一招都擋不下，早就嚇得東西南北都不知道。莊森威嚇幾句，不必動手動腳，他就把一切都招了出來。此人名叫阮忠義，官拜大理寺少卿，本爲大理寺知名神捕。大理寺發不出薪餉後，他就開始在外四處兼差，維持生計。朱全忠入主長安，控制滿朝文武，對大理寺中的辦案高手禮遇有加。這回派阮忠義來查辦玄日宗鑄錢案，朱全忠承諾沒收的錢財全數用於大理寺的薪餉上，是以阮忠義辦得格外來勁。

莊森問：「大理寺辦案，何時變得如此辣手，竟然要殺錢莊的人滅口？」

阮忠義道：「王爺交代，玄匪作亂，非同小可，必須窮盡一切手段，盡快斬其銀根。凡涉此案之人，可先斬後奏，不必留情。」

「師兄。」林曉晴把莊森叫到旁邊，低聲問道：「我們眞的在鑄假錢嗎？」

莊森點頭：「此事五師伯早就留意上了，他給我這麼多錢，就是要我來查此案。」

「鑄假錢很缺德呀。」林曉晴說。「我們還要幫荊南錢莊？」

莊森想了想，說：「再缺德也不能讓人滅口。總不能幫大理寺吧？」他提了阮忠義出去，喚劉星斗進來，問他：「你這裡有多少眞錢，多少假錢？」

劉星斗當他自己人，立刻答道：「二十萬眞錢，十萬假錢。」

莊森一愣：「你兩份眞錢就摻一份假錢，不會太招搖嗎？」

「回師兄，那是上面交代，急著用錢。」

「也是。」莊森說著點頭。「姓阮的說得沒錯，本宗勢力撤出太原，打你這邊主意的人不會少了。我看你們先關門幾天，別做生意，看看情況再說。」

「這個……師兄……」劉星斗神色爲難。「錢莊不能說不做生意就不做生意，會惹民怨的。」

「那你先把假錢收起來，專做眞錢生意。」

「是，是。」劉星斗斗膽請問：「敢問師兄，要收起來多久？」

「風頭過了，我再跟你說。外面那些人，你就報官處置。」

劉星斗瞪大眼睛：「報官？他們會不會……知道太多了些？」

「你也想要殺人滅口？」

劉星斗惶恐，忙道：「弟子不敢。」

莊森瞪他，冷冷說道：「你記住，我們是玄門正宗，不殺人滅口。」

「可是……」劉星斗遲疑問道，「可是後患無窮呀。」

莊森道：「放心。他們是大理寺的人，查辦此案懷有私心，想要趁機解決大理寺發不出薪餉的問題。你把他們交給太原府，他們不會供出緣由的。」

「是，師兄。」

「這裡可有側門？」

「有。」

莊森道：「我們從側門走。大門外有官兵喬裝跟蹤我們，他若問起，你就說我們兌了三千兩飛錢，剛好遇上劫匪犯案，你讓我們從側門走了。」

「是，師兄。」

莊森一攤手：「拿來。」

「拿什麼？」

「三千兩呀。」

「是，是，弟子這就去拿。」

「要眞錢，不要給我假的啊！」

「是，是。」

莊森抱了三千兩銅錢，也不留下錢票，跟林曉晴一起走側門離開。

第四十八章　心傷

兩人出荊南錢莊，從後巷往客棧繞。他們原先打算先去造訪瓷窯，但既然暫時擺脫了跟蹤的人，倒也不忙這麼幹。此刻身懷鉅款，還是先回客棧把錢放下再說。快走到客棧大街時，林曉晴問道：「哥，我們今晚夜探晉王府嗎？」

莊森急著想找趙言楓，但晉王府是龍潭虎穴，只怕不好說探就探。他說：「今晚先探外圍形勢，弄清楚他們巡邏時程和路線再說。」他從未探過王府，不知守衛會如何森嚴。「唉，如果太原也有玄天院就好了，至少也能跟他們要張王府地圖來瞧瞧。」

林曉晴笑容得意。「玄天院？有，我知道在哪裡。」

莊森大喜：「妳怎麼知道？」

林曉晴說：「師父讓我負責跟玄天院協調情資之事。我有一本帳本，記載各地玄天院地址。回去翻給你看。」

「那太好了。」

轉上客棧大街，迎面來了大隊官兵。莊森拉著林曉晴讓到布攤旁邊，就著布塊掩飾偷看官兵隊伍。隊伍最前方有個虯髯將軍，袴下剽悍戰馬，滿臉正氣，不怒自威，一看就知道絕非常人。

布攤老闆輕聲道：「哎呀，李嗣本將軍也來了。不知道出了什麼大事，這兩天已經有五位太保大人進駐太原了。」

莊森和林曉晴對看一眼，問道：「老闆，有五位太保進太原？」

「是呀，大太保、二太保昨日來的。三太保本來就住王府，五太保和八太保是今早到的。眼下他們都在王府，不知道商討什麼大事呢。」

六太保李嗣本的隊伍起碼兩百名官兵，鬧市中走了好一陣子才盡數通過。莊森和林曉晴繼續往客棧走，林曉晴道：「十三太保至今戰死四員，只差李嗣恩、符存審、和李存賢就全員到齊了。我聽說只有契丹大舉侵犯北境，李克用才會召齊十三太保議事。」

莊森說：「李嗣恩受了傷，不知會不會來。洛陽此刻大亂，符存審多半是趕不來了。最近沒聽說契丹人有何動靜，莫非十三太保齊聚太原，是爲了我們而來？」

「啊？」林曉晴從未置身軍國大事，難以想像十三太保眾多名將會衝著自己而來。「我們？」

「我是說玄日宗。」莊森解釋。「李克用派劉萬民以言楓師妹要脅四師伯，當然料到近日會有玄日宗高手來王府救人。然而此刻河東道這麼亂，他把所有太保都調回來，會不會太什麼了點？」

「眼下有六太保齊聚晉王府，要夜探王府只怕十分困難。」

「所以我們更需要聯絡玄天院……」

莊森話說到一半，聲音突然啞了。只因他面前走來一名女子，同他一般神色驚訝，愣在原地，正是他日夜思念的月盈。

「盈兒……」莊森喜道。「盈兒！我終於找到妳了！」

月盈一言不發看著他，接著轉頭看向林曉晴。莊森正想介紹，突然覺得月盈神色不善，心下一驚，怕她胡亂吃醋，連忙搖手道：「盈兒！盈兒！妳看我！」

月盈轉頭瞪他，神情冷酷。

莊森道：「她是我師妹。我們沒什麼。」

「關我什麼事？」月盈說完，轉頭就走。

「盈兒，妳聽我說！」

莊森上前要拉她手，月盈翻掌推開，掌心運起冷月功，當場將莊森逼退三步。「走開，我不要見你。」說完又走。

莊森對林曉晴道：「妳先回客棧等我。」

「哥……」

莊森連忙劃線搖手，命她不可越界，小聲道：「別再叫我哥啦！」尾隨月盈而去。

莊森自與月盈相好以來，從未當眞吵嘴過。之前提起趙言楓，月盈也泰然自若，未曾顯露半點醋勁。不知爲何今日見到林曉晴，竟讓她氣成這副模樣？莊森跟在月盈五步之後，不敢太過接近，但也絕不願就此讓她離開。兩人就這麼一前一後，在太原城裡穿街走巷。

莊森走了片刻，恍然大悟。盈兒跟他分開月餘，必定跟他一樣想煞了他。久別重逢，突然看見他身邊多了個沒見過的女人，哪還有不氣的？要換成是他，必定醋勁大發，拂袖而去……不，他或許會黯然心傷，買醉澆愁。也可能當場把那個男的痛毆一頓，管他是誰，總之從此不准再來找他的盈兒。他初嘗情事，沒有經驗，一時不知該如何是好，只能默默跟著。

如此走了小半個時辰，太原都快繞了一圈，他實在忍耐不住，正想叫住月盈，卻見她轉身進了一條小巷。莊森快步跟上，一進巷口，突然寒氣撲面，玉掌迎面來襲。一般情侶吵架，男方倘若理虧，自當打不還手，罵不還口。但當女方是月盈時，打不還手就有性命之憂。莊森不敢怠慢，立刻出掌相迎。從前他應付不了月盈的冷月功，但如今在轉勁訣第八層巧妙運轉之下，冷月功的寒勁凍不了他，掌力本身也沒能將他震退。

月盈微微皺眉，說道：「你功夫進境好快。」

莊森回想月盈掌力，對照自己之前修爲，驚訝道：「妳想打癱我，封我穴道？」

月盈輕哼一聲：「趕不走你，只好打癱你。」

莊森急著解釋：「盈兒別誤會，我跟師妹眞的沒什麼。這些日子，我一直惦記著妳。」

月盈嗤之以鼻：「我在洛陽失蹤，你沒兩天就跑了。你找都沒來找我，還說惦記我？」

莊森問：「妳爲了這個生氣？當時洛陽守軍大舉搜城，我若留下……」

「誤會了，我沒生氣。」月盈道。「我不想再見到你。你別死纏爛打。」

「盈兒……」

「我都不告而別了，這還不清楚嗎？」月盈冷笑。「你一定要我指著鼻子告訴你，姑娘玩膩你了？我看到你就討厭，你以後別再出現在我面前。」

月盈轉身要走，莊森出手抓她。「妳怎麼說這種話？我對妳的心意，妳不清楚嗎？」

月盈低頭看他的手，又抬頭瞪他。莊森連忙放手。月盈說：「你的心意如何，我管不著。你別以爲睡過了我，我就是你的。在山裡就跟你說過了，我是本教護法，有好多大事要辦，不是跟你長相廝守之人。你沉迷我的美色，那是你的問題，別礙著我就行。」

莊森心寒，忍不住問道：「那我算什麼？洩慾用的？」

月盈一翻眼：「你救我性命，我以身相許，這叫天經地義。身體都給了你，你還有什麼不滿意？難道還想要我的心嗎？你不知道我的心已經不是自己的了嗎？」

「可是……」

「山裡那段日子，你過得不快活嗎？」

「……快活……」

「那是我報恩的方式。」月盈說。「我不會說我不喜歡你，不會說都是裝出來的，但是我們在一起不會有結果。緣分盡了，莫再強求。」說完轉身離去。

莊森一口氣喘不過，整顆心彷彿縮了起來。他對著月盈的背影哭道：「盈兒……我的心好痛。」

月盈微微側頭，冷冷言道：「我的心不會痛。」

她走了。

莊森獨自站在小巷中，哭得悽慘痛快。他上次哭，是在月盈懷裡，為師父的死訊而哭。師父走了，還有月盈在，他不孤單，可以面對一切。如今月盈走了，他孤伶伶一個人，沒有肩膀可靠，沒有懷抱可抱。他哭到全身脫力，心痛無比，竟然只想死了算了。他心生愧疚，只因就連師父身亡也不曾如此傷心。他喉間一哽，岔了氣息，近期內數場苦戰，幾度強運敵勁，終於在傷心過度下導致身體不堪負荷。他雙膝痠軟，著地跪倒，接著整個人向前一癱，就此人事不知。

□

不知過了多久，莊森悠悠醒轉，只覺酒香撲鼻，卻是有人倒了一小杯酒，擱在他面前。莊森雙手撐地，坐起身來，背靠牆壁，神色淒涼。他也沒東張西望，尋找放酒之人，只是愣愣瞧著酒杯，想著月盈出神。

一名文士打扮的老者吟詩走來。「『多情卻似總無情，唯覺樽前笑不成。蠟燭有心還惜別，替人垂淚到天明。』」他站在酒杯之後，感慨道：「杜牧這首《贈別》，抒發惜別心境，每每吟起，扣人心弦。」

老者右手拿著酒壺，左手卻拿板凳。他擺好板凳，在莊森面前坐下，說道：「這位為情所困的公子，大白天趴在窄巷裡睡，很容易著涼的。還是快喝點酒，暖暖身子。」

莊森魂不守舍，依言拿起酒杯，一飲而盡。他沒有放下酒杯，只是舉在胸前。老者伸手又幫他倒了一杯。「抽刀斷水水更流，舉杯澆愁愁更愁。公子借酒澆愁，對身體可沒好處。」

莊森忍不住瞪他一眼，放下酒杯，朝老者手上的酒壺攤掌。老者把酒壺給他，莊森就著壺口便喝了起來。

「不管對身體好不好，愁還是要澆的。」老者拿起地上的酒杯，喝一口酒，說：「我方才在街尾看見公子跟位姑娘拌嘴，姑娘走了之後，公子就哭昏倒了。唉，可惜我這身老骨頭，不中用了，抱不動公子去酒樓，只好把酒拿到巷子裡來啦。」

莊森想起月盈，再度落淚。老者待他流了一會兒眼淚，開始自顧自地吟詩：「『去年今日此門中，人面桃花相映紅。人面不知何處去，桃花依舊笑春風。』崔護這首詩，淺顯有意境，我最喜歡了。人生在世，總有一兩個有緣無分之人。但想明年春風來了，桃花還是會開的。」

莊森以衣袖擦擦眼淚，繼續喝酒。老者朝他伸出酒杯，他也幫老者斟酒。如此喝了會兒悶酒，莊森始終不吭聲，老者可又說了：「『錦瑟無端五十弦，一弦一柱思華年。莊生曉夢迷蝴蝶，望帝春心託杜鵑。滄海明月珠有淚，藍田日暖玉生煙。此情可待成追憶，只是當時已惘然。』李商隱的《錦瑟》好惆悵，好痴迷。然則事過境遷，他還是能夠化爲詩句，抒發而出。公子傷心歸傷心，但也不要太想不開了。那位姑娘樣貌出眾，確能令人魂牽夢繫。不過男人求偶，不是單看外貌的。」

莊森又在老者杯裡倒一杯酒，接著把剩下的酒一飲而盡。他將酒壺還給老者，搖頭道：「她不是空有美貌。」

「唷？說話啦？我當你啞巴呢。」老者笑盈盈地看著他道。

莊森道：「她武功高強，足智多謀，乃是當世難得一見的人才。」

「哎喲？那了不得！原來是當世難得一見的人才。這種人可遇不可求，這輩子要多碰上一位都不容易。所謂『曾經滄海難爲水，除卻巫山不是雲。』公子不想抱憾終生，可得想辦法把人家給追回來啦。」

莊森想起當日月虧在長安跟他說的話：「『月盈護法美若天仙，跟她要好過的男人……咳，不計其數。可她從未迷戀過任何男人。不論你對她如何傾心，她想走就走了，你要留也留她不住。』」顯然月盈不是第一次如此對待男人，他也不是第一個爲她傷心之人。莊森神色苦惱，五官糾結，說道：「就怕她……不想我去追她。」

「哎呀，原來她不想你去追她。那可如何是好？」老者站起身來，將酒杯塞在懷裡，一手提酒壺，一手拎板凳，說道：「不管你如何是好，總比一個人傷心難過、自怨自艾強。我不是叫你死纏爛打，只是要你找點事做。這年頭的年輕人呀，受點刺激就哭到昏倒，身體也不知道怎麼練的。你瞧我老先生幾十歲的人了，每天喝酒吃肉，不知道有多快活呢。」

老者說完舉步就走。莊森爬起身，說道：「老爺子請留步。我喝了你的酒，得算酒錢給你。」

「不用。」老者笑道。「我老先生日行一善，就喜歡送酒給傷心人喝。」

莊森長嘆一聲，說道：「我心還痛著，想上酒館再喝。老爺子一起來嗎？」

老者搖頭：「你自己喝吧。傷心事我聽多了，也不過就那麼回事。你可別想找我訴苦。」

「既然如此，那就多謝老爺子賜酒了。」莊森抱拳行禮。「晚輩姓莊名森，敢問老爺子尊姓大名？」

老者說：「我叫司空圖。」

莊森聽過此人名號，知道他於黃巢作亂時曾輔佐僖宗，任中書舍人。與僖宗逃難失散後，他便回鄉歸隱，不再出仕。莊森說：「原來是司空前輩……」

老者揮揮手：「前什麼輩？我又不是江湖武人，別亂叫。」

「前輩學富五車，能夠經世濟民，那又是我們這些武人做不到的事情了。」

司空圖搖頭：「亂世談什麼經世濟民？現在是你們這些武人爭雄天下的年代。我們這些文人，也就是寫寫詩，作作畫什麼的，頂多開導開導想不開的年輕人。你想開了沒有？」

莊森搖頭。

「那就再想想。」司空圖拍拍酒壺。「喝點酒，澆澆愁也好。可別過量，過量誤事。你叫莊森，就是玄日宗那個？」

莊森點頭：「老爺子也有在留意江湖之事？」

司空圖搖頭：「現在官不官、民不民，江湖和官場的事情都岔到一塊兒去了。玄匪之亂號稱黃巢之亂後最大民亂，你莊森也是官府公告的匪首之一。現在可不是你爲情所困的時候，千萬不要醉生夢死。李克用和朱全忠想盡辦法把你們跟黃巢之亂相提並論，企圖醜化玄日宗，進而激起民憤。照我說，你們也不能光挨打不還手。乾脆順水推舟，給他反了吧。」

莊森左顧右盼，確認巷中無人。「老爺子，玄日宗的事情，不是我一介散人能夠置喙的。」

「你應當置喙。」司空圖說。「我聽說玄日宗第一代人物都死得差不多了，而此刻二代人物中，論輩分、論聲望，都以你莊森爲首。趙言嵐雖然暫居掌門，大家都說他是依憑父貴，沒有眞材實料。你若只想當個不管事的散人，那可不是貴宗之福。」

莊森嘆氣。「老爺子講這些話，是想我忘卻兒女私情嗎？」

司空圖問：「忘了沒？」

「沒。」

「那你先去喝酒吧。酒醒之後，很多事就清楚了。」他帶著酒壺板凳離去，邊走邊道：「年輕人快把亂世治一治，給我們這些文人新的創作題材嘛。老寫些憂國憂民的詩句，世人不煩，我都嫌煩了。」

莊森望著司空圖的背影離去，轉出巷口，看不到了。一時之間，巷中空盪盪的，彷彿剛剛月盈和司空圖都沒出現過般。他佇立片刻，也出巷子，就近找間酒館買醉去了。

第四十九章　聚首

這一喝，自午後喝到傍晚。莊森滿臉通紅，東倒西歪走出酒館，認明方向，往晉陽客棧走去。進了客棧，上樓回房，吩咐伙計泡壺熱茶上來。他在床邊坐了片刻，突然感到一陣噁心，抱起臉盆大吐特吐。吐完之後，大聲哀鳴，哀了好一陣子，覺得有點奇怪，心想曉晴師妹就在隔壁，聽我這樣又吐又哀的，怎麼不過來看看？他有點期待能把林曉晴當作月盈，躺在她的懷裡放聲痛哭。不過他也明白自己絕不能這麼做。他還幻想月盈其實言不由衷，還幻想日後能夠跟她合好。他若往林曉晴懷裡一躺，這合好的機會就會徹底消失。他不要那樣。

但是他又好想有人陪他。

他又大聲哀了幾聲，左邊突然有人踢牆。「吵死人啦！不能喝酒不要喝！哀哀哀的多難聽，你當你叫床嗎？閉嘴！」

莊森羞愧難當，不敢再哀。他又嘔了幾下，放下臉盆，推門出去，來到林曉晴房門外。他見門內有點燈，伸手敲了敲房門，喚道：「妹妹？曉晴？是哥。」想起自己要她別再叫自己哥，心裡覺得有點尷尬。他說：「妳睡了嗎？曉晴？」他輕輕推門，房門緩緩開啟。林曉晴趴在桌上，想是等他等到睡著。

莊森晃了進去，被門檻絆了一跤，差點跌在林曉晴身上。他撐著桌子，拉好椅子，小心翼翼坐在林曉晴身邊，說道：「師妹，是師兄不好，沒跟妳說清楚。這幾天，妳一定也猜到了，我是有意中人的。我眼巴巴跑來太原，妳定以爲我喜歡的是言楓。其實楓兒……」

他自覺羞愧，一直不敢正眼看林曉晴。講了幾句話後，他才微微抬頭，隨即發現林曉晴手臂膚色有異。他眉頭一皺，伸指輕輕碰她，竟然觸體冰寒。這一驚非同小可，只把莊森嚇得魂不附體，當場酒醒。他連忙搭上林曉晴脈搏，脈象全無，冷得像冰。他出手扶正林曉晴的臉，卻發現她渾身僵硬，宛如冰塊。他跑到林曉晴身後，雙掌貼背，運起玄陽火勁，狠狠灌了進去。林曉晴全身皮膚結了一層冰霜，讓他火勁一烤，當即開始融化。片刻過後，林曉晴渾身濕透，體溫上升，但還是沒有呼吸心跳。莊森心急如焚，加催掌力，弄到林曉晴背後衣衫冒煙，起火燃燒。莊森雙手顫抖，慢慢縮回，在林曉晴背上輕拍幾下，熄滅火焰。

莊森萬念俱灰，坐倒在地，心想：「想不到……想不到盈兒心思惡毒，竟然下此毒手。可憐曉晴師妹，無端遭受牽連，死得不明不白。盈兒用凝月掌把她打成這樣，那是刻意要讓我知道是她幹的了。她怕我死纏爛打，要我徹底死心。人命在她眼中就是這麼賤？還是說她醋意濃厚，非要殺了曉晴才快活？就算吃醋也不能殺人呀！她是要我知道拜月教就是這麼做事的。要我瞭解我們之間有多大不同。我……我剛剛要是沒有那樣苦苦糾纏，或許曉晴師妹還能活著。是我害死了她。是我害死了她。」

他扶著椅子，慢慢起身，走過去關上房門。林曉晴原先肢體僵硬，讓莊森火勁烘過之後，肌肉再度鬆動。莊森抱起林曉晴，把她放在床上躺好，坐在床沿看她，說道：「師妹，師兄對不起妳，招惹殺身之禍。這個仇，我……我……」他想說要幫她報仇，但是想起月盈種種，又不確定自己下不下得了手。再說，他跟林曉晴畢竟相處不過數日，儘管日漸熟絡，卻也談不上多大感情。他這句話不知該如何說完，只好改口道：「我答應妳，一定會救出言楓，保護四師伯。」他緩緩伸手，闔上林曉晴雙眼。

他又在林曉晴身旁坐了一會兒，接著起身在屋內踱步，釐清紊亂的思緒。他如今是玄匪匪首，官府必得之而後快，倘若報官處置，難以置身事外。他突然想起一事，心裡登時慌了。「倘若盈兒殺曉晴是出於嫉妒，那楓兒豈不也有危險？不，盈兒當初對楓兒並無忌妒之情……可是……她來太原究竟是幹什麼的？難道就是爲了楓兒而來？不會的，定是梁王府或拜月教要對付李克用。此事不弄清楚，令人放心不下。唯今之計，只有去找玄天院問個明白。曉晴說有帳冊，快翻出來看看。」

他翻找林曉晴行李，果然如她所說，在帳冊中找出太原玄天院坐落何處。莊森吹熄房內蠟燭，開門出去，關上房門。回自己房間拿了佩劍，下樓找個伙計問路，便往太原玄天院而去。

太原玄天院與洛陽不同，有門面掩護，乃是開門做生意的鏢局，喚作「震威鏢局」。震威鏢局並非信譽卓越的大鏢局，失鏢率高達三成五，沒有高到無人聞問，但有錢的大鏢絕不會找上他們。總鏢頭名叫「威震晉北」李大刀，出了晉北就沒人聽過。鏢局的人馬並非玄日宗人。當初郭在天看準他們鏢局失了大鏢，賠到脫褲，適時出錢相助，買下他們鏢局當幌子，實際上是利用鏢局後院成立玄天院。

莊森依照帳冊指示，假裝託鏢的客人上門，對招呼他的鏢頭說道：「哭喪鏢，兩副棺材。」

鏢頭道：「檀香木嗎？」

莊森道：「錢不夠，杉木就好。」

鏢頭笑道：「大爺裡面請。」說完領莊森走過大廳，來到通往內院的門口。鏢頭往門一比，逕自告退。

莊森推開院門，走了進去。一股淡淡的焚香撲鼻而來，認得是本門迷藥「醉流星」的氣味。此藥顧名思義，中藥者宛如流星般迅速醉倒，渾身無力。莊森服過玄藥眞丹，不懼此藥，好整以暇打量內院。院子不大，空盪盪的，兩側都有廂房，窗內人影晃動，似乎伏得有人。

莊森揚聲說道：「玄天院的師弟，爲何故弄玄虛？」

對面有人推門而出，語氣訝異道：「不知是哪位師兄駕到？還請報上名來。」

莊森皺眉問他：「你們連我是誰都不弄清楚，先放醉流星？」

對面的人說：「我們收到消息，今晚有對頭要來，是以行事莽撞，還請師兄莫怪。敢問師兄，究竟……」他凝神細看，突然大驚：「你……你是莊森？」

莊森道：「我是呀。」一看對方臉色越來越慌，嘴巴越張越大，連忙揚手道：「喂！喂！你不要亂……」

對方喝道：「動手！」

莊森縱身而起，兩側門框立刻釘上好幾枚飛鏢。莊森落在院內，兩側廂房窗戶開啓，無數羽箭疾射而來。莊森一飛沖天，落在東廂屋頂，狠狠一踏，墜入屋內。玄天院是玄日宗最隱密的情資單位，能入玄天院辦事的都是二代高手。莊森剛落地，房內二人已經抛下長弓，拔出佩刀，分從左右向他砍來。莊森雙掌一高一低，分拍兩刀刀面，當場將兩把刀夾在一起。兩名玄天院弟子奮力一抽，紋風不動，同時放脫刀柄，朝莊森出掌。四掌相對之後，兩名弟子癱倒在地。

莊森舉起桌子，拋出門外。就聽見嚓嚓嚓嚓一陣聲響，桌面已經插上六支羽箭。莊森竄出門外，就著廊柱掩護急速奔跑，衝向站在對面廂房門外的弟子。他想此人出面說話，多半就是管事之人，先拿下準沒錯。沒想到快要跑到轉角時，足下突然踏空，地上竟然陷落了一扇長約一丈的暗門機關。莊森身體一沉，立刻提氣，趁著衝勢撞上對面機關牆壁。他右手抓住機關口，輕輕向上一拉，一個筋斗又翻了出來。管事的弟子大駭，連忙拔出佩劍。莊森閃過兩箭，接下一箭，以箭頭刺向管事弟子胸口。管事弟子橫劍一封，只覺劍上傳來一股勢不可當的巨力，撞上自己胸口，當即鮮血狂噴。莊森自他手中接過劍來，左手抓住他的後頸，擋在身前，右手迴劍削向門內，震脫偷襲弟子的長劍。

他湊到管事弟子耳邊，輕聲說道：「叫他們住手。」

管事弟子嚇得六神無主，連忙大叫：「住手！住手！退回房內，把窗戶關上！」

玄天院弟子箭指莊森，有的開始退入房內，有些卻站在原地不動。其中一名弟子喝道：「莊森！快放了我們王師兄！不然的話……」

莊森反手握劍，運勁擲出。飛劍快如閃電，該名弟子尚未反應，臉上已經多了一條血痕。就聽嚓的一聲，飛劍插入他身後的廊柱，顫抖搖晃，膽顫心驚。

莊森說：「沒大沒小。師兄不會叫嗎？」

那人倒也骨氣，儘管聲音微顫，還是咬牙說道：「師什麼兄？你殺光洛陽玄天院的師兄弟，還害死我們師父！我不殺你，誓不為人。」

莊森搖頭：「洛陽玄天院的人和三師伯都不是我殺的。」心裡卻想：「倘若他們都是師父殺的，那要算在我頭上也不冤呀。」

那人大罵：「還敢狡辯！」

「這有什麼好狡辯的？玄日宗最近流行含血噴人嗎？你找個看到我動手行凶的人出來對質。」

「人都讓你殺光了，還對什麼質？」

莊森如提小雞般提起管事弟子，大步走向對他出言不遜之人。那人見他走來，當眞慌了，舉弓瞄了半天，又不敢射。眼看莊森就要來到面前，他把弓箭一丟，低下頭去。「我不是你的對手。要殺要剮，隨便你。」

莊森道：「我不殺你。我只要你進房去，少在這邊吵吵鬧鬧。」

管事弟子說道：「孫師弟，你就進房去吧。莊……師兄說得不錯，我們根本沒有證據證實師父是他殺的。」

那弟子還在猶豫，莊森便說：「三師伯託我來太原調查晉王府武學出處之事。他沒有通知你們協助我嗎？」

管事弟子說：「蔣無天有飛鴿傳書知會我們。」他又朝那弟子揮了揮手，對方終於退入房內，關上房門。

莊森放開管事弟子，把他的佩劍也交還給他，問道：「你姓王？」

「弟子王浩正，是師父收的第八弟子。小時候在總壇見過莊師兄。」

莊森點頭：「爲何認定洛陽玄天院是我滅的？」

王浩正道：「蔣無天在信裡吩咐，師父跟莊師兄合作之事乃是機密，越少人知道越好，所以他把你關在地底，等你恢復功力，自行逃脫。後來洛陽玄天院遭人盡數滅口，但師兄卻不在死者之中，所以……」

「所以人就是我殺的？」

「這個……」王浩正吞吞吐吐。「本來我還懷疑莊師兄沒有能力獨挑玄天院，但剛剛這麼一動手，連我都信了。」

莊森兩眼一翻：「不是有人活下來就是叛徒，好嗎？你們究竟在想什麼？」

「敢問師兄，洛陽玄天院是誰挑的？」

「不知道。」莊森說。「我爬出地牢時，人都死光了。」

「這……這還……」

「眞方便？」

王浩正換個話題：「師兄今日爲何而來？」

莊森說：「我要跟你們拿份晉王府地形圖，順便探聽太原此刻情況，各方勢力有何活動，還有任何我該知道的事情。」

身後廂房突然傳來一陣鈴聲。管事弟子臉色一變，說道：「又有人來了。」他揚聲對其他躲在屋內的弟子道：「大家留神！」跟著朝莊森說：「師兄，我們先避避。」

莊森跟著他往後廂房走去，輕聲問道：「你們在等什麼對頭？」

王浩正閃身門內，請莊森躲在門對面，說道：「梁王府的高手。據說是名武功奇高的女子。」

莊森還來不及吃驚，前廳後門已被推開。一名黑衫女子步入後院，身材姣好，相貌美艷，正是拜月教月盈眞人。

莊森脫口叫道：「盈……」王浩正也在同時大叫：「動手！」玄天院弟子推開窗戶，紛紛放箭。月盈便如適才莊森一般，衝天而起，落在東廂屋頂，踏瓦墜入屋內。

莊森大聲叫道：「住手！快住手！」隨即一把拉住王浩正衣領，急道：「你快叫大家住手！此女心狠手辣，動手絕不容情！快住手！」

王浩正猶豫：「可是……」

月盈墜入的房裡傳出兩下淒厲的慘叫聲，窗口飛出兩顆拳頭大小的血肉。王浩正問：「什麼東西？」

莊森說：「人心。」說著躍入院中，衝向那間廂房，邊衝邊道：「盈兒快住手！不可逞凶傷人！」

月盈走出門口，又往隔壁房去，眼看莊森衝來，神色微顯詫異，冷冷說道：「你講不講理？是他們先動手的。」說完一把伸入窗口，抓出一名玄天院弟子往外拋出。

莊森飛身而起，凌空接下該名弟子，把他放在地上，繼續衝向月盈。這時月盈已經進入第二間房，又殺了一名弟子。莊森怕她繼續殺人，連忙搶進房內動手。他的眞實功夫跟月盈相比還是有段差距，但搭配第八層轉勁訣運轉外勁，一時之間不落下風。月盈神色冰冷，一副置身事外的模樣，一招一式勁道十足，似乎毫不容讓。她說：「莊森，你毫無來由，阻我做啥？」

莊森道：「這裡是玄日宗的地盤。妳殺我玄日宗弟子，我不能袖手旁觀。再說，什麼叫毫無來由？妳殺了我師妹，難道我不會追問嗎？」

「誰殺了你師妹？你不要含血噴人。」

月盈一掌巧妙，莊森閃避不及，臉頰被她小指帶到，當場冷到眼睛都凍了起來。他連出數掌，逼開月盈，隨即以玄陽火勁蒸眼。他邊揉眼睛邊說：「我師妹中了妳的凝月掌，全身僵硬，化為冰柱。妳敢說不是妳做的？」

「喔，你是說那個不害臊、滿嘴哥哥的騷婆娘？」月盈一掌劈他胸口，一爪拿他下陰，嚇得莊森冷汗直流。「我跟她無冤無仇，幹嘛殺她？」

「妳定是吃……吃……」莊森想說吃醋，但怕玄天院的人聽去，胡亂揣測兩人關係，於是改口：「我管妳幹嘛殺她？除了凝月掌，還有什麼功夫能把她打成那樣？」

「玄陰掌啊。」

月盈出手越來越快，三招便有一招攻他下陰，嚇得莊森連連後退，沒幾步就退出房外，打進院子。莊森聽她提起玄陰掌，突然一股怨氣湧上喉頭，明知講這種話不會有好結果，還是忍不住喝道：「妳動手行凶也就罷了，竟然還想嫁禍他人！」

月盈殺到近處，左掌一翻，突然間化為三掌。莊森閃避不及，右臉結結實實吃了一個耳光，打得他向左跌出三步，臉上浮現一個大紅掌印。幸虧月盈此掌沒有運上冷月功，不然性命堪慮。

月盈指著他鼻子，冷冷說道：「你再說一遍。什麼嫁禍他人？」

莊森摀著右臉，一時不敢吭聲。

「我月盈要殺人就殺人，從來不曾拐彎抹角。」月盈說。「嫁禍？你當我是什麼人？」

莊森深吸口氣，勁運雙掌，說道：「我已經不知道妳是什麼人了。」

「哼。」月盈冷笑一聲，環顧四周，彷彿已將林曉晴之事拋到腦後。「你說這裡是玄日宗的地盤？」

「不然妳以為是哪裡？」

「梁王府的地盤。」月盈道。「我們派在晉王府裡的內應跟我約在此地接頭。」

莊森神色一凜，轉頭問道：「王師弟，這究竟是怎麼回事？」

王浩正說：「師兄，是我們在晉王府裡的內應設計她來的。」

莊森問：「你可知道這位姑娘是什麼人？」

王浩正說：「不就梁王府的高手嗎？」

莊森嘆道：「她是拜月教的月盈護法。」

四周窗內傳出驚呼。王浩正臉色發白，說道：「她就是……挖心吃肉，殺人不眨眼的月盈妖女？」

「你找死啊！講這種話。」莊森大喝，連忙回頭。見月盈嘴角上揚，冷冷看著他，暫時沒有要動手的意思，這才鬆了口氣。他突然覺得不對，回頭又問：「咱們在晉王府裡的內應是誰？」

王浩正唯唯諾諾：「這個……師兄，有外人在，怎麼好說？」

「憑你們這些人，根本應付不了她。」莊森緩緩轉向月盈。「除非內應不知道對方底細，不然肯定另有安排。」

突然間身後襲來一陣狂風，莊森感到右耳一悶，氣為之塞，立刻側身閃避。就看到眼前人影一花，月盈哈哈笑道：「玄陰掌來了。」當場跟來人動起手來。

莊森揉揉眼睛，細瞧來人，黃衫飄擺，英姿俊俏，正是許久不見的趙言楓。他目瞪口呆，訝異到說不出話來，眼睜睜看著二女大打出手，嬌吒連連，一拳一掌又快又猛，整座院子突然都涼了下來。

「楓兒？」莊森難以置信地問道。

趙言楓拳打腳踢，張嘴喝道：「師兄！快來幫我收拾這個妖女！」

莊森沒有動作，問道：「楓兒，妳爲什麼要收拾她？」

「此女挖心吃肉，殺人不眨眼，爲什麼不收拾她？」趙言楓矮身避過月盈一計寒掌，右手捏個劍訣，戳她腋下。月盈迅速收掌，手肘反擊。趙言楓改變方位，轉眼間連戳月盈六處穴道，每一戳都讓月盈擋下。趙言楓叫道：「師兄，快來助我！」

月盈冷笑：「莊森，此女心機深沉，到了這個地步還在故意示弱，誘你相助。你還不過來幫她？」

莊森不知該如何是好，只說：「盈兒……」

趙言楓語氣一變，怒道：「你叫她盈兒？」

「我……」一時之間，莊森又如何能解釋叫她盈兒這件事情？

趙言楓掌勢一變，四周氣溫又降。月盈加運功力，與之抗衡，兩人掌風到處，東西廂房的窗戶吹得開開閤閤，啪啪作響。莊森凝神觀戰，伺機而動，只要一個不對勁就要上前勸架。只是勸不勸得住，他殊無把握。

月盈神色凝重，不能隨口應對，激戰片刻，找到空檔，這才說道：「莊森你看到了，好個玄陰掌！此女心狠手辣，謀害同門，你還不來幫我收拾她？」

趙言楓聞言色變，左掌一縮一伸，氣勢反轉，出玄陽掌。如此左手陽，右手陰，彷彿整座院子被她一分爲二，左邊是酷夏，右邊是凜冬。數個月不見，趙言楓陰陽合璧的功夫又深一層，冰火交擊，步步進逼。月盈一時間手忙腳亂，連退幾步才站穩陣腳。

莊森顫聲問道：「楓兒……曉晴師妹……是妳殺的？」

趙言楓說：「是又怎樣？」

莊森說：「她聽說妳受困晉王府，二話不說就隨我前來搭救。妳怎麼……妳爲什麼？」

「爲什麼？我可是爲你好。」趙言楓邊說邊打，動作毫不窒礙。「林曉晴是我娘派來監視你的，你難道不知道嗎？」

「不是！」莊森大聲解釋。「我們相遇，純屬巧合。你娘要跟二師伯攤牌，擔心徒兒安危，遣她返鄉行醫。這些都是我親耳聽到的。」

儘管月盈應接不暇，還是忍不住噗哧一聲。趙言楓道：「你跟七師叔一回總壇，我娘就已經分派妥當。曉萍師姊負責七師叔，曉晴師姊專門對付你。你運氣好，沒過兩天就出門，不然的話，早就中了她的美人計。長安百柳莊裡，我娘早就發現你了。那場返鄉行醫的戲是演給你看的。這些事情，林曉晴死前都跟我承認了。」

「妳……妳……」莊森內心不是滋味到無話可說。

趙言楓道：「師兄，當初不告而別，是我不對。我跟李存勗走，其實另有目的。如今我的計畫已到關鍵時刻，你快來幫我收拾這個妖女。」

莊森心亂如麻，毫無動作。

趙言楓攻勢越來越猛烈，但月盈也是遇強則強的武學奇才。她本來在玄陰、玄陽掌夾攻下漸處劣勢，但在苦撐一段時間後又開始抓到訣竅。趙言楓外在出掌可以右陰左陽，但體內真氣運行是個循環，不可能強分成左半身經脈專運冰勁，右半身經脈轉運火勁，是以她冰掌火掌總是有分先後，即使只差短短一瞬，還是有跡可循。正當她以為看出趙言楓陰陽合璧的破綻時，趙言楓右掌突然寒氣大盛，手臂四周的水氣化為冰晶，以開天闢地般的掌力劈向月盈。

莊森身隨心動，一邊衝向兩人，一邊想著：「不好！楓兒暗自積蓄盈兒的寒勁，數十掌的掌力化為一掌而發。這等掌力，無人能敵，非靠轉勁訣化解不可！」

月盈一見此掌勢不可當，立刻想要解開「鎖心訣」的護心氣勁，徹底釋放赤月真人鎖在心裡的強橫功力。這是拜月教鎖心訣裡的絕招，也是同歸於盡的打法。此招一出，能令得心者短時間內功力大增，不過護心氣勁一失，心臟無法負荷困鎖其中多年的功力，一時半刻就會廢掉。月盈微一遲疑，莊森已經趕到。她對莊森的武功瞭若指掌，立刻明白他的心意，身形右移，以凝月掌去接趙言楓的玄陽掌，讓莊森用玄陽掌應付玄陰掌。

就聽見兩聲巨響，三人四掌交擊。趙言楓本擬以全身功力化為火勁，出左手玄陽掌，搭配體內積蓄的冷月功出右手玄陰掌，一舉將月盈打成肉醬。如今玄陽掌被月盈硬接下來，她又擔心莊森抵擋不了玄陰掌，只好臨時收回功力。她轉勁訣已臻化境，不會因為強抽功力而反噬其身，不過臨時收功畢竟收不了多少，還是有半數掌勁打在莊森身上。

莊森強運敵勁，反擊而出。趙言楓讓他們兩人震退了一步。月盈原地不動。莊森騰空而起，落在三丈之外。

趙言楓看看月盈，又看看莊森，語氣冰冷：「你竟然幫她？」

莊森渾身功力讓這一掌震散，正自努力重新凝聚。他說：「妳若落了下風，我也會幫妳的。妳們兩個無冤無仇，何必生死相拚呢？」

趙言楓氣道：「你當初說得好聽，什麼行俠仗義，如今連這種殺人不眨眼的魔頭都要護著？我看你是被這隻狐狸精給迷住了。你是好色之徒！」

「楓兒，妳聽我說……」

「不要叫我楓兒！」趙言楓吼道。「你去跟你的盈兒相好！」

「啊！我懂了！」月盈突然拍掌，恍然大悟。莊森和趙言楓都轉頭看她。她說：「她勁分冰火，功力不散，靠的是轉勁訣。她的玄陰掌一直是轉我的冷月功而發，其實她只有在出玄陽掌而已。」她朝身後揮手，比向莊森。「你上次跟她交手的時候，她只有出玄陰掌。玄陽掌都是轉你的火勁去用的。」她神色得意，指著趙言楓道：「妳的真實功夫跟我只在伯仲之間。我只要小心不要讓功力為妳所用就好了。」

「那妳就小心點！」趙言楓說著再度出手。這一回她滿臉狠勁，掌掌生風，出手比之前更快，招招奪人要害，將玄陰掌發揮到淋漓盡致。月盈也不遑多讓，凝月掌出手妙到巔峰。拜月教的武功本就陰毒狠辣，挖眼鎖喉什麼都來。此刻月盈遇上棋逢對手又犯了醋勁的女子，兩人更是連抓頭髮、扯衣服等下流招式都使了出來。要不是二女技壓全場、心狠手辣，旁觀的玄日宗弟子只怕已經大聲叫好，開起賭盤來了。

莊森調好氣息，聚好內勁，隨時準備再跳下去調解。

王浩正繞了好大一圈，來到莊森背後，低聲問：「師兄，趙師妹這套是什麼掌法？怎麼沒見本門師長使過？」

莊森搬出卓文君那套鬼話：「這是本門失傳許久的玄陰掌。師妹悟性高，自己從玄陽掌裡悟了出來。」

王浩正咋舌：「師妹小小年紀，悟性也太高了點。」

莊森問他：「我以爲師妹在晉王府中遭受軟禁，怎麼，不是這麼回事嗎？」

王浩正說：「我們只查到李存勗三個多月前帶了個美貌姑娘回太原，稟明李克用說要娶其爲妻，我們都沒發現那姑娘竟是趙師妹。半個月前，師妹主動找上門來，說她混入晉王府有要事要辦，叫我們放出風聲，誘捕一名梁王府的高人。本來這種事情應該要找太原分堂的人幹，但是分堂被挑了，只好由我們出面。」他語氣遲疑，吞吞吐吐：「師兄，依你看，師妹究竟是奉總壇號令，還是她……已經投身晉王府了？」

莊森聳肩道：「我哪知道？她想說自然會說，不想說的話，你我都沒有能力逼她吐實。你先躲起來，別被波及了。」王浩正退回走廊，躲在一根廊柱後觀戰。

莊森心下暗想：「盈兒適才說話，其實大有道理。楓兒這套依賴敵勁施展兩套掌法的功夫，等於是將轉勁訣提升到了另外一個境界。盈兒大概是想我依樣畫葫蘆，也給他來個冰火合璧。可惜我一來不會玄陰掌，二來也還不能將敵勁和我勁運用到這種地步。倘若我的轉勁訣眞如太平眞人所說，已經練到第八層，楓兒豈不是練到了第九層？哎呀，不好！盈兒只道減少肢體接觸，就能避免內勁遭人利用。倘若楓兒學過《左道書》中的吸黏勁，這套法門就不管用了。」

這時兩女同時出爪，抓住對方頭髮，一扯之下，兩人都被扯到仰面朝天，斜眼對瞪。她們只要稍加使力，便能扯下對方頭髮，甚至連頭皮一併扯下。不過此刻制人也制於人，兩人都不敢搶先造次。她們對瞪片刻，緩緩鬆手，各自退開。趙言楓拔下髮簪，重新纏頭。月盈則從地上撿起一枝小樹枝，捲起秀髮固定。打理完畢之後，兩人同聲嬌喝，再度撲上。這一回，雙方寒勁四射，掌力噴灑，眼看是要來個一招定生死。

莊森跳到兩人中間，左右分出一掌，硬生生地接下二女掌勁。二女此掌全力施為，個別掌力都能與崔望雪在百柳莊那一掌相提並論。此刻兩股強橫冰寒內勁入體，莊森還來不及運轉乾坤，相互抵銷，兩條手臂已經化為冰柱，動彈不得。他拚盡全力，抵銷兩股寒勁，同時一絲一絲地在體內寒勁中增加玄陽火勁，自僵掉的兩條手臂散入二女體內。月盈和趙言楓意圖抽掌，被他用吸黏勁給黏住。莊森一直用玄陽火勁小火慢烘，直到二女筋脈趨暖，一時間難以施展凝月掌或玄陰掌後，這才撤銷吸黏勁，放開二女。

二女一後退，莊森便雙臂癱垂，跪倒在地。趙言楓和月盈同時撲到他身旁，一個叫「師兄」，一個叫「森哥」。趙言楓本來神色關切，一聽到「森哥」二字，立刻火又上來，再看見莊森聽到「森哥」時嘴角上揚的模樣，登時火冒三丈，瞪向月盈。莊森連忙哀號，惹人同情，引得趙言楓又轉頭看他。他氣喘吁吁，口鼻冒出白霧，說道：「求求妳們別打了。再打下去，我命休矣。」

趙言楓跟月盈對瞪一眼。月盈說：「是她要殺我，我本來就不是來找她打架的。」

趙言楓說：「師兄，你手凍壞了，我幫你暖手。」說完擠開月盈，雙掌握住莊森上臂，幫他灌功暖手。莊森虛耗過度，筋疲力竭，兩條手臂一暖，低頭暈去。

□

再度醒轉時，莊森發現自己躺在床上。一轉頭嚇了一跳，原來月盈和趙言楓把房內桌子搬到床邊，分坐兩側，正自對瞪。

趙言楓說：「妳這妖女，把師兄迷成這樣，定是使了什麼狐媚之術。說，妳是不是睡過他了？」

月盈道：「睡過就睡過了。誰教妳不睡？」

趙言楓大怒：「他連我沒跟他睡過都告訴妳了？」

「他說他跟妳相待以禮，沒有踰矩。怎麼，難道妳喜歡他胡亂吹噓？」

「他幹嘛跟妳說我的事情？」

「惦記著妳呀。」月盈說。「妳跟李存勗跑了，他不知道有多傷心呢。這幾個月來，妳定是風流快活，夜夜春宵？」

「妳不要胡亂造謠，壞人名節！我跟李存勗說好，要婚後才能圓房。什麼夜夜春宵，妳當我什麼人？」

「妳又不是沒跟男人好過，何必假裝清高？」

「妳！」趙言楓怒拍桌子。

「哎哎哎。」月盈搖搖手指。「說好莊森醒來之前都不准動手的。」

趙言楓忍氣吞聲，說道：「妳明明肉麻肉麻地喚他森哥，現在又裝模作樣，叫他莊森幹嘛？」

「我玩膩了他，已經把他甩了。」

「那妳又叫他森哥！」

「習慣嘛。」

趙言楓瞪她片刻，一時說不出話來。月盈笑盈盈地問她：「妳我難得相遇，別老談這些風花雪月的事情。我問妳，本教貪狼、巨門兩位尊者是不是被妳滅口了？」

「是又怎樣？」

「不怎麼樣啊，確認一下。」月盈點頭。「趙姑娘行事作風，很合我的胃口。該怎麼做，就怎麼做，挺好的。莊森就不行了，老想面面俱到，八方玲瓏，誰都不想得罪，這還怎麼辦事。妳說是吧？」

「我師兄是有道德良知的好人，豈能跟妳混為一談。」

「是跟我們。」月盈道。「豈能跟我們混為一談。妳雙手血腥，滿口謊言，還自以為跟莊森同一種人嗎？」

趙言楓深吸口氣，搖頭道：「我只盼師兄能永遠當好人，不要變得跟我們一樣。」

月盈說：「妳父母對妳也是如此期盼呀。」

趙言楓怒道：「我父母怎麼想，妳又知道了？」

「聽人說起過。」月盈輕笑。「你們這些人，一個個都自己去幹壞事，期盼別人一直當好人，想在人家的身上看見從前的自己。妳道出淤泥而不染是這麼容易的事情嗎？」

趙言楓不悅：「妳也沒大我幾歲，扮起我娘來了？」

「妳娘的教誨，妳從來也沒放在心上過，我扮妳娘幹嘛？」

莊森怕二女再講下去，又要動手，於是咳嗽一聲，假裝醒來。趙言楓上前扶他，月盈還是冷淡冷淡地坐在原位。莊森坐在床沿，靠著桌面。趙言楓倒了杯熱茶給他。莊森勉力微笑，喝了口茶，張嘴想說：「楓兒，盈兒。」但是怕惹人生氣，於是改口道：「師妹，月姑娘。我有好多事情不明白，想向兩位請教。」

月盈拍手：「不錯，扮疏遠，免得惹人生氣。你變聰明了。」

莊森看著月盈，正要說些什麼，趙言楓不想他先跟月盈說話，於是搶白道：「師兄是要問我爲何要抓她？」

莊森點頭：「是。妳說妳混入晉王府辦事，是想辦什麼事情，又爲什麼會扯到月盈？」

趙言楓說：「此事若不解釋清楚，今後師兄再難信我。我既然要找你幫忙，自當對你坦白一切。只是你眞的要我在她面前說嗎？」說著比向月盈。

莊森說：「妳莫名其妙要殺她，自當欠她解釋。況且……她……」莊森看了月盈一眼，又轉回來看趙言楓，鼓起勇氣說道：「月姑娘是自己人。有她幫忙，事半功倍。」他心想當日答應大師伯要照顧趙言楓回歸正途時，月盈也在旁邊，她此行太原，多半也是爲了趙言楓而來，要她參與此事，她應當不會拒絕。

趙言楓怒道：「誰要她幫忙？」

月盈卻說：「不害臊。誰跟你是自己人？」

莊森對趙言楓道：「妳就說吧，師兄自有分寸。」

趙言楓看看莊森，看看月盈，考慮片刻，說道：「我武功好，其實是偷練了本門不傳祕笈《左道書》裡的功夫。」

「我知道。」

「你知道？」

莊森點頭：「月姑娘也知道。」

「她也知道？」

「她都叫得出玄陰掌之名了，自然早就知道。」莊森說。他怕趙言楓追問下去，不小心扯出趙遠志詐死之事，於是說道：「大師伯要我師父接任掌門，早就安排太平眞人交接《左道書》之事。師父要坐鎭總壇，不能親至鶴鳴山翻閱《左道書》，是以又把《左道書》的祕密告訴了我，要我前往鶴鳴山……」他突然想起一事，問道：「妳當初跟我出門，就已經猜到此事了？」

趙言楓點頭：「我以爲我們會先去鶴鳴山。師兄是怕我起疑，所以才不去的嗎？」

「我是怕被幾位師伯跟蹤。」莊森說。「後來妳在客棧施展玄陰掌，我……我認定妳單純，沒有絲毫起疑，一直到月姑娘找上門來，追問貪狼、巨門尊者下落，這才推測出妳看過《左道書》的事情。」

趙言楓問：「你連《左道書》的事情都告訴她？」

莊森沒有回答，當是默認。

「你們還眞是自己人。」趙言楓酸道。「總之，我武功大進之後，就經常跑去偷聽娘和二師叔他們議事。他們每個人都跟你一樣，以爲我單純天眞，不提防我。就算發現我在偷聽，我也可以假裝路過，從來沒人起疑。有時候三師叔不在，我就溜進他書房，偷看玄天院密奏。二師叔房裡的卷宗，我也都看個精光。他們的骯髒事，我一清二楚。我有時候感到心灰意冷，很想去跟爹揭發他們，但是內心深處，我又覺得或許他們沒錯，玄日宗想要爲天下多盡一份心力的話，就不能繼續讓爹當掌門。這種想法令我羞愧，但我又不知道還能怎麼想。玄日宗……就是這種地方。」

「接著我發現二師叔在深入調查晉王府，特別看重十三太保武功出處之謎。所有太原玄天院的密奏都會謄一份到他那裡，他甚至在玄天院裡特別安插自己的密探，專門對他回報。去年一整年，他大部分心力都放在此事之上，甚至連圖謀撤換掌門之事都擱下了。我不知此事究竟有何重要，但想二師叔如此關心，必定有其道理。最後，我終於在他書房翻到了一份不爲人知的密奏。上面說李克用在跟李存勗議事時，提到了一位『崔師父』。」

莊森乍聽之下，還沒什麼。見趙言楓停了一會兒沒說下去，這才覺得有異。細想之下，頭皮發麻，說道：「崔師父？」

趙言楓點頭：「二師叔銷毀了這份密奏，沒讓三師叔和我娘他們知道。緊接著他就親自跑了一趟太原。我沒藉口跟，不知道他幹了什麼。他回來後沒多久，李克用就來訪，找我爹他們一起去迎太子。我知道此行一定會出事，只是沒想到我爹竟然再也回不來了。」

「可是……崔師父？」莊森還在思索。「那是什麼意思？」

月盈說：「十三太保的師父能剋玄日宗和拜月教的武功。這表示此人精通或至少熟悉兩派武功。能辦到此事之人只有兩派之中曾經數度交手，對對方武功瞭若指掌的高手。近二十年來，拜月教忙著經營吐蕃，鮮少涉足中原。我師祖赤血眞人過世已久，世間僅存的這種高手，便只有一個姓崔的。」

趙言楓搖頭：「我不知道，也不敢猜想那是什麼意思。我只知道我一定要弄清楚這件事情。」她看著莊森，嘆道：「師兄，本來跟你出門，我是眞的有心好好跟你闖蕩江湖。想不到一進巫州就遇上了李存勗。這是天上掉下來的機會，讓我可以趁機混進晉王府，我絕不能輕易放棄。當初不告而別，一來是不想要你追究我武功太高之事；二來也是因爲……我不知道迷倒李存勗需要做到什麼地步。我怕我……會對不起你。」

趙言楓沒有等他反應，繼續說下去：「來到太原之後，我就找機會透露想見李存勗師父之意。如果這個崔師父眞的是……我想的人，他應該也會想見我，是不是？但是李存勗說他發過誓，絕不透露師父身分。後來他拗不過我，就說要去請示師父。接著李克用就開始派我出去辦事。我在李克用面前表現得就像我娘一樣，有野心，求權力，我讓他相信我是爲了成爲王后而來。而他要我證實我對晉王府忠心，不是玄日宗派來的奸細。」

月盈道：「這當然。他們現在跟玄日宗勢同水火，如果要用妳，當然必須肯定妳能信任。如果能信任妳，就能利用妳去剷除玄日宗。如果我是李克用，我就會派妳去挑掉玄日宗太原分堂，獵捕這附近的首腦人物。分堂堂主，一定是妳親手殺的吧？」

趙言楓瞪她：「是又怎樣？」

月盈說：「很好呀。這是取信於他的第一步。若連這一步都辦不到，之後的事都不用談了。」

莊森張口結舌，無言以對。

趙言楓說：「後來我們在王府裡揪出梁王府的奸細，利用他去誘捕朱全忠派到太原裡的人馬。當我們得知拜月教月盈眞人抵達太原時，我立刻知道機會來了。李存勗見過月盈身手，知道王府之中無人擒得了她。我已經跟他們談好了，只要我能抓回月盈，他們就帶我去見師父。」

莊森問：「抓回月盈，他們就當妳是自己人？」

趙言楓點頭。「抓回月盈，就能見到崔師父。」

莊森立刻搖頭。「如今不能抓回月盈，妳就先別回晉王府了。我們另外想辦法，看看如何探出崔師父的下落。」

趙言楓冷冷看他，說道：「大好機會，你要放棄？我爹是讓晉王府眾太保聯手害死的，倘若他們的師父眞是……」她一咬牙，不再避諱，直接把心裡的話說出來：「倘若眞是我外公，我一定要知道他爲什麼這麼做。」

莊森道：「一人計短，兩人計長。我們三個一起從長計議，總能想出辦法……」

月盈說：「抓我去。」

莊森和趙言楓同時看她。莊森急道：「盈……月姑娘！」

月盈一副無所謂的樣子：「我是拜月教護法，又是教主之女。晉王府奇貨可居，絕對不會輕易殺我。既然趙姑娘抓了我去就能直接引出幕後人，我們又何必去想什麼別的辦法？」

趙言楓點頭道：「我不能保證她性命安全。但她推測得極有道理。她活著比死了更有價值，李克用不會輕易殺她。」

莊森只是搖頭，一時卻想不出什麼話來反駁。

月盈說：「莊森，城西晉龍肉鋪乃是梁王府的根據地，你可以報我名號，調動梁王府在太原裡的人馬。」

莊森道：「梁王府的人說我害死了薛震武老爺子，只怕他們不會聽我號令。」

「也是。」月盈又說：「北屯瓷窯裡有拜月教的人馬，但是高手不多，只怕派不上什麼用場。」

趙言楓說：「我們一回去，就讓玄天院的人盯著晉王府。只要看到我跟別人出門，立刻通知師兄跟來。這三個月，我已經把王府上下都摸遍了，那個崔師父沒有住在王府裡。」

莊森下了決定，豁然開朗，揚聲道：「不用，妳把我一起抓去就行了。」

趙言楓和月盈同時皺眉看他。

「江湖上人人都說我是玄日宗叛徒，總壇也確實有發下捉拿我的號令，這些事情，晉王府不會不知。我打過符存審，傷過李嗣恩，本事有多大，他們也看在眼裡。」莊森說著指向趙言楓：「妳我並稱玄日雙尊，江湖上人人知道我們有交情。只要妳在李克用面前保證能說服我為晉王府效力，他不會不給妳機會嘗試。要嘛他不信我，那就把我跟月姑娘一起關著。要嘛他信了我，那我就能跟妳一起行動。」

「他要是把你們兩個都關了，對我有什麼好處？」趙言楓說。「我是要你在我去見崔師父時暗中支援我，不是要你混進王府，跟月盈關在一起。」

莊森道：「晉王府對崔師父的身分保密到家，豈有這麼容易讓人跟蹤之理？在外跟蹤並不保險。」

月盈說：「這樣太危險了。」

莊森噘嘴：「妳們可以冒險，我不行？」

「我們武功比你高。」

「高多少啦？」

趙言楓說：「師兄說得也有道理。要是這麼好跟，玄天院沒道理至今還沒查出他們師父的身分。不如先混進晉王府大牢去。只要他們還信任我，我總有辦法保住你們。」

莊森問：「對了，李克用爲何召集眾太保進城？」

趙言楓說：「契丹人有動靜。」

莊森揚眉：「他們發兵南下？」

「關外有兵力集結，多日來按兵不動。」趙言楓說。「據說已有契丹高手入城，意圖行刺李克用。這幾日王府除了緝查玄日宗外，還有搜捕契丹人。」趙言楓站起身來，又說：「李克用知道我今晚出門誘捕月盈，算算時間也差不多該回去了。」

「妳要怎麼帶我們回去？」月盈問。「綁起來？打昏？還是封穴？」

趙言楓喚來王浩正，要他去鏢局庫房張羅麻繩，再推一輛推車出來。他們齊心合力，將莊森及月盈五花大綁，丟到車上。王浩正說要派人幫忙推車，趙言楓說不用。

「王師兄，如有需要，我會跟你聯絡。最近你們就低調一點，別來王府打探。」說完她就推起推車，往晉王府而去。

第五十章 地牢

莊森和月盈手腳受縛，並肩躺在推車上。之前在山裡，他們兩人經常躺這麼近，天南地北閒聊。儘管此刻莊森有好多問題想問月盈，但有趙言楓在後面推車，他就不敢開口。他也不知道跟月盈互訴別來之情有什麼不好讓趙言楓聽的，但他心裡就是極度不想讓她聽。或許是怕月盈繼續冷言冷語，讓趙言楓看笑話。又或許月盈當眞遇上了卓文君，之後又牽扯出一些不足爲外人道的事情。趙言楓是外人嗎？莊森難以斷言。如今的趙言楓跟他當初喜歡上的趙言楓大不相同。況且就親疏來看，月盈比她親多了。二人就這麼一聲不吭，各想各的心事。

幸虧這情況沒有持續多久。趙言楓不過推了半炷香左右，迎面就來了一隊守城巡邏隊伍。帶隊軍官認得趙言楓，連忙上前巴結奉承。趙言楓是王府世子的心上人，近日又爲王府辦事，是王爺十分倚重之人，太原河東軍所有有上進心的軍官都知道要竭力巴結她。那軍官一見趙言楓親自押解人犯，哪裡看得下去，立刻分派半數手下幫忙推車，護送她回王府。莊森聽河東軍官對趙言楓畢恭畢敬，而趙言楓又坦然受之的模樣，眞不知道她是會演戲、懂揣摩，還是眞的習慣高高在上的王府生活。

不多時來到晉王府，趙言楓親自走側門押解二人前往王府地牢，分別關入兩間囚室。她對獄卒吩咐：「這拜月教妖女武功厲害，你們可要好好看守，千萬不要太接近她了。別看人家長得漂亮就想動手動腳，不然怎麼死的都不知道。」跟著比向莊森。「那男的是我師兄，和我並稱玄日雙尊的莊大俠。你們別像對待一般玄匪那樣待他。」獄卒連聲稱是。趙言楓看都不看他們一眼，轉身離開地牢。

莊森待獄卒走出囚室，關上牢房外門後，這才敲敲牆壁，說道：「盈兒？盈兒？」

月盈說：「別再叫我盈兒，你的楓兒會吃醋呢。」

莊森道：「我不怕她吃醋。」

「我怕呀。」月盈說。「她吃醋了，就來打我。如今我任人擺布，不禁打呀。」

「別說笑了。」莊森說。「當日在洛陽，妳去追我三師伯，之後就不見蹤影。後來我三師伯死了，案發現場又有妳的掌印。我一直很擔心妳。盈兒，那天晚上究竟出了什麼事？」

月盈說：「不告訴你。」

「你遇上我師父了嗎？」

月盈停頓片刻，說道：「事情不是你想的那樣。你別瞎猜了，我不會告訴你的。」

「妳決意跟我分開，也是跟此事有關嗎？難道是我師父叫妳這樣？」

「我說過了，瞎猜無益。再說，你師父不是死了嗎？你爲何老往他身上猜？」

莊森解釋：「我師父的屍首並未尋獲，四師伯說是讓狼拖走了。後來我遇上太平眞人，他說藏在鶴鳴山的《左道書》被人拿走。既然不是我拿的，必定是我師父拿的，所以我們斷定師父未死。」

「原來如此。如此推斷也合情合理。」

莊森聽她還是一副事不關己的語氣，忍不住說道：「我倆這些日子坦誠交心，什麼話都沒瞞著對方。為何妳要這樣對我？」

「不就說玩膩你了嗎？」

「妳以為我會相信這種話？」

「你越早相信，就能越快釋懷。」月盈說。「世間男女情事，最痛的總是第一次，你日後再被人甩，就不會這麼痛了。」

莊森背靠牆壁，坐倒在地。他本來傷心欲絕，又認定林曉晴是月盈所殺，對她已經不抱期望。但在玄天院聽見月盈脫口叫他「森哥」後，他又再度燃起希望，堅信月盈必有苦衷。如今月盈不肯承認，他也不灰心，心想反正我們還在一起辦事，妳也肯跟我說話了，此事總是有轉機的。他改變話題，說道：「倘若李克用他們直接帶楓兒去見崔師父，把我們兩個留在牢裡不管怎麼辦？」

「那我們就逃獄出去，大鬧王府囉。」

「好主意。」莊森兩手握住牢欄，使勁一扯，兩根鐵欄杜微微彎曲。「逃獄應當不是問題。倘若晉王府太保齊至，妳想我們應付得來嗎？」

「我爹派人傳來口信。他在成都曾跟你師父一起遭受晉王府的人偷襲。對方有蒙面，不確定是誰，但說他們功力跟我差不多，叫我遇上了千萬小心。十三太保的功夫有高有低，咱們見一個打一個就是了。」

這時外門外傳來人聲，有人吩咐獄卒開門。莊森探頭觀看，卻見來人是李存勗。李存勗回頭對獄卒道：「把門關好，不准偷聽，也不准放任何人進來。如果有人知道我審過犯人，我就唯你是問。」

獄卒連聲稱是，出去緊鎖外門。

李存勗來到莊森面前，跟他隔欄而立。他打量莊森片刻，輕輕嘆了口氣，取出鑰匙，打開牢門，說道：「莊兄弟，你快走吧。」

莊森冷冷看他，問：「你放我走？」

李存勗說：「我跟你是過命的交情，怎麼能讓你受困王府？趁我爹還沒提你上去，你先走吧。」

「過命的交情？」莊森搖頭。「你好意思說？你前一天晚上才跟我稱兄道弟，第二天就拐帶我師妹不告而別。你現在來跟我賣人情？」

李存勗面有慚色，說道：「當初帶楓兒走，我也覺得對不起你。但楓兒對我再三保證，她跟你純師兄妹，並無男女之情，叫我不必掛懷。我……我拒絕不了她的請求，儘管知道不該，還是努力說服自己，丟下你跑了。」

「那貪狼和巨門兩位尊者呢？」莊森問。「你跟楓兒一起殺的？」

李存勗點頭。

「你前一天晚上還跟貪狼尊者稱兄道弟，第二天你就把他殺了？」

李存勗更加慚愧，無言以對。隔壁的月盈說了：「面對趙言楓的美色，男人就只能神魂顛倒，要他殺誰就殺誰了。」

李存勗轉頭想要反駁，但也不知能說什麼。「我殺了妳的手下，被妳唸個幾句也是活該。楓兒說若不殺了貪狼和巨門滅口，遲早引來拜月教追殺。我們當時不在河東境內，萬一月盈眞人找上門來，後果不堪設想。我……或許眞是意亂情迷，聽完之後，就跟她一起動手殺人了。」

莊森皺眉：「好，你是好人，什麼事情都推到楓兒身上就是了。」

李存勗說：「我不是好人。我也不想藉口推拖。但有些事情我該讓你知道。楓兒來到王府之後，處處表現積極，很得我父王歡心，但卻離我越來越遠。我當初喜歡她天眞善良，與眾不同，但這三個月來，她卻越來越像我父王，越來越像我義兄弟。她有野心，能辦事，是我父王理想中的媳婦。可是我……我……」

月盈嘲諷道：「你放心吧，等你不確定還想不想娶她時，她就會主動跟你睡了。」

莊森轉頭想要喝斥，不過還沒開口，李存勗就說：「妳認爲她跟我睡覺，我就離不開她了嗎？」

月盈說：「你看看你眼前那位莊大俠。我不過跟他睡了幾覺，現在趕都趕不走他，就連來晉王府當犯人，他都執意要跟。告訴你吧，李公子，趙姑娘是因爲心裡有著莊大俠，這才跟你訂好什麼成婚之前不能圓房的規矩。她要眞的睡了你，保證你欲仙欲死，從此離不開她。他們玄日宗有不外傳的祕笈，專教厲害功夫。趙姑娘看過祕笈，那可是如虎添翼……」

「盈兒！」莊森大喝。

「不過守身的規矩也非牢不可破。」月盈繼續說。「趙姑娘是個爲達目的，不擇手段之人。大家看她純眞，就以爲她守身如玉，其實根本不是那麼回事。」

「盈兒！」莊森道：「楓兒好端端的，妳爲何定要壞她名節。」

月盈說：「我知道她睡過什麼人，只是怕兩位傷心，不想說出來罷了。」

莊森和李存勗張口無言。

月盈等待片刻，見無人說話，便道：「李存勗，聽你剛剛說法，似乎對你父王和義兄弟有所不滿？」

李存勗深吸口氣，轉向莊森道：「莊兄弟，圍攻貴派趙大俠之事，我並未參與，事先亦不知情。我爹刻意派我去辦春夢無痕案，就是不想要我妨礙他們辦事。」

莊森問：「你不想滅玄日宗？」

「我不想殺趙大俠。」李存勗說。「趙大俠一生爲國爲民，我們爲了爭奪天下而殺害他這樣的人物，究竟從何說起？不要誤會了，我也想當皇帝，但我認爲有些事情不該做就不能做。不然，就算當了皇帝，必定做不長久。」

莊森說：「或許他們也是爲了你好。圍攻我大師伯乃是天下最凶險之事，說不定他們是怕你出事才不讓你參與，說不定他們是爲了讓你日後能夠心安理得當個好皇帝，這才不讓你接觸骯髒事。」

李存勗說：「這種事情，我越想下去，越不知道該怎麼想。所有人做事都另有心眼，有時候我甚至懷疑他們自己清不清楚做事的初衷。老實說，莊兄弟，我一聽說楓兒抓了你回來，立刻眼巴巴地趕來放你。一來是因爲我欠你一命，二來也是因爲我不敢肯定你爲何而來，我不知道你是不是跟楓兒串通好的。如果是，你是跟楓兒一樣來晉王府求富貴，還是你們另有圖謀？莊兄弟，我不想看到你也變成這樣。你還是走吧。」

莊森關上牢門，搖頭道：「我是爲了楓兒來的。楓兒不走，我也不會走。」

李存勗說：「你不走會有生命危險。」

莊森道：「我不認爲你父王會二話不說就把我殺了。」

「我不是指我父王。」

莊森皺眉看他。

李存勗說：「這個月內，河東境內抓到的玄匪不下千人。父王吩咐，所有江湖上叫得出名號，武功有點根柢的人全都押來太原受審。但是那些人此刻身在何處，我毫不知情。我知道父王對我有所隱瞞，沒有讓我得知一些骯髒事，而此事就是其中之一。玄匪之亂另有隱情，我怕莊兄弟深陷其中。」

莊森問：「若有這等事情，楓兒難道不知？」

李存勗搖頭：「楓兒不會有危險的，你要擔心你自己。」

這時牢房外門傳來人聲。李存勗拿鑰匙鎖上莊森牢門，說道：「今日言盡於此，我明日再來探望莊兄弟。你考慮考慮，別拿性命開玩笑。」

李存勗正要離開，莊森想起李命那卦「朱李石劉郭」，叫道：「李兄！」李存勗轉頭，莊森續道：「有朝一日，你當了皇帝，希望你對老百姓好點。」

李存勗說：「自當盡力而爲。」說完開門出去。

□

李存勗走後沒多久，獄卒便帶了一隊官兵開門進來，給莊月二人上鐐銬，提出地牢，直接帶去李克用書房。李克用書房很大，三面牆壁都是書櫃，擺滿了書，靠內有張書桌，桌前擺了幾張椅子，看來也是王府議事場所。一名六十來歲的老者居中而坐，想來便是大名鼎鼎的河東節度使，晉王李克用。書桌前左右兩側各站三人，站在左側最前面的是趙言楓，其他都是男人，昨日街上見過的李嗣本也在其中，多半就是近日入城的五大太保。

士兵將莊月二人押入屋內，便即退下。莊森和月盈昂然而立，跟房內眾人對瞪。趙言楓嬌叱一聲，喝道：「見到王爺，還不下跪？」莊森和月盈瞪她一眼，都不說話。

李嗣本及另外一名太保分別走到莊森和月盈面前。李嗣本對莊森道：「既然進了王府，勸你們還是規矩點，跪下了！」說完兩名太保同時伸出右手，往莊森和月盈左肩按下。李嗣本勁灌掌心，狠狠壓下，只覺得所有內勁一碰到莊森就好像當場消失了般，連讓他左肩微沉都辦不到。隔壁那位太保則是驚呼一聲，手掌蒙上一層白霜。

兩人對看一眼，同時舉拳要打，李克用在後面說話了：「好了。退下吧。」

二太保退回原位。

李克用笑盈盈地看著他們，說道：「月姑娘，莊大俠。」

莊森和月盈輕輕點頭，同聲道：「王爺。」

「是不是？大家客客氣氣，多好？」李克用說著站起身來，繞過書桌，走向兩人。最接近書桌的兩名太保緊跟而上。李克用站在兩人面前，兩名太保則繞到兩人身後，一邊站一個。李克用對他們道：「嗣源，嗣昭，要客氣點。客人沒動手，咱們可不能缺禮數。」

李克用轉向莊森，說道：「莊大俠，你在洛陽打了存審，又在汾州打了嗣恩。我幫他們討回來，這可不算過分吧？」說著啪啪兩下，甩了莊森兩耳光。他掌上沒有運勁，儘管打得莊森滿臉通紅，但卻沒有受傷。莊森毫不退讓，冷冷看著他。李克用指著他道：「好，是條漢子。」跟著轉向月盈。

「月姑娘，本王聽說妳艷絕天下，今日一見，果然名不虛傳。」他輕輕在月盈臉上捏了一把，笑道：「跟我這個準媳婦比，可說是各擅勝場。好！好哇！」

月盈嬌聲道：「王爺眞壞，吃人家豆腐。」

李克用哈哈大笑，合不攏嘴。他走向門口，回頭道：「好啦，就這樣吧。嗣源，帶他們兩個跟楓兒去見崔師父。我先去睡啦。」

莊森和月盈對看一眼，跟著轉向趙言楓。趙言楓上前道：「我花了好大的力氣才求得師父見我一面，你們兩個不過是被我抓來，就能去見師父。哼！眞不公平。」

李克用還在笑：「楓兒別抱怨了。他們去見崔師父，可不知道是福是禍呢。哈哈！」說完推門出去。

李嗣源比個手勢，李嗣本拿出一支鑰匙，解開莊月二人身上鐐銬。莊森活動筋骨，說道：「各位一不綑綁，二不下藥，倒還挺放心的？」

李嗣源冷笑道：「你師父都曾傷在我的手下，你這後輩，我怎麼會看在眼裡？」

莊森怒道：「你定是暗算偷襲！」

李嗣源說：「我是呀，又怎樣？你以爲對付你的時候，我就不會偷襲了嗎？你師父被我偷襲後還活得下來。你，我就不知道了。」

月盈看著李嗣昭，笑問：「這位太保大人，當初我爹可是傷在你的手下？」

李嗣昭道：「是，怎麼樣？」

「不怎麼樣，就問問嘛。」月盈說。「這樣我偷襲你的時候，你就知道爲什麼了。」

一旁的李存進和李存璋搬開李克用的書桌，露出地上一塊大暗門。他們拉開暗門，步入其下的地道，趙言楓隨後而入，剩下的人把莊森跟月盈推了進去。

李存進和李存璋在地道口點燃兩根火把，走在最前面領路。地道沒有岔路，就是筆直一條，也不知道通往什麼地方。八人在地道裡走了足足半個時辰，這才看見向上的階梯，通往另一扇暗門。出門之後，眾人置身一座山谷谷底，已經出了太原城。

李存璋領頭西行，來到一面高聳的山壁前。山壁光凸凸的，有條僅容一人側身貼壁而行的小山道蜿蜒而上。李存璋高舉火把，照向山壁，說道：「你們三位跟緊點，這掉下去可不是鬧著玩的。」

八人貼壁而上，又走了小半個時辰，這才來到一塊較大的平地。山壁上有個山洞，洞口有兩扇紅漆木門，原來是座洞府。門上有塊小匾，匾曰「玄黃洞」。莊森歎爲觀止，問道：「這……不知是哪位高人在此修仙求道啊？」

他身後的李嗣源說：「是我們恩師玄黃天尊。」

李嗣源來到門前，雙手各拉一枚銅環，敲門三下，揚聲道：「師父，弟子嗣源，率同嗣昭、存進、嗣本、存璋，來向師父磕頭請安。」

洞門啊的一聲打開，出來一位灰髮老者。此人乍看之下，貌似年邁，然則除了灰髮灰鬚外，整個人油光滿面，皮膚緊實，既無斑點，亦無皺紋，彷彿還不到六十歲年紀。眾太保屈膝下跪，向師父請安。趙言楓本來跟莊森和月盈分開來站，此刻八人之中跪下五人，她獨自站著，感覺極不自在，於是偷偷來到莊月二人身邊。

李嗣源道：「師父養生有道，返老還童。幾日不見，又好似年輕了幾歲啦。」

玄黃天尊說道：「託各位的福。起來吧。」

眾太保站起身來。李嗣源說：「師父，你要見的人，我都帶來了。趙言楓姑娘、月盈姑娘，還有卓文君的徒弟莊森。」

眾太保讓向兩旁。莊森等三人迎向前去，來到玄黃天尊和李嗣源面前。玄黃天尊打量三人，最後目光停留在趙言楓臉上。他神色感慨，似乎想要伸手摸摸她，但又不敢。他說：「好，嗣源，做得很好。你們先回去吧。」說完對趙言楓招手，說道：「來，三位請進。」

趙言楓等三人左顧右盼，兩兩對看，隨玄黃天尊進了玄黃洞。

第五十一章　天尊

玄黃洞內十分寬敞，布置雅致，與莊森想像中求道高人的洞府差不多。三人隨玄黃天尊走過洞門橋，穿越迎賓亭，途經仙樹道，來到擺有名貴桌椅的洞廳。玄黃天尊倒熱茶，點焚香，請三位客人就座品茶。

趙言楓和莊森仔細打量玄黃天尊，一時不知該如何開口。月盈聞著茶香，神色歡愉，說道：「好茶，好茶。玄黃天尊品味不凡，果然是世外高人。」

玄黃天尊大笑，說道：「不高，不高。人家說塵世之中好修行，還是月盈眞人比較高。」

月盈掩嘴而笑：「我又不是返老還童的妖精，沒有在修行的。」

玄黃天尊呵呵笑：「好哇。月盈眞人快言快語，毫不做作，活那麼大居然能夠不死，老夫眞是佩服。」

月盈喝口熱茶，好整以暇：「天尊要來教訓我嗎？」

玄黃天尊搖頭：「我乃修道中人，不教訓塵世俗人。」

「喔，那就好。」月盈摸著心口說。「我還眞擔心了一下呢。」

莊森怕月盈繼續說這些無聊話，於是把話搶過來說：「天尊道號玄黃，不知跟我們玄日宗可有淵源？」

玄黃天尊斜眼看他，說道：「你們費這麼大工夫跑來見我，連我是誰都不知道嗎？」

莊森搖頭：「天尊的弟子個個言而有信，沒人吐露師承何處。儘管我們有所推測，但是天尊看起來……」

玄黃天尊笑道：「太年輕了？」

莊森點頭：「晚輩斗膽，請問天尊出世前的俗家姓名？」

玄黃天尊捻捻鬍鬚，說道：「本山人姓崔名全真，本是玄日宗第十二代掌門，閣下的師祖。」他轉向趙言楓：「也是妳外公。」

趙言楓懷疑已久，紅著眼睛，再也忍耐不住，哽咽問道：「外公……這些年來，你去哪兒了？我爹和我娘都很掛記你。」

玄黃天尊朝趙言楓伸手，趙言楓先是遲疑，跟著哇的一聲，撲到天尊懷裡哭泣。玄黃天尊撫摸她的秀髮，輕聲安慰道：「孩子啊，孩子。打從妳出生開始，我就一直很想回去看看妳，抱抱妳。可是妳那個爹呀……妳那個娘啊……唉，我不想再見到他們。」

趙言楓出生時，崔全真已經出走總壇，她從來沒有見過外公，但卻時常聽父母講起外公之事。不論在父母嘴裡，還是她想像之中，外公都是當世第一大豪傑，比她父親還偉大的前輩高人。她長大之後，把師叔的腐敗、父親的不作為全部看在眼裡，心裡總以為如果外公在的話，他們家不會走到這個地步。她雖然在鶴鳴山偷看過《左道書》，但趙遠志並沒有跟她講解《左道書》的由來，也沒跟她提起當年六人偷看《左道書》，導致崔全真離開總壇之事。她一直想要找回外公，想要化解父母跟外公間的恩怨，彷彿只要崔全真回玄日宗，亂世就能結束，天下就會太平。

而如今，崔全真成了玄黃天尊，教出十三太保對付玄日宗，引發玄日宗自黃巢之亂以來最大一場浩劫。他一定是有苦衷的。一定有很好的理由。一定。

莊森一直看著玄黃天尊，跟自己小時候印象中那個憂國憂民的師祖比較。二十年前，崔全眞六十來歲，而他此刻外貌甚至比當年更為年輕。如今的他給人一種說不出的詭異感，彷彿他的年齡是假的，所有隨年齡而來的一切都是假的。

月盈眼看趙言楓楚楚可憐的模樣，臉上盡是佩服之意。

趙言楓抬起頭來，自天尊身上推開，邊擦拭淚水邊道：「外公，我不明白，這一切究竟是怎麼回事？你為何不想再見我爹我娘？你為什麼會投身晉王府，教十三太保對付本宗的武功？你為什麼……為什麼要十三太保跟二師伯聯手害死我爹？」她說著又紅了眼睛，神色迷惘。「你能不能告訴我什麼才是對的？因為我已經分不清楚了。再也分不清楚了。」

「孩子呀，塵世間的事情，沒有對錯呀。」玄黃天尊說。「妳還小，不明白，我舉例給妳聽。妳師兄跟月盈眞人在一起，對他們兩個來講，都是對的。但是在妳眼裡，就不是那麼回事了。」他轉向莊森和月盈：「是不是這麼說的？」

月盈輕笑點頭。莊森不敢點頭。

趙言楓道：「外公！我不是在跟你講男歡女愛的事。你以為我只關心這個？因為我是女人？」

天尊道：「妳講這話，就跟妳娘一樣。只因為她是女人，我們就怎麼樣怎麼樣。孩子，塵世間的事情也不分男女呀。」他背靠椅背，眼望眾人。「為什麼我看破紅塵？就是因為看破了這個道理。塵世塵世，人生在世，便如微塵。天地並不在乎一顆微塵走的是正道，還是旁門左道，那一切都是世人強分出來的執念罷了。來來來，我說個故事給你們聽。」

玄黃天尊品茶講古，爲三位後輩俗人道出《左道書》的由來，以及當年趙遠志師兄弟偷看《左道書》之事。這些事情，莊森都已知情，月盈約略聽過，趙言楓則是頭一次聽聞。

「你爲了他們偷看書就恨上了他們？」趙言楓難以置信。

天尊搖頭：「不是恨，而是無奈。我明白他們想要結束亂世的決心，瞭解他們爲什麼要看《左道書》。我本來心存僥倖，以爲他們都是奇才，不會受到書本誘惑。但是他們看書沒多久，就爲了錢殺了很多無辜之人。鄭道南案，你們聽說過嗎？」說著把鄭道南和黃巢寶藏之事講了一遍。

趙言楓目瞪口呆，不願相信。她緩緩轉向莊森，眼看莊森點頭，她不禁問：「你知道？」

莊森說：「師父有說過。」

「我爹眞的殺了……很多無辜之人？」

「衙役、車伕、家眷婦孺，所有知情之人都讓他滅了口。」玄黃天尊嘆道。「當時我嚇壞了，我沒想到我居然教出了這麼一群禽獸。可我又不能懲戒他們，一來因爲《左道書》是我讓他們看的；二來因爲黃巢之亂一定要他們才能平定；三來因爲想要復興玄日宗，就需要這筆錢。」

趙言楓說：「他們偷看《左道書》，怎麼能說是你讓他們看的呢？」

「我告訴他們《左道書》之事，又適時讓他們灌醉。是不是我故意要讓他們看的，如今我也分不清了。」天尊說。「身爲武林盟主，我鄙視他們；身爲他們師父，我又愧對他們，愧對天下人。我不知道之後該如何面對他們，只好選擇一走了之。講難聽點，就是眼不見爲淨。」

「師祖……」莊森突然說。

天尊轉頭：「什麼事？」

天尊講的故事，莊森都聽師父說過，是以他聽得不算專心。他一直在思索心中一個疑問，而他終於把話問了出來：「你……是不是看過《左道書》？」

玄黃天尊若無其事地說：「我不只看過，還整整鑽研了二十年。」一看三人神色驚訝，又說：「瞧你們驚訝的，這有什麼？徒弟都看了，我怎麼能不看？萬一有朝一日，他們要對付我，我總得要有因應之道呀。」

莊森問：「可是《左道書》不是在大師伯手中嗎？」

玄黃天尊哈哈一笑：「那是我抄錄給他們的新本，古本《左道書》我自己留著了。書嘛，擺了三百來年，你不重新抄錄可不行。」

「你離開總壇之後，就開始鑽研《左道書》了？」

玄黃天尊搖頭：「我先跑一趟安定縣，去看鄭道南滅門案現場。那地方呀……任誰看了一眼，都知道凶手是群殺人不眨眼的大魔頭。可是我那些徒弟怎麼能是大魔頭呢？他們是萬人景仰的大英雄呀！」玄黃天尊喝口茶，又道：「我就是在那個時候領悟出了眞理。塵世間的事情，沒有對錯。天地不會在乎一顆微塵走得是正道，還是旁門左道。」

莊森問：「敢問師祖在悟出這個眞理時，是否傷心欲絕，淚流滿面？」

玄黃天尊側頭看他片刻，「不記得了。塵世間的事，如同上輩子的事，我記不清楚了。」

「那好，」月盈說。「來談談這輩子的事吧？」

玄黃天尊道：「我雲遊四海，鑽研學問，倒也過了一段愜意生活。後來我來到太原城外，見這座無名山頭風水好，有靈氣，可吸收日月精華，便決定在此隱居求道。一日，李克用聽說山裡有神仙，眼巴巴跑來跟我求長生不老之道。發現這神仙是黃巢之亂時的老戰友後，他便求我教他幾個義子武功。我本來不想答應，但他十分誠心，每天派十二個義子輪流上來跪洞口。後來我想，教幾個新徒弟出來也有好處，倘若我的舊徒弟跑來找碴，也好派他們出去應付應付。但我總不能教他們玄日宗的功夫啊，萬一流傳出去，說晉王府十三太保會玄日宗武功，趙遠志他們不就知道我在這兒了嗎？最後我就教了他們一套專門剋制玄日武學的功夫。」

莊森問：「師祖花了不少苦心研究這門功夫？」

玄黃天尊道：「我每天擔心會被徒弟找出來害死，當然要想辦法對付他們。」

趙言楓問：「外公為什麼覺得他們想要害你？這些年來，爹、娘和眾師叔始終惦記著外公，每每提起你都要流眼淚的。」

「我養出的禽獸，我害怕呀。」玄黃天尊說。「玄日宗後來的作為，妳沒看到嗎？妳能說那是正道人士在做的事嗎？我不認識那些徒弟了。我不知道他們會不會想殺我。我知道有時候我想殺他們呀。」

月盈問：「那拜月教的武功呢？你為什麼要教他們破解拜月教的武功？」

玄黃天尊說：「我藝成之後，唯一靠真材實料打傷過我的只有貴教赤月真人。我教徒弟一些應付拜月教武功的法門，也很合理，是吧？」

月盈說：「照天尊所言，你教這兩套武功都是為了自保。那晉王府近期內的作為，都不是你在幕後指使了？」

玄黃天尊微笑：「李克用要義子學功夫，當然不是為了強身健體。他們會想對付玄日宗，也早在我的預料之中。不過那一切都不重要了。我鑽研《左道書》有成，已於兩年之前悟了大道。如今塵世裡的爭鬥，在我眼中如同浮雲，完全不會放在心上。他們喜歡爭，隨便他們爭去。」

月盈問：「敢問天尊，如今你放在心上的，都是些什麼事情？」

玄黃天尊理所當然：「我是修道中人，當然想要得道升仙呀。」

月盈鼓掌三聲，說：「天尊童顏鶴髮，返老還童，想來是修仙有成，即將得道了？」

「快了。快了。」玄黃天尊捻鬚微笑。「今天可眞是高興呀。」

趙言楓冷汗直流，神色緊綳，一言不發看著他。

「楓兒，妳怎麼了？」天尊問。

「外公，」趙言楓緩緩問道。「《左道書》裡記載了一門生生不息，萬物滋長的大道神功。當年就連玄日老祖也只想出了開頭，沒有想出結尾。你領悟的大道……」

玄黃天尊點頭。「便是大道神功。玄日老祖想不出的關鍵，我想出來了。得道升仙指日可待。」

趙言楓往後一靠，神色頹然，彷彿聽見了一件駭人聽聞又難以挽回的祕密。「你掀起玄匪之亂……就是爲了練功？」

玄黃天尊神色嘉許，比大拇指：「聰明，不愧是我孫女。妳怎麼看過《左道書》？啊，妳這麼聰明，自然有辦法看。沒關係，外公懂的，都會教妳，今後咱們爺兒倆長生不老，羽化升仙，永永遠遠逍遙快活，妳說好不好哇？」

趙言楓大驚起身，撞倒身後木椅。莊森怕她摔倒，跟著站起來扶她。剩月盈一個人坐在原位，笑盈盈地看著天尊。

天尊問她：「眞人笑什麼？」

月盈說：「天尊拐彎抹角講了半天，終於進入主題，本眞人開心呀。」

莊森扶著趙言楓胳臂，問她：「楓兒，怎麼了？」

「大道神功……」趙言楓邊喘邊道。「……是一門吸人眞元，滋陰補陽的法門。倘若練成，便能返老還童，永保青春。」

玄黃天尊道：「本宗故老相傳，玄日老祖其實未死，而是練成大道神功，羽化升仙去了。本來我以爲是無稽之談，現在才知道……好東西呀！」

莊森語音顫抖，問道：「什麼……叫作吸人眞元？」

趙言楓說：「吸人功力，吸人精氣，把一個人體內的精華吸乾，收爲己用。」

莊森想起郭在天的死相，膽顫心驚：「那跟玄匪之亂又有什麼關係？」

「吸收一脈相承的玄日內勁，便於轉化精元，返老還童。」趙言楓轉向天尊，說：「我猜別派的內勁不是不能取用，便是成效不彰。」

「是成效不彰。」玄黃天尊說。「不過我已想出解決之道。」

莊森突然大駭，說道：「三師伯跟二師伯都是你殺的？」

玄黃天尊點頭：「在天那孩子，實在不長進，二十年來功力停滯不前，吸起來眞不過癮。至於命兒，令人失望。我聽說他進了河東，與高釆烈趕去蒲州吸他，想不到他受了重傷，十成功力剩下不到一成，眞的是呀！要是讓我全都吸光，此刻我頭髮都黑啦！」

莊森和趙言楓神色駭然，只有月盈面不改色，彷彿這些話是每天都能聽見的飯後閒談。莊森問：「那……晉王府圍攻大師伯，你何不直接吸他？」

天尊神色可惜：「趙遠志被他妻子下藥，功力都化啦。再說，當時命兒也在場，要是我一不留神，讓他們跑掉一個，把話傳開，玄日七俠一起殺到，我可不是對手。」

月盈說：「當日在洛陽跟我連對三掌的神祕人，原來就是天尊。」

玄黃天尊笑道：「月盈眞人功力深厚，出我意表。不過當日要不是來了救星，妳一樣要變成人乾。救妳的是誰？文君嗎？還是可翰？」

月盈搖頭不答，只道：「天尊跑得好快，連來人是誰都不看清楚。」

「我要認出他是誰，他定能認出我是誰，當然是走爲上策啦！哈哈！」玄黃天尊乾笑兩聲，又道：「幸虧他救了妳，不然我當日要是殺了妳，今天就會後悔莫及。」

「天尊的意思是？」

天尊說：「眞人小小年紀，內力無比深厚，自然是赤月眞人用了鎖心訣，給妳換了心啦！我一直以爲赤月的拜月心植在赤血眞人那個小子身上，還在苦思該怎麼跑去吐蕃取呢。現在妳自己送上門來，那可是再好不過了。」

月盈道：「我這可懂了。原來天尊要我來，圖的是拜月心裡的功力。」

「錯啦。功力我也要，但我眞正看上的，還是那顆心呀。」天尊笑著解釋：「那顆心能鎖住赤月眞人畢生功力，植入他人體內，終身不化，實在是人間至寶。我若換成了那顆心，就能積蓄入體眞氣，將轉勁訣提升到第十層的境界。到時候天下功力都能爲我所用，我可就得道成爲神仙啦。」

月盈說：「你是妖怪。」

天尊說：「我是神仙。」

「妖怪。」

「神仙。」天尊搖頭。「妳眞是死心眼。無妨，等我收了妳的心，妳也不會在乎我是妖怪還是神仙了。」

「師祖！」莊森叫道。

天尊轉頭：「如何？」

「你……」莊森急得不知道該說什麼。「你怎能做這種事？」

「乖，師祖成仙之後，自會保佑玄日宗。」天尊笑道。「你可得在總壇幫我建個仙廟，立個神位呀。我都想好了，凡玄日宗弟子，焚香祭拜，口呼玄黃天尊名諱，左轉三圈，右轉三圈，然後跪下來跟神像磕三個響頭，本天尊就會親自下凡，幫助玄日弟子心想事成。不錯吧？」

莊森張口結舌：「師祖……」

月盈揮揮左手，說道：「莊森，這人已經瘋了，想法異於常人，你別跟他夾纏。還是問問他找你來做什麼吧？」

莊森看向天尊。天尊道：「月盈眞人腦筋清楚，佩服佩服。森兒，我聽說你醫術高明，能與崔望雪比美，不知道換心這種事，你可幹過？」

「沒有！」莊森道。

「憑你醫術，可能辦到？」

「你要我幫你換心？」莊森難以置信。「不可能！我就算挖我的心，也不會把月盈的心給你！」

月盈轉頭看他一眼，無奈搖頭，問道：「天尊要換心，怎麼不找你自己女兒幫忙呢？」

「真人年輕，沒被至親之人背叛過，不懂那種刻骨銘心之痛。」天尊說。「雖然我早就不把從前的恩怨放在心上，但既然我出家前曾立誓不再見她，還是別破誓得好。」

「是呀，親生女兒，是不好殺。」月盈說。「不過天尊早該料到莊森不會幫你換心呀？」

「可惜了，那我只好自己動手。」

「得了。」莊森道。「這下我肯定你在說笑了。」

「難度很高，不過我是神仙，可以克服。」天尊說著比向牆邊小桌，其上放有刀夾針線，白布臉盆，藥罐若干。「只要有玄日宗高手在旁，供我吸取功力，護心暢血，我就能夠撐上一個時辰不死，親手換心。」

莊森聽得嘴都歪了。「敢問師祖，可曾當真試過？如此信口開河，不用負責任的嗎？」

「都說我是神仙了。」

「你還沒成仙！」

「他是妖怪！」

玄黃天尊放下茶杯，站起身來。莊森拉著趙言楓後退一步，月盈則拉拉裙襬，跟著起身。四人隔桌對峙。

玄黃天尊朝趙言楓招手，說道：「楓兒，過來。」

趙言楓神情懼怕，輕聲道：「外公……」

玄黃天尊微笑：「楓兒，他們怕我，妳不必怕我。來，到旁邊坐，喝茶吃包子，且看外公如何打發這兩粒微塵，換心成仙。」

趙言楓遲疑片刻，回頭看看莊森。莊森兩手扶著她的肩膀，輕輕一握，似乎怕她眞的走向天尊。趙言楓又看天尊，問道：「外公，你成了神仙，那我呢？」

玄黃天尊笑道：「楓兒擔心外公丟下妳？不會的，不會的，我將助妳修練，與我共列仙班。」

莊森見趙言楓神色遲疑，彷彿有意成仙，忙道：「楓兒，他瘋了！妳別聽他的！」他對天尊喝道：「你擺明在信口開河！拜月心就這一顆，你怎麼幫她成仙？」

「眼前只有一顆。」玄黃天尊道。「還要？去吐蕃找就有了。我當年能逼赤月眞人施展鎖心訣，你道我不能讓赤血眞人也鎖一顆出來嗎？」

莊森還要再說，趙言楓突然掙脫他雙掌，上前一步。莊森大急：「楓兒！不要信他鬼話！」說著上前拉她。

趙言楓沉肩提掌，架開莊森，出手擋在身前，說道：「師兄，如此亂世，你還沒過膩嗎？你持身正道，行俠仗義，不覺得無力嗎？我還沒二十歲，已經做了很多難以對自己交代的事情。我色誘英雄，殘殺同門，於私德，於公義，我都不能算是好人。繼續這樣下去，我很快就會沒有立場數落那些師長，沒有顏面見我父母。我已厭倦了這個塵世，何不跟我外公成仙？」

「他成不了仙的！」莊森大急。「是《左道書》把他變成這樣！他看書看瘋了！妳不要跟他一起瘋！」

「我也看過《左道書》。」趙言楓說。「我鑽研過大道神功裡的學問。我外公沒有瘋。他懂得比你多。」

莊森想不到她會說出這種話，傻在原地，動彈不得。

趙言楓緩緩前進，來到玄黃天尊身邊，回頭說道：「師兄，不如我們一起抓了月盈妖女，幫外公換心。我說過我是你的，我永遠都是你的。日後我們成爲神仙眷侶，不必理會人間俗世，那不是很好嗎？」

玄黃天尊笑道：「是呀，森兒。那不是很好嗎？」

「不好。一點都不好。」莊森來到月盈身旁，與她並肩而立。「亂世之中，必有妖孽！你們想要成仙，先過我們這關！」

玄黃天尊拿起掛在腰上的拂塵，作戲般往面前一甩，說道：「跳梁小丑，不足爲懼。」說完神色輕蔑，大步上前。還沒走出兩步，身後突然一寒，緊接著背心劇痛，已經中掌。玄黃天尊冷冷一笑，運轉敵勁，將趙言楓偷襲的玄陰掌力盡數反彈回去。想不到趙言楓的轉勁訣也已練到九層，毫不費勁地又將掌力轉了回來。天尊大喝一聲，內力如排山倒海般來襲。趙言楓運轉不及，當場震飛，於三丈之外落地拖行。

玄黃天尊正要喝斥，莊森及月盈已經殺到。月盈展開凝月掌，收斂之前的邪異之氣，一招一式大開大闔，跟玄黃天尊正面交鋒。莊森施展玄陽掌，摻雜在凝月掌間出招，跟月盈互補有無，彷彿多年攜手抗敵般地充滿默契。玄黃天尊拂塵輕擺，仙氣縱橫，在兩股好似決堤而來的強大掌力間破浪而行。他應付二人，游刃有餘，不過身後有個趙言楓，總是令他有所忌憚。於是他反甩塵柄，捲起莊森手腕，將他整個人甩向身後。跟著移形換位，掠過月盈，雙掌交擊，把她也震到莊森和趙言楓身旁。四人再度對峙。

莊森左顧右盼，問道：「有沒有受傷？」月盈和趙言楓同時搖頭。莊森打量趙言楓，說道：「楓兒作的好戲，倒把我給嚇壞了。」

月盈笑道：「你對她眞沒信心。我可從來沒有懷疑過她。」

趙言楓微微一笑，也不知在對誰笑。

玄黃天尊嘆道：「楓兒啊，楓兒，妳爲何也來反我？這世上難道再也沒有値得信任的人嗎？」

趙言楓眼中含淚，語氣卻倔強：「怎麼沒有？我師兄就値得信任，連月盈妖女我都信任。你也不想想，你殺我叔叔，害我父親，瘋言瘋語，還要挖人心，我有什麼理由信任你？只因爲你是我素未謀面的外公嗎？」

玄黃天尊點頭：「照妳這麼說，倒眞是我一廂情願了。」

趙言楓又說：「你說我反你，怎麼不是你反我？你可知道我對你有多少期待、多少憧憬？結果你竟然是個喪盡天良的大魔頭！所謂愛之深，責之切，今日本姑娘要大義滅親了！」

玄黃天尊冷笑：「好大的口氣。」

趙言楓往月盈身旁一站。「月姊姊，妳陰我陽，咱們陰陽合璧。」

月盈點頭：「好啊。莊森？」

莊森道：「如何？」

「閃一邊去，別礙手礙腳。」

「咦？」

玄黃天尊大笑：「森兒，你被瞧扁啦！」

莊森瞪他：「師祖不懂，她們愛護我呢。」

「那我就先解決你。」玄黃天尊身隨聲至，轉眼飄到莊森面前。

莊森大吃一驚，出掌相迎。天尊拂塵輕揮，再度捲起他手腕。這一回不用甩的，而是勁運拂鬚，越纏越緊，轉眼便要將莊森右手齊腕絞斷。莊森慘叫一聲，原地翻滾，意圖順著纏勢解開拂鬚。天尊眼看趙月二女殺到，轉身翻掌對招，順勢硬扯拂塵。這一下雖然沒把莊森的手掌絞斷，還是將他右手給扯到脫臼。莊森跑到牆邊，手握上臂，肩頂牆壁，狠狠一推，接回手臂。他擦擦額頭汗水，趕回去加入戰團。

月盈與趙言楓陰陽合璧，威力比趙言楓獨使陰陽雙掌更強。玄黃天尊的修爲早已進入化境中的化境，不需靠轉勁訣取巧便能同使玄陰玄陽雙掌，功力更勝二女。他以玄陽掌應付月盈，玄陰掌應付趙言楓，交手不過短短數招，月盈渾身開始冒汗，趙言楓的火勁也越來越涼。

莊森抄起木椅，扯下椅腳，以木棍作劍，施展烈日劍法，棍棍點向天尊背心要穴。天尊背後彷彿長眼睛般，不管莊森刺向何處都能閃開。莊森心想烈日劍法勁道太強，容易察覺，於是改使以柔剋剛的夕日劍法，劍氣內斂，出招無聲。天尊幾度差點被他刺中，火氣上腦，以強大掌力逼退二女，轉身迎向莊森。莊森劍法再變，使出旭日劍法中的烏雲蔽日，劍勢濃密，盡封敵穴。天尊內勁一吐，拂鬚宛如刺蝟般朝四面八方撐開，把莊森的木棍刺出十幾條小洞。天尊扯回拂塵，莊森撒手放棍，隨即被他一掌擊中右肩。此掌掌力雄厚，倘若擊實，後果難當。莊森奮力轉勁，突然間內息紊亂，心口刺痛，轉勁訣竟被破了。他肩骨粉碎，翻身倒地，一時爬不起來。

月盈和趙言楓深怕天尊痛下殺手，連忙趕來救助。兩人來得太急，默契不足，出招分了先後。玄黃天尊運足功力，先是一掌震退月盈，接著運轉乾坤，巧勁連環，破了趙言楓的轉勁訣。他把趙言楓提在手裡，拉到面前，冷冷笑道：「待會兒再來收拾妳。」隨即丟下趙言楓，朝唯一還站著的月盈走去。

月盈面對魔頭也不驚慌，只是步步後退，一邊調息一邊問：「莊森，趙姑娘，你們還好嗎？」

莊森吸口氣道：「他破了我們的轉勁訣，暫時無法運勁。盈兒，妳撐不住，就快跑吧！」

月盈道：「不怕。他擔心震壞拜月心，不敢全力出招呢。」

玄黃天尊冷笑：「避開心脈就行了。」

月盈輕笑：「心脈很長的。」

玄黃天尊揮揮拂塵，彷彿趕蒼蠅般，說道：「妳如此拖延，有何意義？我若有心，一掌便能挖出妳的心臟。我手下留情，只是想給妳留個全屍呀。月盈真人花容月貌，我們森兒會想好好安葬妳的。」

「天尊好意，本真人心領了。不知道天尊有沒有聽說過本教釋心訣？」

玄黃天尊臉色一變。

月盈道：「釋心訣能夠盡釋拜月心中的強大功力，令我短時間內功力大增。一旦施展釋心訣，不管打不打得過你，這顆拜月心總之是廢了。」

玄黃天尊揚起拂塵道：「妳想怎樣？」

「不如做個交易吧？」月盈說。「你讓他們兩個走，我就留下來，親手奉上拜月心。」

天尊道：「沒有莊森的功力，我要怎麼換心？」

月盈事不關己：「你是神仙呀，自己想辦法。儘管在鬧分手，莊森還是我的心上人。我願意捨心，只有為他。倘若救不了他，我又何必捨棄拜月心呢？」

天尊皺眉看她，考慮片刻。「我放莊森，楓兒留下。」

三人全看著他，就連月盈也微微揚眉：「你留趙姑娘，是要吸她功力？」

天尊道：「這孽孫，無情無義，既然不肯跟我同列仙班，不如就拿她來換心。」

莊森喝道：「你還是不是人呀？」

「是神仙。」

三人同聲道：「是妖怪！」

天尊不管，繼續說道：「眞人，莊森是妳心上人。趙言楓卻是妳的情敵。我幫妳除了她，對妳也有好處。這筆買賣，划算得很，別考慮了。」

月盈搖頭：「我已決意要跟莊森分手。趙姑娘是他的心上人，你殺了她，他可不歡喜。」

天尊惱怒：「妳有沒有這麼囉唆的？」他突然驚覺，抬頭說道：「妳在拖延時間！」

「喔？你發現啦？」月盈掩嘴而笑。「我以為講個幾句，你就會動手。想不到你還眞的考慮起來呢。」

天尊喝問：「妳在拖延什麼？」

洞口傳來三下敲門聲。咚！咚！咚！在玄黃洞中陣陣迴盪。

天尊連忙轉頭，只見一條人影站在洞口紅漆門旁，一手扣在門上。月光自洞外灑落，照得人影漆黑，看不清楚容貌。眾人屏息以待。

來人清清喉嚨，揚聲說道：「天地玄黃，宇宙洪荒。在下孫可翰，江湖人稱『浩然劍』，特來拜會玄黃天尊。」

天尊神色一凜，說道：「原來是可翰。你怎麼會來？」

來人不疾不徐，信步而行，過迎賓亭、仙樹道，緩緩來到眾人面前。莊森喜出望外，叫道：「六師伯！眞的是你！」

孫可翰走到他身邊，說聲：「森兒。是我。」扶他靠牆坐起。

趙言楓默默看他，面有懼色。孫可翰微微一笑，喚聲：「楓兒。」也不停步，逕自走到玄黃天尊面前。

月盈笑道：「六師伯可來了。幹嘛在洞外偷聽，老不進來？」

莊森訝異，揚眉問道：「盈兒認得六師伯？」

月盈輕輕搖手，示意待會兒再說。

「有些事情不親耳聽到，眞是不敢相信。」孫可翰說著朝玄黃天尊點頭，說道：「天尊請了。」

天尊也點頭：「可翰，二十年不見，師父時常想你。」

孫可翰搖頭：「我師父崔老前輩過世已久，天尊別來攀這關係。」

玄黃天尊皺眉：「你不認我？」

孫可翰說：「天尊不要污衊我師父的名諱。他老人家是英雄豪傑，不是挖心弒親的妖怪。」

天尊辯道：「我是神仙。」

孫可翰說：「你問問這裡這麼多人，哪個說你是神仙？」

天尊搖頭：「可翰，不管你認不認我，我有話要告訴你。當年他們偷看《左道書》，只有你堅持不看，師父深感欣慰。你跟你那些師兄弟不一樣，始終堅持正道，是我唯一還認的徒弟。師父不想殺你，你走吧。」

孫可翰嗔的一聲，拔出長劍。玄黃洞中劍光閃爍，嗡嗡作響。

天尊神色一凜，問道：「玄天劍？」

孫可翰劍指天尊，點頭說道：「此劍上斬昏君，下斬亂臣，用來斬妖除魔最適合不過。」

天尊大喝：「孽徒！你敢弒師？」

孫可翰道：「我師父崔老前輩過世已久。他老人家在世的時候，總教我們要持劍衛道，斬妖伏魔。恩師教誨，我銘記在心，片刻不敢忘。」

天尊說：「孽徒，我放你一條生路，你何必定要求死？快快離開！」

月盈道：「六師伯，別聽他瞎扯。他要你走，不是不想殺你，只是怕你罷了。你不涉旁門左道，一身浩然正氣，正是他這種邪魔歪道最怕之人。」

天尊回頭喝道：「胡說八道。我仙氣縱橫，豈是邪魔歪道？」

孫可翰踏前一步，正氣凜然。天尊立刻回頭：「可翰，師父這二十年練了一身師門不傳的絕世武功，你不是我的對手，退下吧。」

孫可翰手捏劍訣，劍氣吞吐，沉聲道：「我乃玄門正宗，名師高徒。你那些旁門左道的功夫，趁早別拿出來丟人現眼。」

月盈道：「天尊，動手吧。你再拖延也不會有人來救你的。」

天尊猛然轉身，喝道：「妖女！我宰了妳！」他如狼似虎，疾撲而上。月盈不閃不避，好整以暇地等他殺到。天尊拂塵正要纏上月盈玉頸，背後已經多了一道凌厲劍氣。天尊不敢怠慢，凌空轉身，揮動拂塵纏上孫可翰的長劍。孫可翰轉動劍刃，絞斷拂鬚。就聽見嘩啦一聲，洞中白絲飛散，天尊手中的拂塵只剩下半寸拂鬚。

月盈悶哼一聲，後退兩步，隨即噴出一口鮮血。原來天尊怕她跟孫可翰聯手，顧不得可能震傷拜月心，先出重手打傷她再說。不過顧此失彼，他的拂塵就這麼讓孫可翰給絞爛了。

孫可翰施展旭日劍法，宛如開堂授課般緩緩舞劍，全然不似臨敵出招。他劍勢雖慢，威力卻強，儘管清清楚楚只有一劍，但每一招都彷彿蓄勢待發的猛虎，隨時因應獵物的動靜出擊。他邊出劍邊道：「我師父教我的功夫，都是玄日宗最強的功夫。天尊捨棄正宗功夫不練，專練邪招，除了弄壞自己腦子外，又有什麼好處呢？」

玄黃天尊勁運塵柄，硬如鋼鐵，施展劍招與孫可翰對攻。他這套劍法莊森沒有學過，不過一看就知道是玄日宗的劍法，出招靈動，方位詭異，把拂塵柄耍得宛如活物，猜不透每一招要攻向何處。孫可翰始終以玄日宗入門的旭日劍法應對，以簡馭繁，似拙還巧，盡封拂塵所有攻勢。玄黃天尊臉上少了之前對戰三人時的輕蔑神情，不過依然氣定神閒，穩穩出招。就看他縮回塵柄，左手劍指在孫可翰的劍刃上輕輕一彈，跟著劍氣鼎盛，劍花四起，彷彿將孫可翰籠罩在點點繁星之間。孫可翰足下輕點，騰空飛升，施展跟莊森剛剛一樣的烏雲蔽日，將天尊的繁星盡數點滅。

莊森歎為觀止，一邊運功調息，一邊想道：「天尊所使的，定是師父提過的晨星劍法。這套劍法靈活奇特，長久習練，確能影響使劍者的性情。但是玄黃天尊修為絕頂，以人御劍，非劍御人，不受劍意所制，徹底掌握這套劍法的精髓。此人是仙是妖，實在難以界定。倒是六師叔江湖人稱『浩然劍』，眞是名不虛傳。他的旭日劍法莫說我使不出，就連師父也未必能使得這樣好。六師叔說得沒錯，當年玄日老祖去蕪存菁，留在玄日宗開堂教授的都是眞正的好學問。玄黃天尊的旁門左道雖強，多半還是因爲他本身修爲絕頂之故。倘若他功力稍弱，或是對武學之道理解得不夠透澈，這套晨星劍法就會走樣，變成邪魔歪道的詭異武功了。」

孫可翰的旭日劍雖強，天尊的晨星劍也不落下風。兩人堪堪拆了百餘招，勢均力敵，不相伯仲。孫可翰道：「二十年前，我不是我師父對手。天尊花了二十年修練絕世武功，卻也沒有比我強上多少。你若拿這二十年去精進從前的功夫，早就把我打敗了。」

天尊說：「天下學問眾多，不該執著武學。我若像你這樣不求長進，墨守成規，至今也不過就是個天下無敵的凡夫俗子。人生在世，不每天學點新東西，無異於鹹魚一條。」

「天尊教訓得是，且看我鹹魚翻身！」孫可翰劍勢一變，如猛虎出閘。天尊來不及跟著變招，拂塵柄當場削斷半截。他拋開剩下的半截拂塵，雙掌分運陰陽勁，徒手進擊。

孫可翰說：「玄門眞功，豈是你旁門左道……」

天尊罵道：「孽徒說夠了沒？高高在上，自居正宗，老是貶低別人，說我旁門左道！你師父是這樣教你的嗎？」

孫可翰把劍一抛，插在月盈面前，跟玄黃天尊徒手過招。他說：「我師父教我們要持身正直，不可濫殺無辜！像天尊這樣的魔頭，一見到就格殺勿論！」

莊森叫道：「師伯，小心他破轉勁訣！」

孫可翰與天尊連對三掌，各退三步，誰也不像有受傷的模樣。孫可翰說：「森兒別擔心，我有備而來，他破不了我的。」

天尊雙掌交擊，慢慢拉開，左手啪啦作響，碎冰直冒；右手游絲陣陣，竟然當眞冒出赤焰。在場眾人無不駭然，就連孫可翰也神色吃驚。

天尊說：「今日讓你們大開眼界，且看什麼叫作仙術！」

孫可翰樸實無華，以朝陽神掌對敵，宛如冰火煉獄中的一葉孤舟，冰來破冰，火來煽火，始終不落下風。兩人招式身法相去不遠，誰也沒能擊中要害，不過百招過後，兩人已對了四、五十掌，多少都受了點內傷。

天尊自居神仙，打這麼久拾奪不下一個凡人，心裡不免犯急，出招越來越快。孫可翰加快掌速，沉著以對，在氣勢上贏了半截。

玄黃天尊表情猙獰，咬牙切齒，喝道：「孽徒！你那些師兄弟對不起你，你我本該同仇敵愾，你爲何要壞我好事？」

孫可翰理所當然：「因爲你是妖怪。」

「我是神仙！」玄黃天尊大吼一聲，飛身而起，空中一個筋斗，頭下腳上，雙掌推出，朝著孫可翰直墜而下。「看我大道神功！」

孫可翰沉身紮馬，一招霸王舉鼎，對上從天而降的妖掌。他這一掌凝聚畢生功力，打算一舉挫敗玄黃天尊，想不到四掌交擊，如擊棉絮，毫不受力，掌中開天闢地的掌力彷彿灌入空蕩蕩的無底容器，似轉勁訣又不像轉勁訣，完全不懂天尊搞什麼把戲。他暗叫一聲「不好」，立刻收回半數掌力護身。他的第九層轉勁訣理應收放自如，但此刻掌力卻怎麼收也收不回來。不但收不回來，體內僅存的內勁還狂瀉而出，轉眼就被吸得一乾二淨。功力吸乾還沒完，他眼前一暗，視線模糊，彷彿看到身上有一層無形精氣也在往天尊雙掌竄去。他手上皮膚乾枯，血管浮現，要不了多久就會變成人乾。

孫可翰心想：「我這就要死在師父手裡了？」

莊森和趙言楓同聲大叫：「六師伯！」「六師叔！」

月盈提起孫可翰的玄天劍，縱身而起，插入玄黃天尊心口，直沒至柄。天尊騰空摔出，隨月盈一起落在三丈之外。他出掌想要擊退月盈，但月盈已經撒手放劍，飄回孫可翰身旁，扶他坐倒，灌功續命。

玄黃天尊扶牆起身，搖搖晃晃，低頭看著插在胸口的玄天劍柄，伸出右手握劍，片刻後又放開，不知道該不該把劍拔出。他抬頭看向月盈和孫可翰，眼看著這個命懸一線，幾乎被自己吸成人乾的弟子，向前跨出一步，跟著又退回一步，彷彿也不清楚要不要繼續動手。

他點了胸口幾處穴道，運勁護心暢血，轉向莊森，比比自己的心臟，說道：「森兒，你看，心都穿了，我還不死。是不是神仙？」

莊森跟趙言楓尚未調息完畢，不過還是互相扶持，站起身來，瞪著玄黃天尊，以防他尚有餘力暴起傷人。

玄黃天尊自嘲輕笑，轉過身去，搖搖晃晃走向洞口。莊森和趙言楓眼睜睜看著他走過仙樹道、迎賓亭，最後站在洞門旁的岩壁前。

趙言楓高聲問道：「外公，你想逃嗎？」

玄黃天尊兩手握住胸口劍柄，一寸接著一寸，拔出穿心血劍。他左手摀住傷口，嘴裡冒出血泡，神情歡暢地說：「不逃了。我要捨棄肉身，得道升天了。」

他舉起長劍，以劍柄對準牆壁上一塊圓石狠狠敲下。突然間機關聲起，天搖地動，一塊巨岩自洞頂坍落，完全堵住洞口。塵埃落定之後，天尊丟掉長劍，手扶巨岩，說道：「封門石，洞府必備的好機關。各位全都留下來陪我吧。」

他背靠巨岩，緩緩坐倒，遠遠看著眾人，笑道：「持劍衛道，斬妖伏魔。我這輩子教出這樣一個弟子，可以了……可以了……」

玄黃天尊垂下腦袋，就此死去。

莊森和趙言楓走到天尊身前，探氣把脈，肯定他死透，這才趕回孫可翰身邊。孫可翰渾身乾扁，氣若游絲，伸手放在後肩月盈手背上，說道：「月姑娘，妳有情有義，對森兒一片真心，剛剛我都看到了。之前承諾我的事情，不必再理會了。」

月盈本身也受了內傷，幫孫可翰灌功續命，已經虛到渾身脫力。她勉強笑了笑，說：「謝謝六師伯。」

孫可翰拉開月盈的手掌，又道：「妳累了，休息吧。」

莊森跪在孫可翰面前，說道：「六師伯，你還好嗎？」

「不太好。」孫可翰說著伸手拍拍莊森臉頰。「森兒，你長大了，功夫好，人品也好，只可惜要跟我一起葬身在這玄黃洞裡。可惜呀。我忙了半天，誰也沒救到，真是白忙一場。」

莊森說：「師伯別想這麼多了，先把你救活再說。」

孫可翰說：「怎麼救？天尊吸乾了我的功力，還吸走了……天知道什麼精元。月姑娘的內力有異於本宗，如此灌功，僅能續命。倘若你或楓兒氣完神足，說不定還能救我一救。但如今你們轉勁訣被破，等到你們傷好，只怕來不及了。」

趙言楓一手搭上莊森肩膀。莊森抬頭看她，見她眼眶潮濕，一行清淚，知道她跟孫可翰有話要說。莊森站起身來，讓位給趙言楓。

趙言楓跪在孫可翰面前，喚了聲：「六師叔。」

孫可翰微笑：「楓兒。」

趙言楓淚水決堤。「六師叔，我對不起你。」

「說什麼傻話呢？」孫可翰道。「妳對得起我。我沒有怨言。牽我的手。讓我死在妳懷裡。」

趙言楓握起孫可翰雙手。月盈扶他轉身，躺臥在趙言楓腿上。趙言楓低頭看著他，一直哭。孫可翰抬頭看著她，卻一直笑。

月盈撐地起身，苦於手腳無力。莊森上前把她扶起來。月盈側一側頭，說道：「森哥，我們往洞裡走走。不要打擾他們。」

莊森愣愣看著趙言楓和孫可翰，心不在焉地跟月盈走，轉入內洞，進入廚房後，他才問道：「他們……」

月盈說：「趙姑娘色誘六師伯，這才能以玄陰掌打傷他。偏偏六師伯又對她念念不忘。男歡女愛，就是這麼回事。」

莊森張口難言：「啊？」見月盈繼續往裡面走，他連忙跟上。「妳怎麼知道？」

「六師伯告訴我的。」

莊森迷惘：「到底是怎麼回事呀？」

月盈突然牽起他的手，輕聲喚道：「森哥。」

莊森看她：「妳又叫我森哥了？」剛剛月盈已經叫過，莊森原以為她又是叫慣了脫口而出。如今又叫一聲，他聽出話中有意，忙問：「盈兒……妳……妳不離開我了嗎？」

月盈笑道：「你我門不當戶不對，我不敢對你許諾終身，但起碼短期之內，我不會離開你的。」

莊森一把抱起她，開心得不得了。「盈兒！盈兒！啊！」右肩骨碎，痛得直冒汗，但他還是不肯放手，緊抱月盈。

月盈任他抱了一會兒，輕輕把他推開，說道：「先看看有沒有其他出路。」

玄黃洞除了外洞外，只有廚房，茅房，臥房，還有一扇緊閉的門。莊森推開那扇門，走入一座大洞窟。這座洞窟比玄黃洞外洞更大，洞頂足足有三丈高，上有五個人身大小的岩洞灑落月光。兩人就著月光，打量洞窟，只見此洞的地面並非岩地，而是黃土，由裡到外有好幾排壟起的土堆，每個土堆前都有豎立木牌，看來像是墳墓。莊森和月盈對看一眼，上前檢視，發現木牌上刻有人名及江湖渾號，全都是玄日宗弟子。

月盈道：「李存勗說被抓的玄匪不知去向，看來全都讓玄黃天尊給吸了。」

莊森看著寫有「游穀」的木牌，想起當初這個洛陽分舵主讓月盈凍壞腦袋之事，搖頭道：「游穀都變傻子了，還被帶來這裡吸成人乾。當初我若沒要妳救他，或許還不會死這麼慘。」他左顧右盼，低聲說道：「師祖幫他們安葬立碑，也算是……也算是……」他也不知道也算是什麼，這話想破腦袋也說不完。

月盈抬頭看著洞頂的小岩洞，說道：「洞頂太高，難以借力。起碼我們不會給悶死在這玄黃洞裡便是了。」

莊森道：「不知道會不會餓死。咱們先去廚房瞧瞧。」

兩人回到廚房，翻了些新鮮蔬菜及穀物雜糧，隨即生火燒水，打算下點麵吃。他們走到外洞，看到趙言楓坐在孫可翰身後，雙手貼背，為他灌功。孫可翰臉色較之前紅潤，看來不會這麼容易死去了。

月盈問：「森哥，你功力恢復了嗎？」莊森搖頭。月盈笑：「看來你跟趙姑娘的功夫還是差一大截。」

兩人來到洞口，四下推拉封門石，巨岩紋風不動。兩人決定先等功力恢復再來推推看。他們回到廚房，水燒開了，莊森下了兩碗麵，跟月盈邊吃邊聊。

□

當日月盈在洛陽追殺郭在天，兩人一前一後，拉距許久。「玄天龍」郭在天以輕功聞名天下，又在洛陽熟門熟路，跑了小半時辰，終於甩開月盈。待月盈循著足跡找到天長精刀鋪後巷時，郭在天已讓玄黃天尊吸成人乾。月盈只問了聲：「閣下是誰？」玄黃天尊立刻動手殺她滅口。只是他沒想到月盈一個嬌滴滴的小姑娘武功高強至斯，是以連對三掌都沒有使盡全力。接著孫可翰趕到，玄黃天尊便逃走了。

孫可翰不識月盈，質問她是怎麼回事。月盈怪他無禮，三言兩語又跟他打了起來。自從月盈出道以來，一直戰無不勝，攻無不克，直到當晚才連續遇上兩個絕世高手。她認得對方使的是玄日宗武學，功力奇高，比她父親還強，心想玄日七俠中，趙遠志退隱江湖，郭在天和卓文君死了，孫可翰重傷昏迷，崔望雪是女子，梁棧生功夫有限，眼前之人只有可能是李命。她知道李命是謀害師兄的大魔頭，於是動手毫不容情，凝月掌虎虎生風。孫可翰看出她使拜月教武功，出招狠辣，多半是要殺人滅口，認定她是拜月教妖女。兩人拆了二十來招，孫可翰制伏月盈，封了她的穴道。

孫可翰回到巷內察看郭在天，看不出他是死在什麼功夫下。剛好有官差路過，孫可翰不願逗留，於是扛起月盈離開，回他躲藏的民房。

之後孫可翰報上姓名，月盈才知道打錯人了。素聞浩然劍孫可翰是一代大俠，莊森又把他吹捧得宛如玄日宗最後良知，加上他神功無敵，令月盈心服口服，於是她當場道歉，把自己跟莊森之間的淵源說出來，不過沒提趙遠志未死之事。說完之後，她問起孫可翰重傷在床，為何能現身洛陽？孫可翰本不喜歡勾心鬥角，見她坦白，與莊森親密，算自己人，願意信她，便把自己近期的遭遇說了。

原來卓文君取走《左道書》後，並沒有像太平真人和莊森推測那般，習練左道神功，展開復仇之路，而是跑回成都，潛入總壇，偷偷帶走孫可翰，順手盜了玄天劍。他依照《左道書》記載，配藥解了黑玉荷之毒，救醒孫可翰。可惜他功力虛浮，偏偏逞強好勝，強行運功幫孫可翰化解玄陰掌內勁，結果遭到寒毒反噬，身受重傷。

孫可翰功力深厚，自療數日，已無大礙。卓文君卻在短期內受傷中毒，又受傷中毒，身體難以負荷，需要時間休養。兩人對照彼此所知，只剩一人可信，於是孫可翰把卓文君帶往潭州，交給梁棧生照料。

接著孫可翰便入河東道，調查晉王府案。他在洛陽發現江湖人士聚集，似乎為了玄日宗而來，於是盤桓數日，觀察形勢。其後爆發玄匪之亂，郭在天入洛陽主持大局，孫可翰打算找他問個清楚，不料只找到一具死屍。

孫可翰釋放月盈，在她走前，說道：「月姑娘，我重出江湖，及我師弟未死之事，請妳暫且保密，不要告訴別人，連森兒也別說。」

月盈問：「那為什麼？」

孫可翰道：「玄日宗大亂，天下也即將大亂。我們師兄弟處理門戶之事，或許會做出一些……不希望弟子知道的事情。文君本來打算順水推舟，就當自己死了，武林中再也沒有他卓文君這號人物。在他改變心意之前，就先順著他的意思吧。」

月盈問：「六師伯說要處理門戶之事，為什麼不上成都，而來洛陽呢？」

孫可翰問：「請問月姑娘，殺死我三師兄的神祕人，使的是什麼功夫？」

月盈回想片刻，說道：「你不說我還沒多想。但你這麼一提，他的掌力確實有點玄日宗的影子。六師伯知道他是什麼人？」

孫可翰說：「有點想法，難以篤定。此人多半就是晉王府高手的師父，我要查出他的身分。」

「晉王府……」月盈沉吟。「六師伯可知道趙言楓姑娘此刻正在晉王府作客？」

孫可翰神色一變：「楓兒在晉王府？」

她說了趙言楓與莊森查辦春夢無痕案，最後跟李存勗跑了的事。孫可翰神色難辨，緩緩說道：「楓兒不論計謀武功都比外表深沉，你們遇上了……千萬要小心。」

月盈問：「六師伯吃過她的虧？」

孫可翰低頭不語。

月盈試探：「英雄難過美人關？」

孫可翰長嘆一聲，說道：「我這輩子，就做過這麼一件於心有愧之事。爲此，我在床上昏迷將近半年，也算是報應了。」

月盈笑道：「趙姑娘年紀雖小，怎麼說也是成年人。男歡女愛，有什麼好愧對於心的？」

孫可翰道：「我自認愧對就是愧對了，月姑娘不必開導我。只是楓兒在晉王府，這可有點棘手了。不知她混進王府意欲何爲？」

月盈說：「我已答應森哥，要去太原找她。六師伯不方便見她，我幫你問清楚。」

孫可翰笑道：「月姑娘這麼幫忙，又叫我六師伯，那眞是當自己人了。師伯問妳，妳跟森兒是霧水情緣，還是眞心相愛，許諾終身？」

月盈說：「我有好多大事要辦，從未想過結伴終身。森哥是好人，我很喜歡他。日後如何，我也說不準。」

孫可翰說：「如果妳沒有愛到非他不嫁，六師伯想求妳離開他。」

月盈不高興：「那爲什麼？你怕我是邪教妖女，想利用他？還是怕我累他名聲，敗壞你們玄日宗的聲望？」

「不是那樣。」孫可翰搖頭：「吐蕃跟朱全忠聯手，形勢大好，不日篡唐。到時候國仇家恨，各爲其主，月姑娘跟森兒一起，不是讓彼此難做嗎？」

月盈嘆道：「此事我也想過。只是森哥乍逢師門變故，江湖經驗又不足，此刻深陷亂局之中，我實在放心不下。」

孫可翰說：「他從前有師父照顧，如今又有妳照顧。你們不讓他一個人闖，如何成就一代英雄？」

月盈不語。

孫可翰等她思索片刻，又道：「妳若眞心愛他，離不開他，那就當我沒說了。若不是，趁早放手吧。」

月盈說：「我會想想。」心裡卻想：「我若眞心愛他，是否才該放手？」

□

莊森握著月盈的手，一直握著。兩人在餐桌旁又坐了好一陣子，誰也沒有說話，各想各的心事。接著莊森深吸口氣，笑道：「我們死裡逃生，此後的人生都是多賺的。能跟妳長相廝守也好，此後無緣相會也罷，總之此刻我倆在一起。」

月盈微笑：「此刻我倆在一起，我很開心。」

兩人陶醉片刻，起身收拾碗筷，出去察看孫可翰和趙言楓。趙言楓行功完畢，坐在孫可翰身旁，肩膀靠著肩膀。孫可翰得趙言楓灌功，臉上恢復血色，不再像是一條人乾。他們沒有說話，彷彿在享受片刻寧靜。月盈打水給兩人喝，莊森則回廚房幫兩人下麵。接著他跟月盈待在外洞，各自打坐療傷。再度睜眼時，孫可翰和趙言楓已經把玄黃天尊的屍首抬去後洞埋葬，正站在封門石前討論脫身之道。

莊森和月盈走了過去，只見兩人神色無奈。孫可翰身體虛弱，不能久站，走到迎賓亭裡去坐。他說：「天尊這塊封門石專剋轉勁訣，我就算氣完神足也推不開它。」

趙言楓說：「後洞的通風洞離地太高，離牆太遠，直接跳是跳不出去的。或許可以順著岩壁慢慢鑿洞，看看有沒辦法借力過去。」

四人傷後無力，想到要在岩壁上鑿洞，不約而同搖了搖頭。

莊森問孫可翰：「我師父跟五師伯都還在潭州嗎？」

孫可翰道：「在太原。文君身體尚未復元，但是對付一般河東軍還不是問題。玄匪之亂開始後，我們就一直待在河東境內，暗中幫助玄日宗弟子逃命。」

「師伯今晚如何尋來玄黃洞？」

「夜探王府。」孫可翰說。「這幾日棧生一直盯著晉王府，見到你和月姑娘被關進大牢，立刻回來通知我們。我們潛入王府地牢時，你們已經被提走了。大家擔心你的安危，也顧不了這麼多，就把王府徹底搜查了一遍。幸虧有棧生在，看出書房裡的機關，不然我們根本找不到這裡。」

「那爲什麼只有你一個人上來？」莊森問。「他們兩個呢？」

「留在下面對付晉王府的人。」孫可翰說。「我們爬到半路，發現李嗣昭他們去而復返，又帶了許多官兵回到山谷。李克用那隻老狐狸，既然帶了你們三個高手去見玄黃天尊，自然想要趁機來場兔死狗烹。十三太保練就神功，連武林盟主都除掉了，玄黃天尊再也沒有利用價值。一個想要得道升仙的瘋子，還要抓人去給他吸，留著只是後患無窮。我猜契丹刺客什麼的，都是李克用自己放出的風聲。他調眾太保進太原，爲的就是要對付玄黃天尊。」

莊森點頭：「既然五師伯在外面，多半有辦法破解這道機關。」

趙言楓問：「這麼大塊石頭擋在洞口，不是破解機關就行了吧？」

「對五師伯有點信心。」莊森道。「你們都太小看他了。」

月盈問：「你都不怕你師父他們應付不了河東軍？」

「不怕。」莊森搖頭。「從小到大，天塌下來都有我師父扛著。相信我，他扛得住。」

孫可翰點頭：「這個時候，除了相信他們，也沒有別的事情可做了。」

封門石突然微微一震，似乎有人在門外掌擊。莊森等人跑到門口，就著巨岩大聲吼道：「誰在外面？」

門外之人運起內功，聲音透過封門石清楚傳進來：「森兒？你們沒事嗎？」

「五師叔！」莊森繼續大吼。他們四人全都功力未復，沒辦法像梁棧生那樣運勁傳音。「我們沒事！這石頭好大！你搬得開嗎？」

梁棧生道：「退到三丈之外。我沒叫不要過來。」

莊森等人依言退到仙樹道上。你看看我，我看看你，沒人知道梁棧生想做什麼。突然洞外一聲巨響，震得他們耳膜劇痛。玄黃洞裡晃動不已，封門石竟整顆往後退了數寸。一堆碎石散落之後，門縫透出一絲月光。梁棧生半張臉在縫外看著，問道：「怎麼樣？沒人受傷吧？」

莊森大駭，問道：「師叔，你做了什麼？」

「硫磺跟硝石調配的炸藥。」梁棧生說。「我上次跟你說過的。」

「你不是說怕被人拿去打仗？」

「怕呀。」梁棧生說。「但我現在是拿來救人。退開。」他拿了一包東西，塞入岩縫。「退遠一點，別被碎石砸到了。」

眾人剛剛被嚇到過，不用他說，老早退得遠遠的。這一回除了巨響，還有火光，爆炸的威力驚天動地。封門石退開更多，也被炸坍了一大塊，洞口已可容人通過。莊森等四人連忙出洞，重見天日，恍如隔世。

「五師叔！見到你真是太好了！」莊森一把抱住梁棧生，跟著又把他一把推開。「我師父呢？他沒事吧？」

卓文君坐在崖邊，望著下方山谷，說道：「森兒，我在這裡。」

莊森大喜，連忙奔去，正想抱住師父，看見谷底景象，當場吃了一驚。只見谷底密密麻麻，擠滿火把，看來起碼有五、六百名河東軍守在底下。

「師父！」莊森跪在師父身旁，說道：「師父！你老人家受苦了！」

卓文君揮手打了他個爆栗。

「哎喲！師父，你怎麼打人呢？」

卓文君笑道：「太久沒打你，手癢。」

莊森摸頭。「好啦，師父，以後天天讓你打。」

卓文君一邊起身，一邊拉起莊森。「起來吧。跪著幹嘛？」

眾人來到崖邊，看著山谷裡的火把，全部皺起眉頭。

莊森爲月盈引見卓文君和梁棧生，眾人幾句客套過後，趙言楓道：「底下這麼多人，我們衝得出去嗎？」

孫可翰說：「沒受傷就不是問題。全受傷問題就大了。」

卓文君道：「山道狹窄，他們進攻幾次，都被我們趕了回去。但是我們想要出去，卻也不易。」

月盈笑道：「拿五師伯的火藥丟一包下去，包準他們抱頭鼠竄。」

梁棧生搖頭：「我研究的東西，絕不用在戰陣之上。這一包下去，死的人可多了。李克用知道我有把火藥製成武器的配方，一定會千方百計加以奪取，不然就是自己找人試驗調配。這種東西用來打仗，戰場死傷必會更慘重了。」

卓文君問：「你有別的辦法？」

梁棧生說：「早就叫你把《左道書》給我瞧瞧！這時要是有木鵲，我不就帶大家飛走了嗎？」

卓文君道：「你少來怪我！我說過了，你幫忙解決晉王府的事，我就再讓你看一天《左道書》，早一天都不行。再說，木鵲那種東西，你扛得上來嗎？」

孫可翰說：「好啦，別拌嘴了。玄黃天尊不是傻子，不會沒有料到李克用遲早會來對付他。這座山頭多半另有後路，大家四下找找。」

所有人散開找路。這座山頭四面都是陡峭的岩壁，除了山谷那面有鑿窄道外，其他三面都光凸凸的，只有長些雜草嫩枝。眾人尋了片刻，沒有計較。

這時，卓文君突然在玄黃洞後叫道：「師兄，來這裡瞧瞧。」

月盈留下盯著山谷，其他人都繞到洞府之後。卓文君站在山緣，盯著下方的峭壁。眾人來到他身旁，低頭往下看，數百丈的峭壁直上直下，不像是有什麼出路的模樣。

孫可翰問：「要瞧什麼？」

卓文君指著下方：「瞧仔細了。」

眾人繼續看下面。片刻過後，梁棧生一拍手掌，叫道：「妙啊！」

莊森隱約看出端倪，蹲下，伸指沿著山壁比來比去。趙言楓問：「師兄，在看什麼？」

莊森邊指邊說：「凸壁、石頭、岩縫、樹枝……這面山壁乍看之下死路一條，但是每隔一段距離總有可供借力之處。普通人不能從這裡下去，武林高手就有辦法。」

趙言楓蹲在他身邊，研究山壁上的借力之處。

梁棧生說：「我跟文君不是問題，你們此刻的狀況，下得去嗎？」

莊森說：「六師伯不行。」

卓文君說：「你去洞裡找條繩索，把我跟師兄綁在一起。我帶他一起下去。」

莊森問：「師父體內的寒勁清了嗎？」

卓文君說：「還差一點。」他說著轉向趙言楓。「言楓的掌力真強。透過六師兄傳來，還是整治得我半死不活。」

趙言楓羞愧難當，低頭道：「師叔，對不起……」

「是四師伯的玄天化功散厲害。」莊森搶過來說：「師父請坐下，我幫你把玄陰掌勁吸出來。」

「怎麼吸？」

「大道神功。」一看趙言楓和孫可翰臉色大變，連忙搖手：「開玩笑的！我悟出了一套吸黏勁，對於移除體內異種真氣十分有效。四師伯被二師伯的玄陽掌打得差點燒焦，也是我把她體內的掌勁給吸出來的。」

孫可翰問：「他們兩個內鬨？」

「說來話長。」莊森說。

卓文君坐下，讓莊森拔除玄陰掌勁。孫可翰說：「大家記清楚借力處的位置，萬一失足可就慘了。我去換月姑娘來。」

過了一會兒，月盈走來，依照吩咐開始記憶山壁地形。

卓文君感覺糾纏兩個多月的玄陰掌勁離體而去，精神越來越好，加上與愛徒重逢，連日來的鬱悶一掃而空，說道：「下山之後，可得把玄日宗好好整頓整頓了。」

梁棧生問：「你要回去？還沒折騰夠嗎？」

「師兄說得對，我是不想回去了。」卓文君說。「本門向來沒有卸任掌門再度接任的規矩，這掌門我是不會當的。」

梁棧生說：「不如找六師弟當？」

孫可翰的聲音自玄黃洞方向傳來：「不當！江湖上人人皆知我跟總壇鬧翻。再說，我功力盡失，也不知道練不練得回來。別拿那種閒事煩我。」

卓文君說：「那就交接給下一代囉？森兒？還是楓兒？」

趙言楓忙搖手：「我年紀太小，服不了人的。」

莊森身為二代弟子之首，其實有點躍躍欲試，但他還是搖頭，說道：「師父，這就是你不對了。怎麼跳過五師伯呢？」

梁棧生瞪大雙眼：「我啊？」

卓文君問：「依你說，五師兄能當掌門？」

莊森道：「依我說，五師伯是不二人選。大家在總壇爭權奪利，只有他關心民生，發明了好多有用的東西，所作所為都是為了百姓著想。」

梁棧生插嘴：「我那怎麼……」

莊森轉頭看他：「師伯，玄日宗弟子滿天下，若能盡為你所用，你的四季米還怕發不出去嗎？北方的麥作也能一年數收。各地振興水力，百姓吃得飽飯，自能安居樂業。你當掌門，能做的事情比現在多多了。」

「你這麼說是有道理……」

莊森繼續說道：「二師伯占卜問天，說天下還要再亂一甲子。朱全忠、李克用他們將會自立為王，但卻無力統一天下。亂世之中，也只有玄日宗這種跨越疆界的民間門派才能有系統地幫助百姓。五師伯，我們其他人都只知道玄日宗需要改革，不能繼續腐敗下去，但是只有你才知道該把它改成什麼樣子。」

梁棧生側頭看向卓文君。卓文君笑呵呵地點了點頭，也不知是對梁棧生還是莊森點。梁棧生說：「我若接任掌門，你們可得留下幫忙，一個都不准跑。」

月盈突然插嘴：「你們玄日宗還眞是有趣，廢立掌門的大事，就這幾個人隨口決定，都不用問過現任掌門的嗎？」

卓文君笑道：「月姑娘，妳眼前這幾個人就是玄日宗的未來。倘若今日我們下不了山，玄日宗多半就會毀於玄匪之亂。」

月盈說：「師父……」

卓文君問：「師父？」

「我跟著森哥叫了各位師伯，在你面前自然也叫師父。」月盈也不管卓文君有何反應，繼續說道：「我知道怎麼解決玄匪之亂。」

卓文君說：「願聞其詳。」

月盈道：「只要吐蕃出兵犯唐，眾節度使忙著應付外患，你們就能趁機談判，結束這場民亂鬧劇。」

卓文君大笑：「月姑娘才有趣呢！我們只是談笑間決定門派未來，妳是隨口決定天下大勢。」

月盈說：「我爹跟朱全忠談論出兵已久。這個兵，原是要出的。」

卓文君點頭：「抵禦吐蕃，必須仰賴玄日宗。吐蕃一出兵，王建立刻就會去對朱全忠施壓。

除了宣武軍及河東軍外，其他節度使劉玄匪本來就剿得不太勤快，多半會就此不了了之。這些事情，我早就跟妳爹談好了。」

月盈一愣：「我不知道師父跟我爹也有交情？」

「不打不相識。」

莊森收掌，說道：「好了，玄陰掌勁都拔光了。師父起來走走。」

趙言楓回玄黃洞找了繩索，跟孫可翰一同來到他們身邊。她和莊森齊力動手，將卓文君和孫可翰綁在一起。一切準備完畢後，孫可翰看著玄黃洞，感慨道：「玄黃天尊本是一代豪俠，看了《左道書》後卻變成不折不扣的大魔頭。文君，下山之後，咱們把《左道書》燒了如何？」

卓文君尚未答話，梁棧生已經說道：「不能燒。水能載舟，亦能覆舟。我學問這麼大，發明這麼多，不少靈感都來自《左道書》。學問是看人用的，本身沒有罪。」

莊森道：「我覺得五師伯言之有理。」

卓文君罵道：「你這小子，吃裡扒外。現在五師伯說什麼就是什麼了嗎？」

「他是掌門嘛。」

「他還不是掌門！」

月盈道：「師父、師伯，盈兒身為外人，有話想說，只不知道中不中聽。」

卓文君道：「月姑娘不是外人，但說無妨。」

「二十年前，玄日宗在趙大俠的帶領下誤入歧途。」月盈輕聲說道。「如今玄黃天尊化身魔頭，再度將各位推回正道。這份心……」

「師父的苦心，我們都看在眼裡。他想死在唯一沒看過《左道書》的弟子手下，我也帶著玄天劍趕來成全他了。」孫可翰說。「月姑娘請放心，玄日七俠並非愚不可昧，絕對不會重蹈覆轍。師父當年把天下人交付給我們，我們不會辜負天下人。」

六人一一跳崖，下山離去。

一年之後，朱全忠殺宰相崔胤，逼昭宗遷都洛陽，後殺昭宗，立哀宗繼位。又過一年，於白馬驛殘殺朝臣數十人。兩年後，廢唐哀宗，自立爲帝，改國號爲「梁」，史稱後梁，唐亡，開啓五代十國的紛擾局勢。朱全忠稱帝後，曾力圖振作，及至皇后張氏去世，變得荒淫無道，不得民心。後梁自開國至滅亡，歷經三帝，不過短短十六年，遠比隋朝短。

李克用之子李存勗滅梁，建立後唐。其後後晉、後漢、後周享國都比後梁更短，加上南方十國，五十餘年間紛紛擾擾，始終沒有一人有能力出面統一天下。玄日宗所私藏的黃巢寶藏經歷三代掌門交接，一直沒有機會重見天日。

陳橋兵變，黃袍加身，趙匡胤攻滅南唐，統一天下，建立宋朝。

一日，玄日宗掌門莊森以近百高齡，孤身來到開封求見皇上。他對趙匡胤說道：「草民有一批黃金想要獻給皇上。望皇上仁義爲懷，心繫百姓，讓天下蒼生能夠安安穩穩地過一段好日子。」

於是天下蒼生終於安安穩穩地過了一段好日子。

《左道書》全書完

國家圖書館出版品預行編目資料

左道書 / 戚建邦 著.——初版.——
台北市：蓋亞文化，2019.09
冊；公分.
ISBN 978-986-319-442-2（卷3：平裝）

863.57 108012958

左道書【卷之三】

作　　者　戚建邦
插　　畫　葉羽桐
封面設計　莊謹銘
責任編輯　盧琬萱
總 編 輯　沈育如
發 行 人　陳常智
出 版 社　蓋亞文化有限公司
地址：台北市103大同區承德路二段75巷35號
電話：02-2558-5438　傳眞：02-2558-5439
電子信箱：gaea@gaeabooks.com.tw
投稿信箱：editor@gaeabooks.com.tw
郵撥帳號 19769541　戶名：蓋亞文化有限公司
法律顧問　宇達經貿法律事務所
總 經 銷　聯合發行股份有限公司
地址：新北市新店區寶橋路二三五巷六弄六號二樓
電話：02-2917-8022　傳眞：02-2915-6275
港澳地區　一代匯集
地址：九龍旺角塘尾道64號龍駒企業大廈10樓B&D室
電話：+852-2783-8102　傳眞：+852-2396-0050
初版一刷　2019年9月
定　　價　新台幣270元
Published and printed in Taiwan

GAEA ISBN / 978-986-319-442-2

GAEA

好故事，一擊入魂！

八百擊